Ronso Kaigai
MYSTERY
228

クラヴァートンの謎

John Rhode
The Claverton Mystery

ジョン・ロード
渕上痩平［訳］

論創社

The Claverton Mystery
1933
by John Rhode

目次

クラヴァートンの謎 5
訳者あとがき 241
解説 sugata 248

主要登場人物

ジョン・クラヴァートン……引退した保険数理士
クララ・リトルコート……クラヴァートンの妹。霊媒〈マダム・ディアーネ〉
ヘレン・リトルコート……クララの娘。ナース
アイヴァー・ダーンフォード……クラヴァートンの甥
フォークナー……クラヴァートン家の執事
シドニー・オールドランド……クラヴァートンの主治医
ビル・オールドランド……シドニーの息子
ミルヴァーリー……オールドランドの代診医
ヒュー・ライズリントン……クラヴァートンの顧問弁護士
アラード・ファヴァーシャム……病理学者
ミュリエル・アーチャー……クラヴァートンのかつての秘書
メアリ・アーチャー……ミュリエルの娘
ハンスリット……ロンドン警視庁《スコットランドヤード》犯罪捜査課警視
ランスロット・プリーストリー……数学者
ハロルド・メリフィールド……プリーストリーの秘書

クラヴァートンの謎

第一章

プリーストリー博士が旧友ジョン・クラヴァートン卿を訪ねるのは、ほぼ一年ぶりのこと。アールズ・コート駅で下車し、ボーマリス・プレイスへと歩き出すと、ご無沙汰していたことで気が咎めた。だが、そのあいだ顔をあわせなかったのは、博士だけの罪でもなかろう。プリーストリー博士は多忙な人物だ。科学の探究に追われ、社交的な息抜きをする暇はほとんどない。それに、博士にはほかにも時間を割くことがあった。博士には趣味があり、そのことはごく限られた者しか知るまいと勝手に思い込んでいたが、いつの間にか手を広げてしまっていた。いつでも事件の捜査に関与して、時には幾週にもわたって精魂を傾けてしまうのだ。

ジョン卿はといえば、余暇を持て余す人物だった。世捨て人のように暮らし、唯一の趣味は書物に囲まれて過ごすこと。とすれば、ウェストボーン・テラスに邸宅を構えるプリーストリー博士を訪ねる機会はいくらでもあっただろう。だが、そこまでする必要もないと思っていたのかもしれない。

実はここ数年、二人はすっかり疎遠になっていた。かつて、プリーストリー博士はイングランド中部地方の大学で教授職にあったが、その頃、二人は親しい友人同士だった。クラヴァートンは同じ町で保険数理士をしていて、この二人の優れた知識人は、互いに共通点が多いのに気づいたのだ。だが、大戦の一、二年前、プリーストリー博士は教職を辞し、熱意ある学生たちを嘆かせた。大学当局が同じく嘆いたかどうかはよくわからない。博士と接した人なら、その能力を疑う者はいなかった。しかし、博士は、教師としてより批評家としての気概を持っていた。科学的事実をどこまでも追究する点で、限りない辛抱強さを持ち合わせていたが、人間の本性に辛抱できないのも、その点だけは同じく限りなしだった。博士の講義は往々にして、不完全なデータに基づく理論を発表した著名人への痛罵へと逸れてしまった。

指導者の任にふさわしくないと、博士自身もわかっていたのかもしれない。もちろん、ふさわしくないと博士にほのめかした者はいない。それはともかく、博士は職を投げうち、父親から相続したウェストボーン・テラスの邸宅に隠遁してしまった。博士の収入は、悠々自適の生活を送ってもあり余るほどだった。長年にわたり、博士は科学分野の批評にその才能を費やしてきた。比較的限られた科学畑の人々のあいだではあったが、博士は指導的な権威と見られていた。

大戦が勃発して間もなく、クラヴァートンは思いがけず、かなりの財産を相続した。幼い頃も含めて滅多に会ったことのないいとこが、一九一四年九月の初めに一人息子を亡くしたのだ。彼女は新たに遺言書を作成し、全財産をクラヴァートンに遺すことにした。ほどなくして、彼女はボーマリス・プレイスの自宅で亡くなった。

その頃、クラヴァートンはイングランド北部で政府の仕事に就き、企画力を存分に発揮していた。相続した家には住まず、戦時中は寄宿寮として使わせていた。休戦協定が結ばれると、業績を認められ、いまや大英帝国二等勲爵士となったジョン・クラヴァートン卿は、ロンドンに根を下ろすことに決めた。ボーマリス・プレイス十三番地の家は彼の趣味に合わせて改装され、しばらくすると、そこに引っ越してきた。

彼はずっと独身で、口癖のように言っていた。他人の家族に会うたびに、自分は家族を持たなくてよかったと思う、と。人付き合いもさほどせず、ロンドンに住むようになってから、ことさらにごく少数の旧友としか会おうとしなかった。プリーストリー博士もそんな友人の一人だ。彼らは不規則に会うだけだったし、ついつい疎遠になりがちだった。実際、博士はその秋の日の朝、友人から手紙が届かなかったら、午後の研究を中断したりはしなかっただろう。

実にそっけない短信程度の手紙。少々体調がすぐれず、家に引きこもっているので、プリーストリー博士にお越しいただければ、という簡潔な内容。ただそれだけで、日時すら触れていない。博士は、ご無沙汰を埋め合わせたい気持ちもあり、その日、クラヴァートンを訪ねることにした。

ボーマリス・プレイスは、ヴィクトリア朝時代から幾度も変化を重ねてきたが、その時代には流行の最前線にあった場所、つまり、家屋周旋業者がよく言う、快適な居住空間だったのだ。大きく、いかめしい感じの家々には、当時、裕福な都会人が住み、活きのいい二頭立て馬車で日々職場に通勤していた。だが、近代的な交通手段が発達したおかげで距離感覚が縮まると、ボーマリス・プレイスの住人たちは、「田園」と自慢げに呼ぶ郊外へと移転し、家並みの窓には次々と「貸家」という末期症的表示が出はじめた。

残ったのは十三番地の家だけ。クラヴァートンのいとこが嫁いだ先の家族が頑固一徹で、住み慣れた家を捨てられなかったのだ。界隈が寂れていくのをものともせず、このいとこは、夫の死後も古い家で一人暮らしを続けた。彼女は、その家で死にたいとよく漏らしていた。その願いは思ったよりずっと早く実現してしまった。息子が相続後に家を売るなら、それは息子の勝手。だが、内心、売ってほしくないと思っていた。

息子が亡くなって将来展望が音を立てて崩れたとき、心にかけるのは家だけになった。家は彼女の人生の一部になっていた。嫁いだ日以来、その家が彼女の喜びと悲しみを温かい目で静かに見守ってきてくれたように思えた。生きがいを失ってしまうと、死神が容赦なく、それも優しげに手招きしてくる。お迎えを受け入れる覚悟はできていたが、無神経な下宿人が入れ替わり立ち替わり入って、愛着のある部屋を占領するのは想像するのも耐え難かった。

クラヴァートン家の一員である彼女が、ジョン・クラヴァートンのことを思い出したのはまさにそのとき。全然知らない相手。たまに会う家族の友人たちを通じて、時おり伝え聞くだけ。だが、クラヴァートン家の一族が、夫の家族と同じ保守的な気質があることは知っていた。クラヴァートン家の者に委ねれば、十三番地の家は安泰だ、と考えたのかも。ともあれ、彼女は新たな遺言書を作成し、家を他の財産とともに、いとこのジョンに遺したのだ。

彼女はジョンに何の希望も伝えなかった。それどころか、相続人に定めたことすら知らせようとは思わなかった。彼女の葬儀の日まで、ジョン・クラヴァートンは十三番地の家を見たこともなかった。だが、彼女の直感は間違っていなかった。彼はその日以来、すべてが片付いたら、その家に住もうと決めたのだ。

おかしな判断をしたものだと思う者も多かっただろう。すでに変化は急速に進んでいた。偶数番号の番地が振られた通りの東側は、陰気で威圧的な建物の並びもほとんど姿を消していた。一軒、また一軒と、快適なる居宅が家屋解体業者に委ねられた結果、なじみのない建造物がその跡地に建っていた。ある場所には、さほど快適でもないフラットが建ち、別の場所には映画館があるが、入口はもう一つ隣の通り側にあるため、こちら側は工場のような外壁がむき出しになっている。

ジョン・クラヴァートンはそんなありさまを見ても、肩をすくめただけだ。通りの外観が損なわれようと、彼にはどうでもよかった。仮に外観のことを考えたとしても、どのみち人は家の中に住むのであり、外に住むわけではないと考えただろう。

十三番地の家に住んでからも、変化が急速に進もうと気にも留めなかった。残っていた偶数番地の家も、戦後一、二年のうちにすべて姿を消した。さらに、奇数番地の家も、投機的な建築業者の猛攻の前に次々と陥落しはじめた。一番地から七番地の家は、ほぼ一夜にして消え、跡地には大きな自動車修理工場ができた。九番地から十一番地の家は倉庫に改築され、外には大きなバンが毎日何台も停まる。あとは、十三番地から二十七番地の家、つまり、ボーマリス・プレイスの末端に位置する角地の家が残るだけ。

以上が、プリーストリー博士が前に友人を訪ねたときのありさまだ。だがこの日、博士が修理工場のある角を曲がり、通りに入ると、以前にもまして開発の進んだ様子が目に入った。十三番地の先には、建築現場の板囲いが見えるだけで、中からは慌ただしい建築作業の音が聞こえてくる。十五番地から二十七番地の家はすでに跡形もない。

博士は、その光景に軽いショックを覚えた。そこにあった家の住人たちは、何の痕跡も残さず消えてしまったのか？　砂漠の中のオアシスの如き十三番地の家も、いつまで残り続けるだろう？　その家もついに壊されたら、ジョン・クラヴァートンの個性は何が残るのか？　もちろん、自分も迂闊だった。ほかのことにまぎれ、友人と疎遠になっていたのだ。これからは、こまめに訪ねることにしよう。帰ったら、カレンダーに印をつけるさ。せめて月に一度は。たとえば、毎月第四水曜とか。博士は、十三番地の家が目の前から消えてしまうのではと恐れるみたいに歩を早めた。

執事がドアを開けてくれた。いかめしい顔つきの初老の男で、来客が誰かわかると、おじぎをした。黙ってプリーストリー博士の帽子とコートを受け取り、まるで祭壇に犠牲を献げるみたいに、玄関ホールのテーブルに恭しく置いた。まだ四時になったばかりだが、玄関ホールははや黄昏が訪れたように薄暗く、周囲もぼんやりと見分けられるだけ。それでも、博士は、テーブルにあるのが自分の帽子だけではないと気づいた。

客は自分だけではなさそうだと思うと、そわそわしはじめた。クラヴァートンに会って三十分ほど話をしようと思って、急ぎの仕事も中断してきたのだ。ほかにも客がいるとは予想もしなかった。この家でほかの客に出くわすことなどなかったのに。予定していた水入らずの会話が、とりとめもない散漫なおしゃべりに堕してしまうのは我慢ならない。「ジョン卿に誰かお客かい、フォークナー？」と博士は強い口調で尋ねた。

「ジョン卿は図書室にお一人です」と執事は答え、厚い絨毯敷きの階段を上がった。

博士はあとに続いた。家の間取りはよく知っている。一階には食堂と居間があり、二階には客間と図書室。クラヴァートンが博士を迎えるのは、いつも図書室だ。ところが、驚いたことに、フォークナーは、踊り場に来ると、客間のドアに向かった。ノブに手を触れる前に、ちょっとためらう様子を見せた。ドアを開けると、客人を中に入れるために脇に寄り、「プリーストリー博士でございます！」と告げた。

部屋は窓に厚いカーテンが引かれ、玄関ホールよりわずかに明るいだけ。博士が中に入っても、出迎えたのは深い静寂で、いるのは自分だけだとふと思った。フォークナーは主人に来客を告げに行くのに、とりあえず自分をここに案内しただけだな。だが、なぜあんなふうにかしこまって来訪を告げたのか？

部屋の片隅のソファのほうから、かすかな衣擦れの音がして、博士はハッとした。素早く目を向けると、暗さに慣れてきたこともあり、年配の婦人の姿に気づいた。彼女は頭をかがめ、何か手の込んだ編み物に勤しんでいる。精巧な機械のように規則正しいリズムで指を動かしていたが、博士がいることにまるで気づいていない様子。

博士は、静かな部屋に人がほかにもいるのに気づいた。火のない暖炉のそばに、娘が膝に本を載せて椅子に座り、そばのカーペットにたばこの灰をまき散らしていた。博士は、彼女がこっちを見て、かすかにおじぎしたのに気づいた。むっつりと敵意に満ちた表情はまったく変わらない。博士がおじぎをすると、身なりのいい青年が挨拶を返した。彼はそれまで、娘が座る椅子の後ろから無頓着に身を乗り出していたのだ。

プリーストリー博士には、その連中が誰か見当もつかなかった。過去を偲ぶ最後の砦である十三番地の家が、いつの間にか見知らぬ敵に侵入されてしまったかのようだ。まるで、見つからぬように言葉を発しないと誓約を立てた人たち。博士は、彼らの秘密の場所に闖入してしまった気がした。娘と視線がぶつかった瞬間から、自分は招かれざる客だと気づいた。沈黙は一、二秒ほど続いただけだが、そのあいだに、博士は、得体の知れない未知の人々の印象を素早くまとめ上げた。グレーの服の女は、ソファに座ったまま規則正しく編み物をし、決して頭を上げない。青年のほうは、今は体をまっすぐ起し、石から切り出された像のように固く身じろぎもしない。そして、娘は、謎めいた目で問いかけるように博士を見つめていたが、博士がいることに腹を立てているのが目にはっきりと表れていた。

沈黙を破ったのは娘だ。唐突で、驚くほど敏捷な動作だった。今まで座っていたはずが、次の刹那には立っていたと思うほど、素早く椅子から立ち上がった。一瞬、立った彼女の姿は、窓から差し込む明かりを背に、長身で優美なアウトラインを見せた。黒っぽい髪が頭の形を隠すヴェールのように垂れている。まるで滑るようにドアのほうに行くと、「ジョン伯父さんに、いらっしゃったことを知らせてまいりますわ、プリーストリー博士」と顔も向けずに言った。その声は単調で生気がなく、しなやかで活力に満ちた体とは妙に対照的だった。

部屋を出ると、まるで挑むように大きな音を立ててドアを閉めた。その音は静かな家の中をぼんやりとこだましていき、博士はたじろいだ。誰かが薄暗い聖堂の中で不躾な叫び声を上げたかのようだ。だが、ソファに座るグレーの服の女の指はまったく動揺しない。彼女の目も、糸が紡ぎ出す模様から一瞬たりとも離れなかった。

ところが、ドアが激しい音を立てたせいで、あるいは娘が出ていったせいかもしれないが、青年は急に生命を吹き込まれたように見えた。博士のほうに数歩歩み寄り、心もとなさそうに立ち止まると、「この季節にしてはよい天気ですね、先生」と、いかにも取り繕った丁重さで言った。

「うむ、まあね」プリーストリー博士はもどかしげに言った。まったく無駄なその言葉にひどく苛立った。そんなことしか言えないのなら、黙っていたほうがましだ。それなら、なぜ自己紹介をしない？　少なくとも、あの娘は何者なのかのヒントはくれたぞ。ジョン伯父さんと言っていたな。博士は、クラヴァートンが甥や姪のことを話していたのをぼんやりと思い出した。たぶん、あの娘は姪の一人だ。こっちの若者は甥か？　博士は、そうでなければよいがと思った。

この青年に即座に嫌悪を感じた理由はよくわからない。親しみの欠けた挨拶に反感を抱いただけではない。もっと深いわけがある。青年が「先生」と言ったときの口調のせいかな。博士は、若者から尊敬語で語りかけられるのには慣れていた。だが、この青年の口から出た尊敬語には、敬意よりも挑戦の響きが感じられたのだ。

プリーストリー博士ほど世慣れぬ者なら、こんな冷淡な迎え方をされれば、居心地悪く感じたかもしれない。だが、博士は、これまでも奇妙な状況にはいろいろ出くわしてきたので、この程度の居心地悪さも今さら気に留めなかった。まごつきはしなかったが、腹は立った。クラヴァートンには、私をこんな場所に案内してほしくなかったな。家にこういう連中がいるなら、手紙に書いてくれたらよかったものを。それに、フォークナーだって、こんな部屋に案内するものじゃない。たとえば、居間でお待ちくださいとも言えたはずだ。もっとも、得体の知れぬ連中が居間にもいるというなら話は別だが。博士は、あと五分以内にクラヴァートンのところに案内されなかったら、一階に降りてコートと帽子を取り上げ、家を立ち去ろうと決めた。

博士はそのあいだも、観察の習慣に従って、同室の人々の情報をかき集めていた。グレーの服の女は、ひたすら編み物に編み針を通すばかりで、博士を無視している。女の姿で目に入るものは、ほっそりと痩せた体と、その身にまとったグレーのドレス、かすかに艶を帯びた鉄灰色の髪、せわしく動くか細い指だけ。作業中の黒い編み物は、棺覆いのように膝の上に広げられ、厚い襞になって床に垂れていた。それが結局何に使われるものか、博士にはさっぱりわからなかった。まるで催眠術で自意識を失ったかのように、単調に動く指以外に微動だにしない女の姿は、編み針を操る仕掛けを内蔵した蠟人形のようだ。

青年のほうは、自分の挨拶に博士が示した反応に気後れしたらしく、窓のほうに歩み寄り、向かいのフラットをぼんやりと見つめた。光の加減のせいで顔が窓に映っていたため、博士はその顔をじっと観察した。見たかぎり、二十代前半のようだ。顔つきは端整で、際立った顎が意志の強さを表している。顔はハンサムだが、博士の見るところ、ユーモアのかけらも感じられないのが玉に瑕。ユーモアのセンスもない男は世の中で成功しないというのが、博士の持論だったのだ。

青年は眉根に深く皺を寄せ、表情を曇らせていた。何か悩みがあるな、と博士は思った。彼は確か、来客を告げられたとき、娘の椅子の背後から身を乗り出していた。愛想の悪い対応をしたのも、そのせいか？　内密の話をしていたのでは。どう見ても二人だけで話をしていた。グレーの服の女の存在は、内緒話の妨げにはなりそうにないからだ。この女なら、目の前で二人が窓から飛び降りたとしてもまったく気に留めまい、と博士は思った。

だが、それほど深刻な悩み事に比べれば、自分が束の間闖入したことなど、たいした話でもあるまい！　娘はクラヴァートンに来客を告げに行っただけだし、数分もすれば、自分もここから厄介払いというわけだ。この連中の態度についても、きっともっとましな説明をしてもらえるのでは？　この家には何か謎めいた秘密があるぞ、と博士が判断したとき、ドアが開いて娘が姿を見せた。

「ジョン伯父さまがお会いになるそうです」と娘は唐突に言った。「図書室におられるわ。場所はご存じですね？」

こうして、彼女はプリーストリー博士のことを意識から追い払ったらしく、博士に背を向けて窓際の青年のところに行った。

第二章

プリーストリー博士は、表向きは娘の不躾さを気に留めていないようだった。客間を出ると、音を立てないようにそっとドアを閉めた。だが、踊り場まで来て、一瞬立ち止まると、あんなおかしな応対をされたことで、この家を立ち去りたい気持ちになっていた。

だが、クラヴァートンが図書室で待っていると考えて思い留まった。ともあれ、あんな扱いを受けたからといって、クラヴァートンのせいではない。それに、クラヴァートンと話せば、あの変な連中とその態度のことも何かわかるのではと思ったことも、博士の判断を後押しした。

図書室のドアを開け、中に入った。そこは、十三番地の薄暗い屋内にどうにか入り込んでいた日差しの名残も完全に遮断されていた。天井から床まで重苦しく垂れた、厚手の黒いカーテンが引かれていたのだ。だが、人工照明の光では、窓から入る日差しの代わりにはならない。読書用ランプが一つだけ、部屋の隅のテーブルに置かれ、そばの椅子に座る男を照らしていた。部屋のほかの部分は真っ暗だ。

博士が入ってくると、ジョン・クラヴァートン卿はもの憂げに目を上げた。背が高く、ほっそりしていたが、意志の強そうな顔は髭をきれいにあたってあり、濃い眉の下には深く窪んだ目があった。だが、博士は、相手に歩み寄りながら、嫌な疑問が頭に浮かんだ。自分もこんなに老けて見えるのか？

というのも、二人とも同い年の五十七歳だったからだ。プリーストリー博士はずっと健康で、多くの年下の連中より肉体的にも精神的にも活発だった。持久力でも同世代の人々をしばしば驚かせるほどだ。クラヴァートンはといえば、読書用ランプの情け容赦ない光に照らされた顔は、まさに老人の顔。頬には深い皺が走り、旧友と握手しようと差し出した手の動きには、だるそうな疲労感がにじむ。博士がその手を握ると、震えが感じられた。

だが、口を開くと、声の力強さはほぼ昔のままだった。「よく来てくれたね、プリーストリー」と彼は言った。「こんなに早く時間を割いてもらえるとは思わなかったよ。座ってくれたまえ。二人で話せる時間も数分ぐらいしかない」

博士は、最後の言葉はどういう意味かと訝《いぶか》りながら、請われるままに椅子に座ると、「具合がよくないと聞いて心配していたよ」と応じた。「様子が知りたくて、できるだけ早い機会に伺ったわけさ。このところご無沙汰していて申し訳なかったね、クラヴァートン」

「ああ、久しぶりだな。ずいぶん様変わりしたと思うだろ？」

様変わり！　確かに。だが、クラヴァートンは、どの様変わりのことを言っているのか？　自分の容貌の様変わりか？　前に会ったときより十年は老けたように見えるからな。得体の知れぬ連中が家の中に侵入している様変わりのことか？　それとも、ボーマリス・プレイスに生じた外観の様変わりというだけか？　最後の推測が正しいのだろう、と博士は判断した。

「この先の住宅区画もみな取り壊されてしまったね」と博士は静かに答えた。

「そう、新たにフラットができるようだ。ここは昔の住宅の最後の生き残りだよ。まあ、かまわんさ。

私の目の黒いうちは持ちこたえるし、そのあと、この家がどうなろうと誰も気にかけまい。言ってみれば、我々は移ろいゆく世界に生きているのさ、プリーストリー。気に入らんかもしれないが、そんな世界に我慢するしかない」

本当にクラヴァートンはそれほど我慢しているのかな、と博士は思った。だが、その家の主人は、まるで早く話題を変えたいみたいに、自分のことを話しはじめた。

「ここ数週間ほど、調子がよくない。腹に痛みを感じたりしてね。ちょっと辛いよ。今までは病気知らずだったのにな。この歳になると気をつけなきゃならん。それで、オールドランドに往診を頼んだんだ。もちろん憶えてるだろう?」

「オールドランドだって! ずっと前に付き合いのあった、あのオールドランド医師のことか? ああ、もちろん憶えているとも。だが、もう何年も消息を聞いていない。確か――」

クラヴァートンは慌てて博士の言葉を遮った。「ああ、元気にやってるようだ。数年前、ケンジントンに診療所を開いてね。私の居どころを突き止めたらしく、訪ねてくれた。以来、音信を通じるようになってね。私も、診てもらう医師が必要だから、おのずと往診を彼に頼むようになったわけさ。じきここに来るよ。四時半頃に立ち寄ると言ってたから。君も会ったってかまわんだろ?」

「もちろん、かまわないさ。ずっと親しい友人だった。むしろ、あの話を聞いて、とても気の毒に思ったほどだ」

「おっと、その話は言いっこなしだ。みんな遠い昔のことさ。オールドランドによると、私には特に悪いところはないそうだ。自信がなきゃ、そんなことは言わん男だよ。その点は誰も疑わなかった。健康に留意するよう言われて、食事制限の指示をもらい、薬もくれた。いい治療をしてくれるよ。それは間違いない。一、二週間前に比べれば、ずいぶんよくなった」

「それを聞いて安心した」と博士は心を込めて言い、ひと息つくと、こう言い添えた。「世話をしてくれる者もなしに、ここで一人暮らしというのはお勧めしないが」

クラヴァートンは思わせぶりに笑みを浮かべた。「なに、世話ならしてもらってるさ。ご心配は無用だよ。その手のことはオールドランドに任せれば大丈夫だ。ちゃんと指示に従っていれば、そのうち回復するそうだし、そしたら、君を夕食にお招きするよ。当分は煮魚ぐらいしか食べられないし、そんなのを一緒に食べてくれとは言えんからな」

プリーストリー博士は何も言わなかった。この家に入ってからというもの、ずっと困惑しどおしだったが、ますますその感が強まった。しっかり地に足のついた建物の中にいるはずなのに、そこで経験したことは現実離れの感がある。クラヴァートンの態度も不可解だ。明らかに姪のことを話すのを避けている。さっき会った不躾な娘が本当に彼の姪ならばだが。客間にいたほかの謎めいた連中のこともそうだ。自分のほうから来てくれと頼んでおきながら、友人が来たのを喜んでいるのかもよくわからない。

そう、プリーストリー博士の鋭い観察力からすると、彼にはどうやら何か心にひっかかることがある。自分の健康の話をしたり、些末なことに触れたりしたが、どうも心底から語っているように感じられない。自分の病気の話をするだけのことで、博士に来訪を求めたわけではあるまい。だが、クラヴァートンは置き時計に目を向け、自分の腕時計と見比べると、まるで客が嫌な質問でもするのを恐れるように、急いで話の穂を接いだ。

「具合がよくなったのは、食事制限よりも、オールドランドがくれる薬のおかげでね。どういう薬かは知らんが、それを飲むようになってから、ずいぶん調子が良くなった。薬瓶から出してくる普通の調合薬じゃない。特注しなきゃならん薬でね。実を言うとな、プリーストリー、無茶苦茶高価な薬なんだ」

博士は苦笑を禁じ得なかった。なるほど、この奇妙な家にも一つだけ不変なことがある。クラヴァートンのへそ曲がりな性格は少しも変わっていない。通常の意味でケチというのではない。必要な出費なら、気前よくお金を使う。だが、時おり不意に、端金《はしたがね》を惜しむことがある。この薬の対価も、明らかに不満の種なのだ。

彼はそばのテーブルのほうを向き、よく知られた薬店のラベルが貼ってある箱を取り上げ、「これだよ」と言いながら、箱を博士に手渡した。「一日四回、食後に一服ずつ飲まなきゃいかん。ひと箱七ポンド六ペンスで、二十四包入りだ。それだけで週当たり八ポンド九ペンス。この薬が確実に効くと思わなかったら、買うわけがない」

「すぐ金勘定をするのは、保険数理士という君の職業病だな」と博士は言った。「治療代としてなら、さほど高い値とは思わないが。オールドランドが温泉にでも行けと勧めたらどうする？　たとえば、カールスバート（温泉で有名なチェコ・ボヘミアの西部の都市）とか」

「オールドランドなら、もっとましな治療法を知ってるさ」クラヴァートンは顔をしかめて言った。「だが、なにしろ、それだけじゃない。その薬は、瓶入りの水薬と一緒に飲み下さなくちゃならん。これまた金がかかる。そこにオールドランドの診療代が加わるんだぞ」

博士は頷いたが、内心、その愚痴が収まるのを待っていた。さりげなくその箱を開け、中身を見た。ゼラチンのカプセルがいくつも入っていて、カプセルには白っぽい中身が詰まっている。箱を閉じると、クラヴァートンに返した。

「ゼラチンのカプセルとは名案だね」と博士は言った。「そのまま嚥下すれば、中身を味わわなくてすむ。我々が若い頃飲まされた粉の胃薬よりずっとましだ。ううっ！　久しぶりにあの味を思い出してしまったよ」

「まあな。それはそうかも」クラヴァートンはしぶしぶ認めた。「これほど高価でなけりゃ、文句は言わんのだが。ともあれ、粉薬にしたら、もっと安い薬にならんのか、オールドランドに聞いてみよう。たぶん、味には我慢できる。昔のもっとひどい薬だって我慢してきたんだ。それに、人はえらく不注意なものでね」

彼は箱を開け、中のカプセルを注意深く数えると、「うむ、じゃあ見つかったんだな！」と満足げに声を上げた。「よく探せば見つかると言ったんだ。信じられるか、プリーストリー。カプセルが一粒、二日前になくなってね。馬鹿なやつが箱をひっくり返して、カプセルを床に散らかしたようだ。金を払うのが自分なら、もっと気をつけただろうに」

「なぜそんなことに？」と博士はおざなりに尋ねた。友人とはまともな話はできそうにないと諦めていた。もはやオールドランド医師が来てくれるのを待つばかりだ。そしたら、この場から逃れて、懸案の仕事に戻れる。

「なぜそんなことに、だって！」とクラヴァートンは声を上げた。「私にもわけがわからん。わかっているのは、月曜のお茶の時間に、この新しい箱を開封したことだけ。そのときに一粒飲み、その日の夕食時にもう一粒飲んだ。火曜はいつもどおり四粒飲んだよ。水曜の朝食後に一粒飲んだとき、何気なく残りの粒を数えたんだ。当然、十七粒あるはずが、実は十六粒しかなかった。

朝この部屋を掃除するのはフォークナーだから、あいつを呼んで、箱をひっくり返さなかったか訊いてみた。もちろん、きっぱり否定したよ。あいつがやったとは証明できんし、その場はそれですませた。だが、カプセルが一粒なくなっているし、床のどこかに落ちてるはずだと言ってやった。翌朝までに、踏みつけんよう気をつけて、家具の下を探せと指示した。一粒あたり四ペンスもするんだぞ。落とした程度で無駄遣いできるか」

クラヴァートンはひと息つき、箱の中のカプセルを数え直すと、「見つけたわけだな」と話を続けた。「あいつに訊くのを忘れていたよ。ともかく、今は数が揃っている。今日は金曜だ。月曜にこの箱から二粒飲んで、火、水、木曜に四粒ずつ、今日は二粒飲んだから、全部で十六粒飲んだわけだな。残りは八粒だ。数えてもらえば、あるのがわかるよ」

「君の言葉を信じるよ」プリーストリー博士は、その話にうんざりしながら答えた。少し間を置き、なんとか話題を変えようと、「最近、書物のコレクションに何か面白いものでも加わったかね?」と尋ねた。

クラヴァートンは残念そうに首を振り、「実を言うと、新しい分野を開拓する気になれんのだ」と答えた。「昔からの愛読書を再読するばかりさ。出歩けるようになったら、前からほしかった本を何冊か買おうと思う。ライズリントンが火曜にここに来てね。カタログを二、三冊持ってきてくれた。ライズリントンは知ってるだろ?」

「名前は君から聞いたことがあるが、会ったことはないと思う。弁護士だったね?」

プリーストリー博士は、相手が一瞬顔をひきつらせたのに気づいた。おそらく、患っている痛みを突然催したのだろう。「ああ、私の顧問弁護士でもある」と彼は答えた。「だが、書物の趣味が共通していてね。嗜好もけっこう合う。たとえば、黒魔術の本のコレクションは、彼も羨ましがっている。もっとも、君のような現実主義的な科学者には、そんなテーマはまったくのナンセンスにしか思えないだろうがね」

「どんな人間の思想も、真の科学者はナンセンスと考えたりはしないよ」と博士は答えた。ようやくまともな話になってきた。クラヴァートンも、やっと瑣末なこだわりを脇に押しやり、分別のある教養人らしい話をする気になったようだ。「黒魔術師がただの山師だと言うつもりはない。彼らのやった実験は、間違っていたとしても、あの頃の人類に把握できた知識をさらに拡大しようとした一つの試みだったと思う」

「間違っていようとなかろうと、高貴な試みだった」クラヴァートンは、いつになく熱を込めて言った。「君たち現代の科学者は、調査を行うのに、どんな便宜も支援も得られる。黒魔術師たちは、隠れて業を行わなくてはならず、いつ捕縛され、身の毛のよだつ拷問にかけられるかわからなかった。だが、彼らは、課された制約にもめげず、現代の世界が説明できない成果を成し遂げたのさ」

「現代の世界は、スピリチュアリズムという手法で説明しようと努めているね」と博士は言った。

またもやクラヴァートンは顔を一瞬ひきつらせ、少し間をおいて話を続けた。「スピリチュアリズムだって！　懐疑論者の態度よりはましかもしれないが、私自身は――」

だがそのとき、ドアがパッと開き、フォークナーの慇懃な声が、「オールドランド医師でございます！」と告げた。

プリーストリー博士は急いで椅子から立ち上がり、「おいとまする頃合いだね」と握手の手を差し出しながら言った。

「いや、まだ帰らないでくれ」とクラヴァートンは慌てて言った。「オールドランドも、君に再会できればきっと喜ぶはずだ」

「私が来たとたん、逃げることはないだろう」戸口から声がした。「おやおや、これはまた久しぶりじゃないか？　君が来ているとフォークナーから聞いたときは、さすがに驚いたよ！」

オールドランド医師は、部屋にのしのしと入ってきた。非の打ちどころのない身なりをし、背は低く、頭はほとんど禿げ上がった、太り気味の男。博士の見たところ、イングランド中部地方にその名の轟いた万能アマチュア・スポーツ選手の面影はほとんどない。久しく会わぬうちに、オールドランド医師は短い顎鬚をたくわえ、度の強い眼鏡をかけ、そのせいで小さな射抜くような目が拡大して見える。

「ああ、久しぶりだね」博士は握手しながら静かに言った。「たった今、クラヴァートンから聞くまで、ロンドンにいるとは知らなかったよ。どうして訪ねてくれなかった？」

オールドランド医師はかぶりを振り、ややわざとらしく笑うと、「君は大変な重鎮だし、しがない開業医は、お招きもなしに立ち寄ることはできないよ」と答えた。「科学関係の論文を読むと、決まって君の名が出てくる。昔の友人につきまとわれて、時間を無駄にしたくはなかろうと思ってね」

博士は眉をひそめ、「それはばかげてるよ、オールドランド」とぴしゃりと言った。「こうして再会できたわけだし、ぜひ来てくれたまえ。私はウェストボーン・テラスに住んでいる。電話帳を見れば住所も載っているよ」

博士はドアに向かいかけたが、オールドランドは身振りで引きとめ、「私が来たからといって、帰ることはないさ」と強い口調で言った。医師はさりげなく部屋を横切ると、クラヴァートンの座る椅子の後ろに回り、激しく首を横に振ってみせた。博士は、驚きながら医師のほうを見た。なぜオールドランドはこれほど引きとめたがる？　明らかに心配げな様子は、この家に存在する錯綜した謎と何か関係があるのか？　博士がかすかに頷くと、オールドランドはホッとした表情を浮かべた。

「私のせいで君を追い払うのは忍びないよ、プリーストリー」オールドランドはそう言いながら患者と向き合った。「診察のために来たわけじゃない。クラヴァートンが元気か見に立ち寄っただけだ。明日から出かける予定でね。一週間は顔を出せない。こりゃどうだ、クラヴァートン、今日はとても元気そうじゃないか」

医師は、プリーストリー博士がさっきまで座っていた椅子に腰を下ろした。博士のほうは、医師と患者同士で話してもらおうと気を遣い、部屋を横切って暗がりに移動した。

ボーマリス・プレイスの外では、倉庫の外に駐車しているトラックが、耳障りなエンジン音をガタガタと立てはじめた。変速ギアをガタンと入れる音がして、トラックは唸るような音を立てて動き出した。十三番地の家は、通り過ぎる際の振動で揺れた。トラックが角を曲がると、騒音はいきなり聞こえなくなった。

ハッとするほどの静寂があとに続き、まるでトラックがボーマリス・プレイスの生命体をみな連れ去ってしまったかのようだ。オールドランド医師がクラヴァートンに小声で話しかけていた。医師の淡々とした声が聞こえるだけで、それを除けば、家は静寂そのもの。

プリーストリー博士はふと、客間にいた人々の姿を思い浮かべた。最初に客間で見たとおりの姿。グレーの服の女はせわしなく指を動かし、娘は微動だにせず椅子に座り、青年は彼女のほうに身を乗り出している。まるで未知の観衆に観てもらおうと並ばされた活人画の中の人々。十三番地の家が隣家と同じ末路をたどるまで動いてはいけないみたいに。

図書室の本棚に並ぶ書物のほうが、もっと現実味のある存在に見える。彼らが本なら、十三番地特有の暗闇のヴェールに覆われて、その題名も読めない。まさにそのとおりだな。彼らは昼間の陽光とは無縁。彼らが語る奇妙な物語は夜の産物であり、黒ミサの祭壇で燃える黒いロウソクの明かりでしか読めない……。

プリーストリー博士は、苛立ちながら首を振った。ばかげている。自分までが、この家の不気味な雰囲気に感化されてしまった。ただ事実のみを認める自分が、空想のいざないに屈しそうになっている。博士は暗闇に背を向け、光の輪の中へと静かに戻っていった。

ふと気づくと、オールドランドがクラヴァートンにいとまごいし、「来週の日曜にロンドンに戻ってくるよ」と言っていた。「必ずその日の晩に立ち寄る。それまでは、カプセルと水薬をきちんと飲んでくれるね」

「ああ、大丈夫だよ」とクラヴァートンは答えた。「だが、あの憂鬱な食事制限はどうする？　あんな豚の餌はもううんざりだ」

「悪いが、それも守ってもらわなくては。だが、気分転換にチキンを少し食べるくらいなら悪くないだろう。むろん、毎日はだめだ。まあ週に二回かな。あとは、代診医の指示に従ってほしい。彼のことも気に入るよ。ミルヴァーリーという礼儀正しい青年だ。私が戻る頃は、君も天気がよければ少し外出できるようになっているさ。じゃあ、またな」

医師は博士のほうを向き、「君にまた会えて本当に嬉しかったよ、プリーストリー」と言った。「ところで、君も帰るのなら、車を外に停めてあるから、送っていくが」

医師はまたもやクラヴァートンの椅子の背後に回り、しゃべりながら激しく頷いてみせた。今度は何だ？　プリーストリー博士は首をひねった。部屋に入ってきたときは残るように求め、今度は、帰るようしきりと促す。博士は調子を合わせることにした。クラヴァートンと話すつもりの三十分はとうに過ぎていた。十三番地の家を出て、もっとまともな雰囲気の世界に戻るほうがいい。

「それはありがたい、オールドランド」と博士は答えた。「どこでも通りがかりの地下鉄の駅で降ろしてくれたらいいよ」

「お安い御用さ！」オールドランドは熱を込めて言った。「私の家は、サウス・ケンジントン駅のすぐ近くだ。その駅で降ろすよ」

「もう行くのか、プリーストリー？」とクラヴァートンは名残惜しそうに言った。「もっと話ができると思っていたのに。話したかったことがたくさんある。だが、また来てくれるね？　それも近いうちに。来週はどうだ」

博士は、なにやら急かすような求めに戸惑った。明らかにクラヴァートンには、口に出せないものの、心にわだかまることがある。気を楽にさせてやれるよう、もう一度チャンスを与えるのがフェアというもの。

「来週だって！」博士は合点のいかぬ様子で言った。「残念だが、それは難しい。ほぼ毎日、予定が入っていてね。差し支えなければ、月曜の朝にでもちょっと寄せてもらうが」

「差し支えだって？　むろん大丈夫さ！　煩わせて申し訳ない。ご足労願わずに、こちらから伺いたいところだが、オールドランドが許してくれなくてね。じゃあ、月曜にまた」

博士はオールドランドとともに部屋を出た。客間のドアは閉まっていたが、二人ともそっちには足を向けず、ほとんど真っ暗な階段を無言のまま降りた。だが、玄関ホールに来ると、明かりがついていて、無表情なフォークナーの姿が目に入った。

博士がホールのテーブルをちらりと見ると、帽子は二つだけ。博士とオールドランドの帽子だ。フォークナーは二人がコートを着るのを手伝い、玄関のドアを開けた。外はまだ明るい日差しが広がっているのに気づき、博士は驚きを覚えた。

しゃれたリムジンが、そばに控える制服の運転手とともに道に停まっていた。二人は車に乗り込み、オールドランドは安堵の溜息とともにクッションに身を沈め、「あの家にいると背筋がゾッとするよ！」と言った。「むろん、君はあんなおかしな雰囲気に感化されはしないだろうがね、プリーストリー」

「正直、今日の体験にはかなり当惑させられたよ」と博士は答えた。

「当惑だって？　当惑しているのは君だけじゃない。今日あの家で君に会えて本当によかった。それに、月曜にもう一度クラヴァートンに会ってくれるとは。けっこうなことだ！」

「旧友と話すのが、彼には気休めになると思ってるのかね？」と博士は訊いた。

「いや、そうじゃない。少なくとも、それだけじゃない。なあ、プリーストリー、君が私のことをどう思ってるかは知らない。確かに私の人生には、君がけしからんと思うようなこともあった。だが、何をしでかそうと、医者は自分の職業に誠実だと信じてもらいたい」

「いや、オールドランド、君の個人的な問題に口を差し挟むつもりはない。それはあくまで君自身の問題だ」プリーストリー博士はそっけなく応じた。「我々の友情だって、没交渉になったときに遡ってやり直してもいいと思うが」

「そう言ってくれると嬉しい。その言葉は文字通り受け取らせてもらうよ。さっき君と顔をあわせて、すぐ知恵を借りようと思ったんだ。実はね、プリーストリー、君に話があるんだ。それも大至急で」

「クラヴァートンのことか？」と博士は訊いた。

「クラヴァートンのことさ。困ったことに、私は明朝早く、ロンドンを発つ予定でね。できれば先送りしたいが、どうしても無理なんだ」

博士はすぐに心を決めた。クラヴァートンの情報がほしい。オールドランドはしばらく前から彼の主治医をしていて、十三番地の家にまつわる謎を解く手がかりをくれるかも。首を突っ込む気はないが、自分でも言ったように、博士は当惑していた。当惑を覚えることは何であれ解明したい、情熱とも言うべき欲求を感じる。

「今日は夕食でも一緒にどうかね？」博士はおずおずと提案した。

「そうしたいところだがね！」とオールドランドは声を上げた。「実にありがたい話だが、代診医が七時に来る。仕事の引き継ぎに一、二時間はかかるだろう。だが、私のほうから提案させてもらうよ。君の都合がよければ、夕食後なら、お宅に寄れる。そう、九時半から十時のあいだではどうだね」

「大丈夫だ。ちなみに、今日は私しか家にいない」

「けっこうだ！　これ以上の機会はないよ」

車はサウス・ケンジントン駅の前に停まり、プリーストリー博士は降りる準備をした。博士が車から降りようとすると、オールドランドは博士の膝にちょっと手を置き、「実を言うと、クラヴァートンには気がかりなことがある」と憂鬱そうに言った。

第三章

ウェストボーン・テラスのプリーストリー博士の家は、大きさといい、いかめしい外観といい、落ち着きと上品さが漂う雰囲気といい、ボーマリス・プレイス十三番地の家とかなり共通点がある。だが、博士の家には、あの家に垂れこめる独特の薄暗さはない。博士は、電灯をつけるのを惜しみはしない。書斎が博士のほぼ常時すごす部屋だったが、簡素な調度品とは裏腹に、明るい雰囲気に満ちていた。

その日の夜、オールドランド医師が初めてその家に入ったときの印象も、おそらくそうだったろう。彼は、ガラス戸の本棚、居心地よさそうな椅子、ゆったりした部屋の中でも大きすぎる感のある巨大なデスクを興味深げに眺めまわした。その目が眼鏡の奥できらりと輝き、「快適そうだね、プリーストリー」と彼は言った。「君のくつろぎ方のほうが、クラヴァートンよりましだよ」

博士は頷いたが、オールドランドの姿を観察するのに気を取られ、その言葉にほとんど注意を払っていなかった。この男は二十年ほどのあいだに変わったな。外観も、マナーも、声すらも。今日の午後、クラヴァートンは何と言った？　移ろいゆく世界に住んでいるとか、好き嫌いに関係なく、そんな世界に我慢しなくては、と。オールドランドから見て、自分もどれほど変わったことだろう、と博士は思った。

「そう、クラヴァートンのことだ」と博士は不意に言った。「今日の午後会って、クラヴァートンはずいぶん変わったと思ったよ。最初見たときは、何か重い病気にかかっているのかと思ったほどだ。だが、君は彼に、そんなことはないと言ってるようだね」

「私は本当のことを言ったんだ」とオールドランドは簡潔に応じた。「彼には重い病気などない。軽度の胃潰瘍だけさ。難なく完治するよ。もちろん、病気は辛いし、患者に暗い予感を与えがちだ。彼が実際の病状以上に深刻に受け止めているのもそのせいだろう」

「だが、数時間前、別れ際に君が口にした言葉からすると、君も彼のことを心配していると思ったが？」

「心配してるさ、プリーストリー。君と話したいのもそのことだ。のっぴきならないことでなきゃ、彼が完治するまでロンドンを離れはしないよ。君はしょっちゅう彼に会いに行くのか？」

「思うほどは会えない。音信もないまま一年近くも疎遠になってしまってね。病気だと知っていたら、もっと前に訪ねていたよ」

「一年近くか」とオールドランドは思い返すように言った。「きっと、いろいろな点で変わったと気づいたろうな。君が午後来ることは、クラヴァートンは知っていたのか？」

「いや。今朝、彼から短い手紙をもらって、具合がよくないので、訪ねてきてほしいと書いてあってね。日時の指定は特になかった。だが、その訪問が君の心配と何か関係が？」

「いや別に。いきさつを知ろうと思っただけさ。すまないな、プリーストリー。だが、何もかもがあまりに奇妙で、どうすればうまく説明できるかもわからなくてね。そう、クラヴァートンはもう一人暮らしじゃない」

プリーストリー博士は、返事を返す前にひと息ついた。グレーのドレスを着て、そこから黒く分厚い編み物を垂らし、細い指をせわしなく動かしていた女の姿を思い浮かべた。「最初に客間に案内されたよ」彼はようやく言った。

「ああ！」オールドランドの声が妙に震えた。「じゃあ、君も彼らに会ったのか？」

「三人いたな。だが、彼らが何者かは知らない。正直に言うと、あんな連中がクラヴァートンの家にいたのには驚かされた」

「三人だって？　ああそう、確かに。私が行ったとき、ダーンフォード君が家から出てきたな。君が来たときは中にいたはずだ。あとの二人は、リトルコート夫人とその娘だ」

グレーの服の女が、人間らしい名前を持っていたとは驚きだ。あのご婦人が結婚して、娘を儲けたとは、ほとんど信じられない。では、いかに短期間としても、あのせわしない指が作業を止めたことがあったわけだ。

「今の今まで、彼らの名前は知らなかった」と博士は言った。「クラヴァートンは、彼らのことは何も話してくれなかったよ」

オールドランドは頷いた。クラヴァートンが黙っていたのも当然と言わんばかりに。「彼らのことは話したがらない。彼とは最近会う機会が増えたが、私もこのあいだまで彼らのことは知らなかった。リトルコート夫人はクラヴァートンの妹だ。娘と一緒にパットニーのとある小さなフラットに住んでいる——というか、住んでいたと言うべきかな」

「意味がわからないな、オールドランド。つまり、クラヴァートンとずっと一緒に暮らすために、フラットから出たということか？」

「わからない。彼らの目的が何なのか、さっぱりわからないのさ。あとで説明するが、彼らがいま十三番地に住んでいるのは私のせいだ。彼らはそれなりにありがたいと思ってるかもしれないが、仮にそうだとしても、口に出して感謝してもらったことはない――リトルコート夫人は耳が聞こえないんだ」

「耳が聞こえない！」と博士は声を上げた。なるほどそうか。リトルコート夫人は、うつむいたまま作業に集中していたから、博士が客間にいるのに、まるで気づかなかったのかも。

「かなり難聴が進行している。どの程度の障害かは、私にもまだわからない。時おり、本当はもっと聴こえるのではと思うこともあるが。多難な人生を送ってきた人だよ。誰に聞いてもね。気の毒に」医師は口を閉ざし、眼鏡をはずして拭いた。彼の目は、こうしてあらわになると、不自然なくらい輝いて見える。まるで隠れた炎が心のうちに燃えているかのように。

「最近になって、クラヴァートンが彼女のことを教えてくれた」彼は唐突に再び話しはじめた。「聞いたことがあるかもしれないが、彼らは三人兄妹だった。クラヴァートンが長男で、その下に妹が二人。クララ――つまり、リトルコート夫人――が一番下だ。もめ事を起こすまでは、かわいい子ヒツジだったと思うがね。

経緯は知らないが、彼女は巡回伝道者とねんごろになった。どんな手合いかわかるだろ。自分の信じる教義に人類を改宗させる使命を帯びた御仁というわけさ。世に知られた教派とも無関係でね。いわば、独立独歩の宗教家。警察に目をつけられないかぎり、国じゅうを説教して回っていた。良家の出らしいが、一文なしだったようだね。

クララ・クラヴァートンは、たまたまその御仁の噂を聞くと、たちまち恋に落ちたらしい。その男自身にか、その教えにかは知らないが。その後、男と進む道を共にしたわけだ。むろん、文字通りの意味じゃない。クラヴァートンは長兄の立場として――その頃には両親も亡くなっていた――、その点では、妹への監視の目を怠らなかった。ところが、その男が近くに来ると、彼女は、友人を訪ねるとか口実を設けて抜け出し、時の許すかぎり男の説教を聴いていた。

手短に言うと、ある日、彼女は出て行き、戻らなかった。クラヴァートンは、当然ひどく気をもんだ。妹の消息がつかめず、事故に遭ったと思ったのさ。病院、警察などはみな足を運んだ。だが、消息を知る者はいなかった。そしたら翌日、手紙が一通届いた。クララはその伝道者と結婚し、リトルコート夫人になった、と」

「クラヴァートンのことだから、さぞや大きな衝撃を受けただろうな」とプリーストリー博士は言った。「そんな話はひと言も話してくれたことはない。知ってのとおり、いくら以前親しかったといってもね。リトルコート夫人が結婚したのはいつだね?」

「君がクラヴァートンと知りあうほんの少し前だと思う。クラヴァートンは激怒した。妹とは縁を切ると誓い、口をきわめて、地獄へ行けと彼女に伝えた――それとも、天国行きかな――彼女にすればね。それきり、妹の名は努めて口にしなくなった。

それでも、時おりは彼女の消息を耳にした。いやおうなしにね。リトルコートは、伝道活動のことで時おり問題を起こし、名前が新聞に出たのさ。リトルコート夫妻は国じゅうを行脚していた。生垣の下で寝ることも稀じゃなかったろう。間もなく、三人目の道連れができた。赤ん坊を連れて歩くことになったのさ」

「赤ん坊!」プリーストリー博士は声を上げた。「今日の午後、会った娘か?」

「いや、その子は死んだ。両親の暮らし方が合わなかったんだな。ヘレン――君が午後会った娘――はそのあとに生まれた。彼女が生まれてほんの数週間後に父親は死んだ。リトルコート夫人を孤立無援のまま残してね。彼女では伝道活動をうまく続けていけるはずもなかった。夫人はクラヴァートンに泣きついたのさ。彼にすれば、妹を飢え死にさせるわけにいかず、不憫に思い、わずかな生活費を送ってやった。自分の前に現れるなという条件付きでね。いとこの遺産を相続してからは、生活費の額も上げてやっただろう。

リトルコート夫人がどうやって暮らしを立てていたかはわからない。だが、ヘレンには、それなりの教育をなんとか受けさせてやった。それと、娘が成長するまでに、夫人はかなり儲かる商売を自分で見つけたのさ。夫の教義がどんなものだったか私は知らない。だが、夫の死後、彼女はスピリチュアリズムに転向した」

プリーストリー博士は、その言葉を口にしたとき、クラヴァートンが顔をひきつらせたのをふと思い出し、「クラヴァートンはそのことを知っていたのかね?」と訊いた。

「ついこのあいだ、はじめて知ったのさ。リトルコート夫人からは絶対に話さなかった。不興を買って、生活費も切られると思ったんだろう。ともかく、彼女は降霊術体験で金を儲ける方法を見つけた。七、八年前に霊媒としての能力を開花させたんだ。もちろん、本名は使っていない。マダム・ディアーネと称している。その名は、私も何度か聞いたよ。彼女の降霊会はいつも好評のようだ。聞くところでは、かなりの実入りらしい。

ヘレンにその稼業を継がせるつもりかどうかはわからない。娘を見ているかぎり、とてもできそうにないが。こうなるとわかっていたら、私もあんなことを勧めは――。ともあれ、その話をするよ。

結局、ヘレンはナースの仕事に就くことになり、セント・エセルバーガ病院に研修を受けに行った。そこで出会った最初の相手が、いとこのアイヴァー・ダーンフォードだった」

「ダーンフォード？」とプリーストリー博士は言った。「それは、午後会った青年の名じゃないか？」

「その男だよ。彼のことはよくわからない。つまり、ヘレンに対して何を企んでいるのか、だが。彼はクラヴァートンのもう一人の妹の子だ。彼女のほうは、ロマンチックな話は何もない。公務員と結婚し、その後も幸せに暮らした。アイヴァーは研究化学者で、北部の大企業に勤めている。セント・エセルバーガ病院では短期の仕事をしていて、ヘレンと出会ったというわけさ。

では、奇妙ないきさつのことを話すとしよう。ケンジントンの診療所を買って開業してから、クラヴァートンと連絡を取るようになってね。ふた月ほど前に、彼に往診を求められた。吐き気と腹痛を訴え、医学的な助言を求めてきた。胃潰瘍と診断して、パパイン（熟していない青パパイアの果実や葉から汁を抽出して、乾燥、生成させた消化酵素の一種。消化機能の向上、鎮痛作用、腸内環境の改善等の効能がある）の服用とあわせて、アルカリ性の水薬を処方した。この手の疾患には間違いなくパパインが効く。テイラー・アンド・ハント社のカプセルを買うように指示した。そこの薬はいつも一番純度が高いんだ。

クラヴァートンは素直にこの療法に従ったが、ベッドで安静にすべきだとも忠告した。それはいいのだが、彼の世話をする者がいなくてね。家にはフォークナーと料理人を含めて使用人が四人いるが、病人の世話の仕方がわかる者がいなかった。それで、経験のあるナースを雇えとクラヴァートンに勧めたんだ。

ところが、クラヴァートンには、へそ曲がりなところがある。ほしい希少本があれば、出し惜しみしないくせに、彼の言う無用な便宜なるものには出し渋る。ナースなどとんでもない、金の無駄遣いだ、家事から何からみんな引っかき回される、と言ってね。私も、どうしていいか思いあぐねながら家を退散したよ。まさか、入院しろとはさすがに言えなかった。

あくる日、遠まわしにあれこれ希望を聞くと、ナースには心当たりがあると言う。ロンドンの病院で研修を受けた姪がいるから、しばらく同居させてやれば、けっこうな節約になるとね。二日後に来ると、家にはヘレン・リトルコートと母親が腰を据えていたわけさ」

プリーストリー博士は苦笑し、「なるほど」と言った。「クラヴァートンの節約願望は、妹の所業への怒りを超越したわけだ。だが、リトルコート夫人が娘と一緒に来る必要はなかったのでは？　そもそも、夫人は十三番地の家で何を？」

オールドランドは眼鏡の奥で目を細め、「彼女は待っているのさ」と妙に意味ありげな言い方で答えた。

待っている？　プリーストリー博士はすぐに、その一語がいみじくも彼女の様子を的確に表現していると気づいた。自分の周囲で起きることは気にも留めず、謎めいた黒い編み物にひたすら集中しながら待っている！　だが、何を？　何か現世の出来事か。それとも、正体不明の霊魂が降臨し、交信してくれるのを待っているのか？　あのかがめたグレーの髪の頭を見るだけでは、誰にもわかるまい。

「驚くべきことだな、オールドランド」と博士は静かに言った。「何が起きるのを期待していると？」

オールドランドは妙な身振りでお手上げだと両手を挙げ、「わかるわけがない」と答えた。「気づいたと思うが、彼女とはうまく意思疎通できない。何を待っているかって？　知るかい！　娘と甥が結ばれるのを待っているのか、クラヴァートンの勘気が解けるのを待っているのか。夫人があの家に来ても、クラヴァートンは妹のことをさほど気にかけていないようだ。それよりもっと仰天するようなことを待っているのかも」

彼はひと息つくと、気を静めて話を続けた。「わからない。何も打ち明けてくれないんだ。クラヴァートンがなぜ妹を家に受け入れたのかも知らない。私に思いつくのは、母親が一緒じゃないと嫌だとヘレンが言ったのでは、ということぐらいさ。夫人は現にあの家にいるし、クラヴァートンが回復するまで居座り続けるだろうな――回復すればだが」

「確実に回復するのでは?」博士は、オールドランドの言葉を聞いて、思わず声を上げた。「彼の病気は重くないと言ってたじゃないか?」

「重くはない。現に、順調に回復している。だが、いつまで続くかな? なあ、プリーストリー、君に話さなきゃいけないことがある。守秘義務違反になってしまうが。これから話すことは、ここだけの話にしてほしい」

博士はためらったが、「異論はない。他人に話さざるを得ないような特段の事情でもあれば別だが。君が打ち明けたことを漏らすつもりはない」と強調した。

オールドランドは暗い表情で頷き、「残念だが、これは特段の事情だ」と応じた。「だから、いずれは明るみに出る。じゃあ事実を話そう。私にも解せないが、ずっと頭を悩ませてきた。

リトルコート夫人と娘は、私が異常に気づく二週間も前からあの家にいる。クラヴァートンは思ったほど回復は早くなかったが、そんなこともある。一度か二度、水薬を変えてみたが、効果はなかったようだ。そしたら、六週間ほど前の夜、フォークナーがタクシーで私を迎えに来てね。そう、十三番地の家には電話がない。電話は便利さより厄介な面が多いとクラヴァートンは言い続けている。

フォークナーが旦那様の具合が悪いと言うので、すぐに向かった。クラヴァートンは衰弱して、ひどく具合が悪そうだった。ヘレンの話では、急にそうなったという。私は、胃潰瘍が急に悪化したと思い、その判断に従って処置した。そのときも、どうも気に食わない症状があるのに気づいた。しばらく付き添っていると、症状も治まってきた。だが、納得がいかず、手術の必要があるように思った。クラヴァートンには黙っていたが、ヘレンには、明日にでも専門医を呼ぶつもりだと言ったよ。呼ぶからには、症状について極力詳細な情報を伝えなくてはと思い、組織や血液などのサンプルを採って持ち帰った。

疑いを抱いていたとは言わないし、それほどはっきり確信があったわけじゃない。だが、それらのサンプルをさっそく調べてみたんだ」

引きつった笑みがオールドランドの唇に一瞬浮かび、椅子から身を前に乗り出すと、「徹底した分析をやった。どういう分析かはわかるだろうが」と厳しい表情で話を続けた。「検査したサンプルからは、いずれも多量の砒素が検出された」

「砒素だと！」とプリーストリー博士は声を上げた。「摂取元は突き止めたのか？」

「いや。私の身にもなってくれ、プリーストリー。いったい何ができたと？　クラヴァートンの発作は、致死量以下の砒素の摂取と完全に符合していた。サンプルから証拠を見つけたよ。だが、その砒素はどこから摂取されたのか？　私は砒素など処方していない。翌日、彼の薬瓶を持ち帰って、調剤を間違えた可能性がないか検査してみた。結果はシロだった。そう確信してはいたが。カプセルには何の疑惑もない。テイラー・アンド・ハント社がミスを犯すはずはないさ。ほかに何が考えられる？」

「クラヴァートンに出された食事だな」プリーストリー博士はゆっくりと答えた。

「そのとおり。だが、何ができた？　騒ぎ立てて、警察を呼べと迫るのか？　クラヴァートンに向かって、君を毒殺する企てがあると言えとでも？　そしたら、どうなると思う？　食事の残飯は、とっくに廃棄されている。砒素は、まったく偶然の経緯で摂取されただけかもしれない。実は、頭がおかしくなるほど、この問題を繰り返し考え続けたよ。結局、誰にも言わないかわり、症状のぶり返しがないか、患者を慎重に観察することに決めた。

それが六週間前だ。それ以来ほぼ毎日、サンプルを採って検査している。砒素の痕跡は徐々に消えて、ここひと月ほどは検出されていない。明らかに一服だけ盛られたんだ。クラヴァートンは着実に回復している。だが、もう一服盛られないという保証はあるまい」

「誰をクラヴァートンの毒殺未遂犯と疑っているのかは、あえて訊くまい」とプリーストリー博士は言った。「こういう場合、疑惑はもっぱら推測に基づいているだけだ。クラヴァートン自身は、発作の原因について思い当たる節はあるのか？」

「ないだろう。だが、時おり真相に気づく不気味な直観力を持っている。今の環境に本当に満足しているのかな、と私もよく思うが、頑固だから、病院で治療を受けるより、毒殺の危険があっても自分の家にいるほうを選ぶだろうな。

その一件以来、彼が選んだナースには、私も以前ほど信を置いていない。なあ、プリーストリー、仕事の点では、彼女に非の打ちどころはないよ。仮に私自身がナースを選んだとしても、彼女と同程度の能力だったろう。あんなものさ。確かに気が短いし、マナーもよくないが、クラヴァートンが気にかける様子はない。そしたら、この事件の一週間後、ダーンフォード君に玄関ホールで呼び止められたのさ。

最初は、何が言いたいのかよくわからなかった。伯父の健康のことで心配しているという話をくどくどとしゃべりはじめてね。伯父が病気になってから、機会あるごとにロンドンまで見舞いに来てると言う。私がクラヴァートンの治療に当たってきたことに、あれやこれやと感謝の言葉を浴びせてきてね。いやはや、プリーストリー、あの男からは逃げられなかったよ。

するまと、知らせたいことがあるとほのめかしはじめた。それで、ちょっと辛辣に、それなら教えてもらおうかと言ったのさ。そしたら、さんざん的外れな話をしたあげく、ヘレンが事実を偽ってこの家にいると知っているか、と聞いてきた」

「事実を偽っている！」とプリーストリー博士は声を上げた。「どういう意味かね？」

「私も同じ質問をした。単刀直入にね。そしたら、彼女にナースの資格はないと言うんだ。研修を修了する前に、セント・エセルバーガ病院を追い出されたと。理由を聞いたが、知らないのか、あるいは言いたくなかったようだ。

むろん、私を安心させようと思って言ったことじゃない。ともかく、彼女には何の不満もないし、彼女に伯父を看護する十分な能力があることは、私が一番よく知っていると言ってやったよ。一応、セント・エセルバーガ病院にも照会してみたが、ミス・ヘレンは婦長と諍いを起こして追い出されたらしい。詳しいことは話してくれなかったが、その件は、彼女のナースとしての能力とは無関係だとはっきり言っていた。

もう一度言うが、私に何ができた？　クラヴァートンが重病人だったら、違う人間を雇えと説得したさ。だが、そうじゃない。日々よくなっていた。君も見たとおり、起き上がって、図書室で本も読める。彼にそんなことを言えば、きっと、余計なお節介だと言うだろう。彼がその話をすでに知ってたとしても、私は別段驚かない」

「確かに君の立場は苦しいね、オールドランド」プリーストリー博士は重々しく言った。「できるだけクラヴァートンを訪ねてやってくれという君の気持ちがやっとわかったよ。君の不在中はきっとそうする。だが、どうも嫌な予感がするな。今日の午後、クラヴァートンの親戚たちに歓迎されなかったのがよくわかってね」

「君ほどおおらかな人間なら、そんなことは気にかけないだろ、プリーストリー」オールドランドは熱を込めて言った。「連中の態度はわかる。君がクラヴァートンに入れ知恵するのではと不安なのさ」

「入れ知恵！　なぜ私が彼に入れ知恵を？　求められでもしないかぎり、そんなことをするものか。彼らと何の関係が？」

「腹を読むなら、彼らはまさに切羽詰まっているのさ。クラヴァートンは今日、ライズリントンのことを言ってなかったか？」

「ああ。彼が持ってきた本のカタログのことで、たまたま口にしただけだが」

「クラヴァートンらしいな。君には、ライズリントンが仕事の依頼に応じて面談に来たとは言わなかったわけだ。経緯を教えるよ。さっき話した発作のせいで、クラヴァートンもちょっと動揺してね。また発作が襲ってくるのか、命に関わるものなのか、はっきり言ってくれと聞いてきた。二度とないことを願ってはいるが、彼の歳なら、胃潰瘍が悪化することもあり得ると答えたよ。

彼もそのときは、それ以上言わなかった。だが、顧問弁護士のライズリントンが定期的に会いに来るので、今度、彼と会ってくれるか、と先週言われてね。火曜にお会いした。マナーも心得た年配の男で、いかにも顧問弁護士らしかった。事務員も一人連れてきていた。ライズリントンは書類を一枚出してきて、クラヴァートンに署名させた。それから、私とその事務員にも証人として署名させた。文書はジョン・クラヴァートン卿の遺言書だったのさ。

さて、クラヴァートンのような男がまだ遺言書を作ってなかったとは思えない。だから、あれは明らかに新しい遺言書だ。前のやつを破棄したのさ。ライズリントンはそのまま持ち帰り、もちろん私も中身は見ていない。

だが、クラヴァートンの親類の気持ちもわからないか？　彼らだって、ライズリントンが家に来たのは知ってるし、クラヴァートンが遺言書の変更を考えていたのも勘づいていたはずだ。とはいえ、新しい遺言書が火曜に実際に署名されたことまではたぶん知らないだろう。誰が得をするように変更したのか？　ここ一、二週間、彼らが思いあぐねていたのは、きっとその問題だ。みんな、自分が気に入られようと、努めて愛想よくしていたことだろうよ。彼らは私のことを妬んでいるのさ。クラヴァートンの旧友が発言力を持つのを喜ぶとは思えない。一族以外の者に遺産を分配する気になるかもしれないしね。それに、君にも分かるだろうが、クラヴァートンは自分の考えをまったく漏らしてはいない。その点は私にも安心材料でね」

「どういう意味だね？」とプリーストリー博士は訊いた。

またもやオールドランドは唇を歪めて苦笑いし、「クラヴァートンが遺産相続人を明らかにしないかぎり、もはや砒素が検出されることはないはずだ」と謎めかすように答えた。

第四章

オールドランドが帰っても、プリーストリー博士はずっと書斎で座ったままだった。ほんの数時間前、ごく普通の気遣いから旧友を訪ねようと出かけただけなのに。そのあと、あまりに多くの驚きを味わい、それなりに状況を整理しないと眠れそうにない。

もちろん、クラヴァートンは、この奇妙な劇の主役だ。劇か。まさにそのとおり。まるで現実味を感じない、劇場の芝居を観ている気がする。十三番地の家では本当に異常なことが起きているのか？それとも、そんな突飛な可能性を思い浮かべるのも、ただ想像を逞しくした結果にすぎないのか？

クラヴァートンの振舞いは、少なくとも彼の性格とぴたりと一致する。それは博士にもわかる。彼が比較的些細な出費を節約するのに相当な不便を忍ぶとわかったのは、これがはじめてではない。ナースに賃金を払うより、妹や姪との同居を受忍するのも、いかにも彼らしい。だが、彼らはひとえにお情けで居候させてもらっている。リトルコート夫人は何も役立つことをしていないのだから、控えめにしていて当然だ。

物事を常識的な視点で見るのが、プリーストリー博士の習慣だ。同じ屋根の下に住んでいるのに、妹と顔をあわせるのを拒む兄の冷酷な態度も、別に驚くべきことではない。顔をあわせて何の意味がある？　話をしたところで、非難の応酬に終わり、袋小路に行き当たるだけだ。確かにオールドランドの推測は正しい。ヘレン・リトルコートは、十三番地の家に来るにあたって、母親の同伴を条件にしたのだ。

そもそも、肉親といいながら、クラヴァートンと妹は何か共通点があるのか？　彼らはまるで異なる人生を歩んできたから、赤の他人より縁遠くなっているはず。顔をあわせず、あえて諍いなど起こさぬほうがずっとまし。きっとそれがクラヴァートンの考えだ。

そこまでは状況も理解できる。クラヴァートンが物事を決めているのだ。病人とはいえ、家の主人なのだから。だが、オールドランドが話した事件は信じ難い。クラヴァートンを毒殺する試みが本当にあったのか、それとも、オールドランドが、十三番地の異常な雰囲気に想像力を膨らませすぎ、事実を誤認しているのか？

オールドランドは、昔のことはどうあれ――クラヴァートンと同じく、博士も過去のことを問うつもりはなかった――有能で賢い男だ。根拠もなしに砒素が検出されたと言うはずがない。砒素が検出されたのは、事実として受け入れなくては。その真相はこれから探らねばならないが。

博士は記憶を確かめるため、本棚から毒物学の専門書を引っ張り出し、ページを繰って砒素の項目を開いた。その説明によると、慢性砒素中毒の症状は、ある種の胃の疾患に伴う症状とよく似ている。砒素は多種多様な物質に見出され、様々な経路で組織に吸収される。本を閉じると、博士はその問題をみずから考えはじめた。

オールドランドは、クラヴァートンの病状が進行したあとに毒が盛られたと考えているようだ。だが、果たしてそうか？　違うのでは。彼が説明した症状は、別の仮説とも完全に合致する。クラヴァートンは、相当期間、砒素を摂取し続け、その結果、病気となったのかも。衰弱した状態になったのも、それが進行した結果かもしれない。

だとしたら、中毒症状は、リトルコート夫人と娘が家に来る前にはじまったことになる。砒素を摂取したのは事故なのかも。意図的に毒が盛られた証拠はない。オールドランドの疑惑は正しいかもしれないが、自分で言うように、証明する手立てはない。

その問題を考えれば考えるほど、プリーストリー博士には、それがオールドランドの空想ではないかと思えてきた。確かに博士は変わり者と何人も接してきた。クラヴァートンは、実際見当をつけたように、どんな男か理解できる。だが、リトルコート夫人はどうだ！　夫人が兄の家で、現世を超越してじっと待ちつつ、何を考えているかなどわかるはずもない。過去に味わった経験のせいで、夫人はまるで得体の知れない存在と化している。

博士は、そんな経験が夫人にどんな影響を与えたか思い描こうと虚しく試みた。無一文の福音伝道者とともにさすらった極貧の歳月。スピリチュアリズムに転向した驚くべき心境の変化。その後は、プロの霊媒という精神的な生き方。最後は、兄と同居するよそ者として、指と頭脳以外は活動を止めたまま、十三番地の家で日がな一日過ごす日々。

オールドランドは、夫人の態度を一語で見事に言い当てていた。待っている。波乱万丈の歳月を経て、夫人はあらゆる活動を他人に委ね、ひたすら待っている。では、娘のほうは？　ただ待つことに我慢できるような娘ではない。彼女はあの奇妙な家でどんな役割を？　伯父のナースをおとなしく務めているだけではあるまい、と博士はにらんでいた。

クラヴァートンの財産の問題、さらには、オールドランドの判断が正しいとすればだが、遺言書が最近変更されたことが、事態をひどく複雑にしている。クラヴァートンは、内意を他人に漏らす男ではない。財産がどのように配分されるかは、間違いなく、彼自身と弁護士しか知らない。だが、妹の処遇はともかく、一族の権利をないがしろにする男でもない。彼の死により一番得をしそうなのは、リトルコート親子とアイヴァー・ダーンフォードだ。

ダーンフォードが意外にもオールドランドに告げ口をしたのも、おそらくそこから理解できる。伯父が遺言書の変更を検討していることを嗅ぎつけたから、いとこの信用を失墜させようとしたのだ。ヘレン・リトルコートが病院を追い出されたことは、きっとクラヴァートンにも話している。彼女が同居していることを危惧したか。自分を相続人にするよう、伯父を籠絡するかもしれないからな。

確かに奇妙な状況だ。プリーストリー博士の興味をかき立てるには十分なほどに。だが、博士にできることは、控えめな観察者でいることだけ。クラヴァートンの問題に口をはさむのは、潔しとするところではない。オールドランドの不安を真に受ける気もない。友人を毒殺する試みが本当にあったとは、どうも信じ難い。オールドランドは、遺言書の内容が判明しないかぎり、そんなことをやろうとする動機のある者はいないと言っていたが、それも一理ある。だが、約束したことだし、次の月曜の朝、十三番地の家を再訪しよう。

土日は、博士も手がふさがり、クラヴァートンのことを考える暇はなかった。秘書のハロルド・メリフィールドが外出していて、自分でやらなくてはいけない仕事がいつもより多かったのだ。つれづれに十三番地の家のことが思い浮かびはした。書物に囲まれて座るクラヴァートン。謎めいた姿のリトルコート夫人。薄明かりを背景に浮かび上がる、ばかにした態度の長身の娘。そんな人々の姿が博士の想像を刺激した。オールドランドの想像を刺激したのと同様に。だが、彼らのことを考えるよりほかにすることがあった。

月曜の朝、十一時少し前に博士は出かけた。今回はタクシーを拾った。できるだけ早く家に戻りたかったのだ。道中、訪ねる約束をしたことを多少悔いていた。リトルコート親子と顔をあわせる気にならないのだ。フォークナーには、自分の来訪をクラヴァートンに告げるまで、玄関ホールで待たせてもらうと言おう。あとの滞在は極力短く切り上げる。

クラヴァートンさえよければ、すぐ帰ろう。オールドランドの話を聞いてから、先週金曜のクラヴァートンの態度も分かりやすくなった。何か重要なことを伝えたいようだな。だから手紙を送ってきたのだ。オールドランドが来る数分前に、自分が来るとは思っていなかったから、あんなどうでもいい話をしたわけだ。邪魔されずに言いたいことを伝える時間がなかったのだ。今日ならきっと言えるチャンスがあるだろう。

車はボーマリス・プレイスに入り、十三番地の家の前で停まった。博士は、運転手に料金を払い、家の呼び鈴を鳴らした。ちっとも反応がないため、もう一度もどかしげに鳴らした。ようやくドアが開き、フォークナーが外を覗いた。プリーストリー博士だとわかると、ぎくりとして、いつもの無表情さとは打って変わり、妙に困った表情を浮かべた。

執事が中に入れようとしないため、博士は眉をひそめると、「ジョン卿に会いたい。約束したのだ」と断固とした口調で言った。

「申し訳ございません」とフォークナーは答えながら、そわそわした様子で顔をひきつらせた。「ジョン卿は、昨日の朝、亡くなられました」

博士は驚愕し、いっぺんにいつもの落ち着きを失った。「亡くなった！　なんてことだ、フォークナー。何があったのかね？」

執事は返答する前に、玄関ホールのほうをちらりと振り返ると、「突然のことだったのでございます。朝食の直後でした」と囁き声で言った。「ジョン卿は、数週間前と同じ発作を起こされたのです。ミス・リトルコートのご指示でミルヴァーリー先生を呼びにまいりましたが、先生が来られる前にジョン卿は亡くなられました」執事はひと息つき、今度はやや大きめの声で話を続けた。「申し訳ございませんが、お約束のない方はどなたもお入れしてはならぬとの指示をいただいております。いらっしゃったことをミス・リトルコートにお伝えしてくれということでしたら――」

「いや、いい！」プリーストリー博士は大声で言った。不意にドアに背を向けて振り返り、ボーマリス・プレイスをすばやく見まわした。博士を乗せてきたタクシーは、通りの突き当たりまで行ってUターンし、こっちにゆっくりと戻ってくるところ。博士が手を振ると、そばに来て停まった。「最寄りの公衆電話までやってくれ」博士は運転手にブスッと告げた。

博士は、タクシーが電話ボックスに行くわずかなあいだに心を決め、「ここで待っていてくれ」と言った。ボックスに入ると、ロンドン警視庁《スコットランドヤード》に電話をかけ、ハンスリット警視がいるか尋ねた。運よく在室で、電話を警視につないでもらった。

「君かね、警視？」博士は、ハンスリットの声が聞こえるとすぐ言った。「ああ、私はすこぶる元気だよ。ありがとう。実は至急、君の助言がほしい。一時ちょうどに、ウェストボーン・テラスで昼食を一緒にどうかね？」

「もちろんですよ、教授」とハンスリットは答えた。「いったい何事です？　私の仕事に関わることですか？」

しかし、博士はすでに電話をきっていた。電話帳でオールドランドの番号を調べ、もう一度電話をかけた。女中が電話に出た。「いいえ、オールドランド先生はまだ戻っておりません、ミルヴァーリー先生もお戻りを待ってらっしゃいます。ミルヴァーリー先生は往診に出てますが、一時半に戻ってらっしゃいます。その頃におかけ直しいただけますか?」

タクシーでウェストボーン・テラスに戻る途中、博士は思考をめまぐるしく働かせた。オールドランドの不安は的中したし、彼の不在中にクラヴァートンは毒殺されたのだ。博士は、気まずい罪の意識を味わっていた。疑りすぎて、オールドランドの不安を軽く見るべきじゃなかった。せめて、こうなる前に、クラヴァートンの家に足を運んで話をすべきだったのに。もはや死んでしまったじゃないか!

突然、前回と同じ発作があって、とフォークナーは説明した。それが事実なら、死因を突き止めるのは難しくあるまい、と博士は厳しい表情で考えた。体内の砒素を検出するのは、なにより簡単なこと。砒素が何を介して盛られたのかを突き止めるのも、さほど難しくはない。

家に着くと、椅子に身を落ち着け、辛抱強くハンスリット警視が来るのを待った。プリーストリー博士のことを科学分野での名声を通じてしか知らない者なら、博士が犯罪捜査課の捜査官と親しいと知れば驚くだろう。だが、二人は古くからの友人だった。ずいぶん前のことだが、二人はともにある殺人事件の解決に携わり、ハンスリットはプリーストリー博士のひそかな趣味に気づいた。教授は、科学上の問題を論理的に解決する精神的訓練を積んできたため、余暇は犯罪の解明にその能力を応用して過ごすのを好んだのだ。

それ以来、ハンスリットは、捜査の過程でぶつかった難問の多くを博士に相談し、いつも自分にも満足のいく結果を得てきた。だが、ほぼどんな事件でも、博士の関心は、自分が納得のいくように問題を解決できれば、それで終わり。犯罪者がそのあとどうなろうと、博士にはまったく関心の埒外《らちがい》。謎解きをチェスのゲームと同じように扱う。ゲームで動く個々の駒には、束の間の関心しか持たない。多くの人が興味を持つことなら、博士だって気にならぬはずはない。だが、ハンスリットが持ち込む問題には、ことさら醒めた、感情を交えない態度を取っていた。博士がよく言うように、そんな態度だからこそ、客観的な判断ができるのだ。

だが、今度の場合、友人の死が絡むだけに、未然に防げなかった後ろめたい気持ちが消えず、いつもの客観的な見方がどうしてもできない。ハンスリットは、時間ぴったりにやってきたが、はじめて見る博士の動揺した様子にすぐ気づき、分別を働かせて何も聞かず、博士のほうから進んで話してくれるのを待った。

そう待つまでもなかった。昼食を摂りながら、博士は、十三番地の家と、そこにいた人々のことを事細かに説明した。彼らの性格や行動については何一つ省かず、先週の金曜に自分が経験したことを詳しく話して聞かせた。ただ、オールドランドの疑惑については話さなかった。確かに、秘密を守る約束にこだわらなくていい特段の事情はあった。だが、博士は、間接的に得た証拠は信じないたちだ。むしろ、例の驚くべき出来事については、オールドランド自身から説明してもらうほうがいいと考えた。

「そりゃまた奇妙な連中ですな、教授」とハンスリットは論評した。「ジョン卿は、ちょっと変わり者ですが、ごく普通の人のようだ。日がな一日書物に没頭する人にそんなのはよくいます。お話からすると、彼が妹さんに自分の世話を任せないのは驚くにあたらないですよ」

警視は口をつぐみ、博士が話を続けるのを待った。見ず知らずの連中の物語を聞かせるだけのために、ウェストボーン・テラスに呼び出したのでないことはよくわかっていた。だが、博士の大胆な発言は、いざ聞くと実に思いがけないことだった。

「我が旧友クラヴァートンは、昨日の朝、計画的に殺害された疑いがある」と博士は言った。

警視は、揺らしていたワイングラスを慎重に下ろした。プリーストリー博士が十分な根拠もなしにそんな発言をしないのはよくわかっている。ただ、その問題にどう対処しようとしているかは、どうもはっきりしない。素晴らしい昼食を賞味しながら、ほんの気まぐれに口にするような話でもない。

「私への要望とは、警察への告発を受理してくれということですか、教授？」ハンスリットは穏やかに尋ねた。

「そんなふうに受け止めてもらう必要はない」と博士は答えた。「警察ならきっと、ほかの筋からも前後関係の情報を集めることができる。私はただ、できるだけ早い段階で、ある程度の情報を君に知らせたいと思ったのだ。君たち警察が犯人を特定しやすいようにね。クラヴァートンの死について言えるのは、今朝、執事から聞いた話だけだ。執事によると、突然倒れて亡くなったそうでね。医師が現場に着く間もないほどに」

「ジョン卿は、何か内臓の長患いがあったとか？」

「そのとおり。その疾患で急死することもあり得る。事の真偽は、医師が判断することだ。上からの指示を待たずして捜査を進めてもらってもかまわないかね？」

「お聞きした話からすれば、ある程度まではね、教授。まずは、ジョン卿の治療にあたっていたという、オールドランド医師に会いたい。今のところ、彼の所見を手がかりにするしかありません」

ハンスリットの答えに慎重さがにじむのは、プリーストリー博士も見逃さなかった。「これが犯罪だという私の話を鵜呑みにしてくれとは言わない」と博士は言った。「間の悪いことに、オールドランド医師は今、ロンドンにいない。確か、彼は土曜の朝に出発して、来週日曜に戻ってくる予定だ。不在中は代診医を雇っている。ミルヴァーリーという若い医師だが、私はよく知らない」

「では、ジョン卿が亡くなったとき、オールドランド医師は付き添っていなかったと?」ハンスリットはすぐさま尋ねた。

「そのようだ。だが、ミルヴァーリー医師の所見は聞きたいだろう」

「もちろん。住所を教えていただければ、すぐに会いに行きますよ」

「私も同行させてもらえるかな。なんなら、私からミルヴァーリー医師に電話しよう。一時半には戻っているはずだし、ちょうどその時間も過ぎたところだ」

博士は、もう一度電話をかけた。今度はミルヴァーリー医師本人が電話に出た。医師は、プリーストリー博士の名前を聞いただけで誰か気づき、「博士のことは、オールドランドから出発前にお聞きしました」と言った。「ええ、お越しいただけるならありがたいです。ジョン・クラヴァートン卿のことですね? オールドランドにはすぐ電報を打ちましたが、まだ戻っていません。博士がいらっしゃるのをお待ちしてますよ」

博士はタクシーを呼んだ。ハンスリットとタクシーを待っているうちに、手紙が届いた。届けてきた使いの者は返答を待っていた。プリーストリー博士はもどかしげに封筒を開封し、タイプ打ちの手紙を取り出した。その紙には、「ヒュー・R・ライズリントン、弁護士、宣誓管理官。ベッドフォード・ロウ一五二番地、W・C・2」というレターヘッドがあり、手紙には次のように書かれていた。

拝啓　拝顔の栄に浴したことはございませんが、御高名は依頼人のジョン・クラヴァートン卿からよくお聞きしております。残念なお知らせですが、ジョン卿は今月十四日、日曜午前に急逝されました。内密のお知らせですが、ジョン卿の遺言書には、貴殿に関わる項目がございます。恐縮ですが、早急に当事務所にてお目にかかりたく存じます。ぜひお話ししたいことがございますので。いつお越しいただけるか、この手紙を持参した者にお伝えいただければ幸甚に存じます。
敬具
ヒュー・ライズリントン

「本日午後四時にライズリントン氏の事務所にお伺いすると、使いの人に伝えてくれるかね?」博士は、そばに控えていた女中に言った。「タクシーが来たか。よし、一、二分後に警視と一緒に出るよ」

手紙はハンスリットには見せなかった。見せるのは、ライズリントンの話を聞いてからでもいい。使いの者が立ち去るのを待ってから、博士は外に出た。警視とともにタクシーに乗り込むと、オールドランド医師の家に向かった。

二人はすぐに、ミルヴァーリー医師のところに案内された。医師はまだ若く、資格を取って間がないようだ。純真そうで邪気のない顔には少年っぽさが残るが、今はその顔に深い憂慮がにじみ出ている。思いがけず重責をいきなり課せられたという雰囲気があり、プリーストリー博士にもその気持ちがそれなりにわかって同情を禁じ得なかった。

医師は深々と博士におじぎすると、「お越しいただき、ありがとうございます」と言った。「博士のことは、オールドランドから出発前にいろいろお聞きしております。もちろん、ご高名はそれ以前から存じておりました。昨日お伺いしようとも思ったのですが、いきなりお邪魔するのも厚かましいか

「来てくれたらよかったのに」と博士は言った。「あいにく、今朝になるまでクラヴァートンの死を知らなくてね。こちらは友人のハンスリット氏。ロンドン警視庁《スコットランドヤード》の捜査官だ。今日たまたま昼食をご一緒して、お連れしてもかまうまいと思ってね」

「博士のご友人であれば、どなたでも歓迎ですよ。ジョン卿が亡くなった状況をお知りになりたいのですね?」

「金曜午後に会ったのが最後だが、その後何があったのか、知っていることはすべて教えてほしい」と博士は答えた。

「何でもお話ししますよ。オールドランドは、金曜の夜、患者のことを詳しく教えてくれました。患者は順調に回復していて、現在の治療を続けるべし、と。実は、ジョン卿はちょっと扱いの難しい患者だから対応は慎重に、という忠告も。

土曜の朝に往診に出かけた際、ボーマリス・プレイスに寄りました。若い女性が出ましたが、ジョン卿の姪で、卿の看護をしているそうで。ジョン卿は夜よく眠れたとか、いろいろ基本的な詳細情報を教えてくれました。卿はけっこう気難しい――彼女の使った言葉ですが――、あんな小うるさくなきゃ、もっと治りも早いのに、とも言っていましたよ。

小うるさいとは何のことかと尋ねたら、食べ物のことでした。伯父さんは、彼女がまず味見をし、ちゃんと調理されているか確かめてからでないと食べ物を口にしないとか」

プリーストリー博士は、この思いがけない情報に驚きの色を見せまいと努め、「クラヴァートンには好みのうるさいところがあったな」と言った。「診察時の具合はどうだった?」

「オールドランドの話から予想していたより元気でした。姪御さんの言う気難しさもまるでなかったし。とても愛想よく応じてくれて、少し雑談もしましたが、病気の話はほとんどしませんでした。急速に回復している印象を受けたし、同様の患者なら、二、三日は往診に行かなかったでしょう。でも、オールドランドから、毎日往診に行ってくれと念押しされていたので、ジョン卿には、日曜の十二時頃にまた往診に伺うと申し上げたんです。

ところが、日曜朝の十時少し前、至急来てほしいとの連絡がありました。ジョン卿の執事がタクシーでやってきて、旦那様が突然発作に襲われたと言うんです。執事と一緒にタクシーでボーマリス・プレイスに行きました。執事は自分が持っていた鍵でドアを開け、そのままジョン卿の寝室まで案内してくれました。ジョン卿は身を丸くしてベッドに横たわっていて、もう亡くなっているのが一目でわかり、検査したところ、私が着く数分前に亡くなったとわかりました。

ジョン卿の姪御さんも部屋にいましたが、年配のご婦人もいて、その人と会ったのははじめてです。どちらもひどく打ちのめされた様子で、私の質問にもまともな答えは返ってきませんでした。年配のご婦人のほうは、私の言うことがわからない様子だったし、ジョン卿の姪御さんは恐怖で凍りついたようでした。やっとなんとか、彼女に知っていることを話してもらいました。伯父さんに朝食を運んだのは九時十五分前ちょうど。メニューは、トーストに落とし卵、バターを塗ったパンを二、三切れに、ポットに入れたお茶だった、と。そのあと食堂に行き、自分の朝食を摂ったそうです。

彼女は九時すぎに、ジョン卿の薬が置いてある図書室に行き、水薬を一服分コップに入れて、薬箱からカプセルを一粒出しました。その薬をジョン卿に持って行ったが、まだ朝食を食べ終わっていなかったので、薬はすぐ取れるようにベッドのそばに置き、部屋を出た、と。

五分後にジョン卿の部屋から、彼女曰く、叫び声が聞こえた、と。正確な時間を問いただしましたが、九時十五分頃と言うのが精一杯でした。部屋に飛び込むと、伯父さんは苦悶で身をよじらせていて、ほとんど口もきけなかったけれど、水をほしがっていると彼女は察したそうです。水を少し飲んだものの、激しい痛みが続いたので、彼女は、執事を大声で呼び、私を迎えに行かせた、と。

それはそうと、私は十時十五分頃には部屋にいました。つまり、ジョン卿は、発作に襲われて一時間以内に亡くなったわけです。これは異常としか思えませんでした。胃潰瘍の患者が予兆もなくこんなふうに発作に襲われるなど聞いたことがありません。こうした発作で、これほど短時間で死に至るのも理解できない。どうしていいかわかりませんでした。この状況では、自分の責任で死亡診断書を書く気にはなれません。まして、一度しか診察したことのない患者とあっては。それで、オールドランドが残していった住所に至急電を打ったんです。彼以外に適切な対応を判断できる者はいないと思ったので。

昨日一日待ちましたが、返事はありませんでした。それどころか、いまだに連絡がありません。もちろん、いつまでも待つわけにいかないので、今朝、検死官に連絡して状況を説明し、自分には死亡診断書は出せないと伝えました。検死官も私と同じ所見で、検死解剖の指示をしました。私が最善を尽くしたと信じていただけますね？」

「それ以外の対応はできなかっただろう」プリーストリー博士はいたわるように答えた。「検死解剖はもう行われたのかね？」

「まだです。遺体は今夜、安置所に運ばれる予定です。検死解剖を行うのは、アラード・ファヴァーシャム卿の予定です。私か、それまでに戻ってくればオールドランドに立ち会ってほしいと卿はおっしゃいました」

「ファヴァーシャムか！」と博士は声を上げた。「よく知ってるよ。彼以上の適任はいない。ミルヴァーリー先生、その点は君にも不幸中の幸いだった。今後の状況は、私にも逐一知らせてくれるね？」

ミルヴァーリーは、検死解剖が終わったらすぐ電話をすると確約し、博士と警視は家を出た。

「確かにちょっと胡散臭いですな、教授」警視は、外に出るとすぐ言った。「お疑いのとおりだとしても驚きませんよ。疑いどおりでしたら、ジョン卿の妹と姪には厄介なことになりますな」

「検死解剖の結果を見てから論じ合うことにしよう」プリーストリー博士は厳しい表情で応じた。

第五章

プリーストリー博士は、ウェストボーン・テラスに戻ったが、ハンスリットはほかに予定があったため、一緒には来なかった。弁護士と会う約束の時間まで、博士にはまだ一時間あった。

すべての事実を手に入れるまでは、事件の考察はしないのが、博士の厳格なルールだ。探偵が犯す最大の過ちは、仮説を性急に組み立ててしまうことだというのが博士の持論。仮説とは、一度組み立てると、思考を支配するため、新たな事実が出てきても、それを仮説に合わせようと、いやでも事実のほうを歪めてしまいそうになる。唯一安全な手法は、個々の事実を可能なかぎり総合しようとする、捉われない精神を常に保ち続けることだ。全体のまとめがほぼ完成するまでは、どんな相手にも嫌疑をかけないのが賢明というもの。

ミルヴァーリーの説明からすると、オールドランドが砒素の一件を彼に話さなかったのは明らかだ。だが、クラヴァートンの死の状況はいかにも尋常ではなく、だから彼も死亡診断書の発行をためらったのだ。そんなことはおくびにも出さなかったが——いや、彼の立場なら無理もない——、毒殺を疑っているのは間違いない。状況を知る者なら、誰しも犯罪が行われたことを疑わざるを得まい。

プリーストリー博士は、さしあたりそれ以上踏み込まなかった。いずれは犯人の追及に取りかかろう。だが、まだだ。検死解剖が終わり、警察が正式に事件を取り上げるまでは。とはいえ、留意すべき重要な事実が一つ。クラヴァートンは、まずほかの者に味見させてからでないと、食べ物を口にしなかった。ヘレン・リトルコートがミルヴァーリーに言ったように、それはただ彼が小うるさいせいだったのか？　それとも、以前の発作で何か勘づいていたのか？　オールドランドも、勘づいていた可能性はあると考えていた。

そこまでにして、プリーストリー博士はこの問題を努めて頭から追い払った。あとの時間は、懸案の高邁な課題について入念にメモを書き留めていくことに費やした。四時十五分前、ベットフォード・ロウに向けて出かけた。その道すがら、オールドランドの話にあった、ライズリントン氏が十三番地の家を訪問した件について考えていた。

博士の来訪は弁護士の予定に入っていて、すぐにオフィスに案内された。ライズリントン氏は六十代で、髪は真っ白、髭もきれいにあたり、鋭敏そうな顔つきの男。だが、目尻の皺にユーモアのセンスがにじみ、手紙の形式張った言葉遣いとは妙にそぐわない、親しみのこもる話し方をした。

「こんなに早くお越しいただけるとはありがたいですな、プリーストリー博士」と彼は言った。「どうぞお座りになって、楽になさってください。クラヴァートンのことは残念でした。つい火曜に会ったばかりで、そのときはとても順調そうだったのに。あまりに突然でしたよ」

「私も金曜の午後に訪ねてね」と博士は応じた。「そのあと、主治医のオールドランド医師と話す機会があった。私も、あんなに突然亡くなるとは予想もしていなかったよ」

「おや、金曜に会われたのですか？」と弁護士は訊いた。「クラヴァートンがあなたと話されたいと思っていたのは知ってます。依頼の件は、きっともうお聞きになりましたね？」

プリーストリー博士はかぶりを振り、「会って話したときは、クラヴァートンの話はどうでもいいことばかりだった」と答えた。「何か話したいことがあったが、ほかの客がじきに来る予定だったので、タイミングがまずいと思ったようだ」

「おっしゃるとおり。話したいことがあったのです。実を言えば、あなたのような旧友にならば、私に対してよりも率直に話してくれるものと期待していたのですが。ちなみに、遺言書については何の話も?」

「その話はなかった。ただ、オールドランド医師の話だと、あなたの立ち会いのもとで、遺言書らしき文書に証人として署名させられたそうだが」

「そのとおりです。さて、プリーストリー博士、この件は何もご存じないなら、最初からお話ししなくてはいけませんね。あなたはクラヴァートンの旧友だそうで?」

「確かに、以前とても親しくしていた。だが、ここ数年、あまり会う機会がなくてね。ここ二十年ほどのことはほとんど知らない」

「私も大差ありません。初めてお会いしたのは一九一五年、いとこのリヴァーズ夫人が亡くなったときです。彼がボーマリス・プレイスの家財も含めて、夫人から遺産相続したのは、もちろんご存じですね?」

「知っている。戦後になって最初に会ったとき、その話をしていたよ」

「私はリヴァーズ夫人の顧問弁護士で、その前は夫のほうの弁護士をしていました。ご存じのとおり、夫人はクラヴァートン家の人間でした。私の知るかぎりじゃ、奇妙な一族ですよ。クラヴァートン家の連中はね。手に負えないほどではないが。あるときはひどく頑固だったかと思うと、今度は、わけのわからない発想でぐらついたり。クラヴァートン本人もそうだった。まあ、あなたのほうがよくご存じでしょうが。あなたも、彼がばかげた迷信のとりこになるとは思ってもみなかったでしょう」

「迷信を信じるような男ではなかったと思うが」と博士は穏やかに言った。

「ボーマリス・プレイスから動こうとしなかったのは、まさに迷信のせいですよ。リヴァーズ夫人が彼にあの家に住んでほしいと望んでいたのは事実ですが、それを相続の条件にはしなかったのに。はっきり申し上げて、夫人はそんな希望を伝えてすらいない。だが、ご覧になったとおり、隣近所が消滅しても、彼は動じなかった。何度も申し上げたんですよ。開発が進んでいる今なら、古い地所もお高く売れますよ、と。でも、聞く耳を持たなかった。ここが性に合ってるんだと言い続けて。

そのあと、半年ほど前に懸案が浮上した。向かいの家屋がすべて取り壊されてしまったのはご覧になりましたね？　あの辺に建築を予定している業者が、区画全体をほしがったんです。クラヴァートンの地所も含めてね。それどころか、彼らはクラヴァートンに、あの家の資産価値のほぼ四倍の額を提示した。私からも提示を受け入れるよう極力説得したのですが、まるで耳を貸さなかった。引っ越してしまったら、二度と落ち着いた生活はできない気がすると言って。

いかにもクラヴァートン家の者らしいこだわりですよ。それと、取引を有利に進めようという思惑もあったのでしょうな。ご存じでしょうが、クラヴァートンも金の価値はよくわかっていた。彼には言わずに、相手の当事者に働きかけて、提示額を引き上げてもらい、新たな提示額を携えてクラヴァートンに会いに行きました。歯牙にもかけず、『無駄だ、ライズリントン』とおっしゃった。『死ぬまでここに住むつもりだ』とね。何を言っても馬耳東風でした。私もすっかり諦めた気になっていたら、仰天するようなことを言いましてね」

弁護士はひと息つき、デスクに置いてある物をちょっといじると、「きっと信じていただけないでしょう」と話を続けた。「この家は幸運をもたらすが、出ていけば、その幸運から永久に見放される、と。学識ある人がそんなたわごとを言うのを聞いたことがありますか？　でも、そんなのは序の口です。彼はいたって真面目にこう言った。家の番地が十三でなかったら話は別かもな、と。冗談抜きにお尋ねしますが、こんな人をどう扱えと？」

プリーストリー博士は苦笑し、「私自身は迷信など信じない」と答えた。「だが、クラヴァートンの心情もわかるような気がする」

「ならば、あなたは私より洞察力があるわけだ」弁護士はブスッと言った。「しかし、これはついでの話です。今の話からもおわかりかと思いますが、クラヴァートンとは、彼がロンドンに住むようになってから、頻繁に会うようになりました。彼には顧問弁護士がいなかったようで、リヴァーズ夫人が亡くなったとき、私にその仕事を依頼してきたのです。さて、今回の遺言書の件ですが、これこそご相談したかったことなのです。

まずご説明申し上げますと、数年前、クラヴァートンから、諸々の書類の入った公文書箱を手渡されましてね。なかでも重要な文書が遺言書で、二十年ほど前に作成したものでした。いずれにせよ、いとこの財産を相続する前か、相続など予想もしていなかったときに作ったものです。実に簡単な遺言書でした。全財産を妹のダーンフォード夫人に遺し、夫人が彼より先に亡くなった場合は、彼女の子孫に遺すという内容です。

資産状況が大きく変わったため、遺言書を変更する気があるか、そのときお訊きしました。そんな質問が煙たげな様子で、はっきりした返答は得られなかった。妙な話ですがね、プリーストリー博士、当然やらなきゃいけない措置なのに、それを尻込みする人が多い。死が確実に訪れるとは考えたくないのでしょう。クラヴァートンもそんな心の準備はできていなかった。その手の話はお迎えが近づいてきてからでいい、と言ってましたよ。まだまだ長き春秋を送ると思っていたのです。

三週間ほど前まで、それ以上の話はなかった。そしたら、ある日、彼に呼び出されましてね。病気とは知っていましたが、たいしたことはないとおっしゃっていた。ところが、お伺いすると、二、三日前にひどい発作に襲われ、いつまた襲ってくるかわからない、という話で、新しい遺言書を作成する時期が来たとおっしゃった。そしたら、その場ですぐ、指示を出しはじめたのです。

その指示に基づいて遺言書の案を起草し、先日の火曜に正式に作成しました。そのとき、以前の遺言書を彼の立ち会いのもとで破棄しました。ただ、最初の遺言書が簡単なものだったとすれば、新たに作成したものは確かに奇妙な遺言書だった。彼の財産は、家を除いてすべて信託財産となります。プリーストリー博士、あなたと私がその受託者に指名されているのですよ」

弁護士が相手を驚かせようとしたのなら、確かに成功した。「だが、ライズリントンさん、それはあまりに思いがけないことだ！」博士は強い口調で言った。「クラヴァートンはそんな話は一切しなかった」

「きっと金曜に話したかったのが、その件でしょう。火曜に、あなたの了解は得たのかと聞いたら、まだ話す機会がないと言ってました。ただ、あなたならきっと、その役割を引き受けてくれるはずだ、とも。今になってなんですが、故人の遺志を受け入れていただけますか？」

プリーストリー博士は眉をひそめた。法律上の問題に巻き込まれるのは、なんであれ、好ましくない。だが、感傷的かもしれないが、気遣いも大事だ。友人の人生最後の日々を素知らぬ顔で過ごしてしまった。オールドランドの不安を真剣に考えてやらなかった後ろめたさもある。今の自分にできるせめてものことは、クラヴァートンが委ねてきた役割を引き受けることだ。

「受託者の役目はお引き受けする」博士はしばらく考えたあと、重々しく言った。

「そうおっしゃっていただき、安堵いたしました」と弁護士は応じた。「私以上にクラヴァートンのことをご存じの方に共同で役目を担っていただけるなら、とても心強い。申し添えますと、彼も、何の報酬もなしに仕事を引き受けてもらうつもりはなかった。遺言書では、蔵書を私たち二人に分与するとしています。私たちがどちらも書物に関心があることを知っていたのですよ、プリーストリー博士」

「温かい心遣いだ。だが、私は受託者の仕事をよく知らない。クラヴァートンの財産に関して、私たちは何をするのかね？」

「一定期間、財産を信託のもとに管理し、利子から一定の支払いをするだけです。主たる受益者はメアリ・ジョーン・アーチャーという人です。まだ未成年ですよね？」

弁護士は、プリーストリー博士なら娘の名は当然承知とばかりに、当たり前のように質問した。だが、博士はかぶりを振り、「その点は何も知らない」と答えた。「いくら思い返しても、その娘に心当たりはないいね」

ライズリントン氏は怪訝そうに博士を見ると、「クラヴァートンは彼女のことをお話ししなかったと？　母親のアーチャー夫人のことも？」と尋ねた。

「彼の口からそんな名を聞いた憶えはない」

「では、私たちはどっちも同じ状況ですな、プリーストリー博士。あなたなら、彼らのこともご存じだと思っていたのに。最初の遺言書では、この親子には何も触れていなかった。彼らのことは、先日、クラヴァートンが遺言書の指示をしたときにはじめて聞いたのです。アーチャー夫人の住所は、マートンベリーの〈ウィロウズ荘〉です。たまたま知っていますが、マートンベリーは、ヨークシャーのノース・ライディングにある小さな町です。何か思い当たる節は?」

博士はまたもやかぶりを振り、「何も」と答えた。「クラヴァートンがヨークシャーと関わりがあったとは知らなかった。もちろん、戦時中にイングランド北部で役職に就いていたのは知っているが。もっと詳しい情報はないのかね?」

「ありません。メアリ・アーチャーは親戚の方か、と尋ねてみましたが、アーチャー夫人は旧友だと答えると、とたんに話題を変えてしまった。この予想外の遺贈の背景には、若い頃のロマンスでもあるのでは。もちろん、クラヴァートンらしからざることです。もっとも、十三番地の家に対するばかげたこだわりだってそうですが。もしや、アーチャー夫人はかつての愛人で、結局、誰か別の人と結婚したとか?」

「かもしれない。私には何とも言えないな。言えるのはせいぜい、戦前に親しくしていた頃は、彼は明らかに女性と接するのを避けていたということだ」

「失望からくる反動かも。珍しい反応じゃない。まあ、いずれわかります。アーチャー夫人には書簡でクラヴァートンの逝去を伝えましたが、返事が届くほど前じゃない。それより、クラヴァートンの遺言書の内容をご説明しましょう。

受託者が管理を委ねられる財産は、額面価格が十万ポンドを超える有価証券からなり、現在も年約四千ポンドの収入を生んでいます。この収入の処分についてはこうです。まず、年二千ポンドがアーチャー夫人に、娘が成人するまで支払われる。成人後は、年千ポンドがアーチャー夫人に支払われ、千ポンドが娘に二十五歳になるまで支払われる。年五百ポンドがアイヴァー・ダーンフォードに支払われ、二百ポンドがミス・ヘレン・リトルコートに支払われる。残余財産は一定の割合で指定の慈善団体に贈られます。そのリストは私が持っています」

「リトルコート夫人に遺贈はないのかね?」とプリーストリー博士は訊いた。

弁護士は微笑し、「いえ、ありますよ」と答えた。「あの家と家財は、書籍を除き、そのままリトルコート夫人のものとなる。クラヴァートンらしい配慮とは思いませんか。彼女は最後に残ったクラヴァートン家の人間です。ダーンフォード夫人は一年ほど前に亡くなったはずですので」

「その遺言書は実に奇妙な文書のようだね。だが、今の説明からすると、信託はいつまでも続くわけではない」

「メアリ・アーチャーが二十五歳になれば終了です。そのあと、元本は十等分され、次のように分与される。つまり、三割はメアリ・アーチャーに、二割はアーチャー夫人に行きます。それ以前にアーチャー夫人が亡くなった場合は、彼女の相続分は娘に行く。一割はヘレン・リトルコート、同じく一割がアイヴァー・ダーンフォードに行きます。残りの三割は、指定の各種慈善団体に分与されます。ただ、注目すべき項目が一つある。信託が終了して元本が分割されるまでに、アイヴァー・ダーンフォードがメアリ・アーチャーと結婚し、かつ同居していれば、最後の三割は、慈善団体にではなく、彼に行く」

プリーストリー博士は、しばらく何も言わなかった。クラヴァートンの遺言書の項目のことを考えていた。誰が受益者かではなく、その遺言書が彼の死に何か影響したのかという視点で。すると、ある可能性が思い浮かび、「メアリ・アーチャーが二十五歳になる前に死んだ場合は?」と博士は訊いた。

「その場合、信託は終了し、元本は分割されます。その時点で彼女がアイヴァー・ダーンフォードと結婚している場合、彼女の相続分は、彼もしくは二人のあいだの子どもに行く。結婚していなければ、彼女の相続分は、母親が生きている場合、母親のところに行き、亡くなっている場合は、慈善団体に行く。あらゆる不測の事態が考慮されています」

「そのようだね」と博士はゆっくりと言った。「今説明のあった遺言書と、その前の無効になった遺言書の内容は、クラヴァートン家の人たちは知っているのかね？」

「まず確実に知らないでしょう。最初の遺言書のことはわかりませんが、その内容はもうどうでもいい。ただ、クラヴァートンは、二番目の遺言書については秘密厳守だと、ことのほか強く私に厳命されました。それどころか、どんな軽率な発言も険呑だとまで言いましたよ。穏やかならぬもの言いだな、とそのとき思いましたね」

「どういう意味で険呑なのか、説明は？」博士はすぐさま訊いた。

「いいえ。私も問いたださなかった。心の平穏を乱す険呑さかな、とも思いましたが。リトルコート親子なら、わずかしか貰えないとわかれば憤るでしょう。リトルコート夫人は、家は貰いますが、これを維持する収入は得られない。さっきお話しした業者側の提示を受け入れようにも、もう遅すぎる。業者は別の計画を立てていて、十三番地の家はもう無用なのです。自分の実入りがない以上、夫人は相手の言い値で家を売らざるを得ないでしょう。リトルコート夫人のことはご存じですね？」

「一度だけお会いした」と博士は答えた。

「一度だけ？　まあ、夫人があの家に落ち着いたのはごく最近ですな。オールドランド医師がナースを必要としていたので、クラヴァートンが夫人と娘を呼び寄せたとか。夫人には一、二度お会いしましたが、夫人が話すところは聞いたことがない。あのご婦人にはどうも妙なところが。何というか、彼女の精神はこの世に存在していないみたいでして」

「まあそうかも」と博士は意味ありげに言った。「夫人は熱心なスピリチュアリストだとか」

「ほう？　ならば、ぜひお近づきになりたいですな。でも、私がスピリチュアリズムに傾倒しているとは思わないでください。オカルトに飽くなき好奇心を持っているだけでして。夫人の妙に浮世離れした態度も、そのせいですかな。もっとも、娘のほうはそんなことはなさそうですが」

「ミス・リトルコートの態度も、浮世離れとは言えないが、私の見たところ、やはり変わっている」

「そう思われましたか？　今どきの女性らしい、活気のある人だと思いましたが。伯父さんによく尽くしていたし、私みたいな老いぼれにも明るく接してくれる。おまけに、とてもきれいな娘です。正直に言って、実に魅力的な娘だと思いますな。むろん、依頼人に向かっては言えなかったが、彼は遺言書で彼女のことをえらくぞんざいに扱ったものです。まあ、すでに十分持ち合わせがあるのでしょうね？」

「聞いた話では、あの親子は、もう何年も、クラヴァートンから貰う生活費しか実入りはないそうだ」と博士は答えた。博士は、ヘレン・リトルコートが弁護士に好印象を与えたことを意外に思った。弁護士にはまるで違った面を見せていたわけだ。自分の相続分についてヒントくらい得られないかという期待からか？

「いやはや、それは残念な話ですな！」ライズリントン氏は声を上げた。「彼女とクラヴァートンは必ずしもしっくりいってないと感じてはいたが。あの一族は、離れていたほうが互いに好意を抱けるようだ。しかし、彼が姪に敵意を持つ理由はないのに。甥のダーンフォード君には会われましたか？」

「金曜、リトルコート親子に会ったときにお会いしたよ」

「私は、短時間ですが、一度だけお会いしました。なかなかの好青年だと思いましたよ。その際、十三番地の家を訪ねたのは伯父さんに会いに来ただけなのかな、と勘繰りましたが。いとことはずいぶん親しそうに見えた。それだけに、遺言書にダーンフォードの結婚に関する項目があるのは、いかにも生憎です」

プリーストリー博士は曖昧に頷いた。博士には、その遺言書の条件は、別に生憎とも思わなかったが、ひどく謎めいて見えた。アーチャー夫人とその娘とは何者なのか？　クラヴァートンがその親子のことを語らなかったのは、さほど意外でもない。自分の一族のことすらめったに話そうとはしなかったのだ。だが、遺言により多額の遺贈を受け取るのは確かに尋常ではない。博士は、その点を説明する弁護士の推測に納得がいかなかった。

「遺言書の話に戻りますが」ライズリントン氏はてきぱきと話を進めた。「受託者たる私たちに関する主な内容は先ほどお話ししました。ほかに、総額で千ポンドほどの小額の遺贈があります。フォークナーが五百ポンド、ほかの使用人がさらに小額を貰う。受託者は、これらの遺贈を執行し、相続税を支払うのに必要なら、元本を換金することもできます」

「遺言書の内容は、受益者の誰かに伝えたのかね？」と博士は訊いた。

「まだです。まずは、あなたにご相談したかったのです。今朝、最初の郵便でクラヴァートンの逝去を知ったばかりですよ。ミス・リトルコートが短信で知らせてくれました。お悔やみとともに、葬儀の手配はできるだけ早く教えてほしいと返信しました。葬儀に参列させてもらって、そのあと、集まったご一族に遺言書の内容をお伝えするつもりです。博士にも立ち会っていただけるとありがたいのですが」

「もちろん、そうさせてもらうよ」と博士は答え、ひと息つくと言い添えた。「クラヴァートンの死はあまりに予想外だった」

「確かに突然でした。でも、まったくの予想外かな？　数週間前に大きな発作を起こしていて、再発するのは想定内だった。クラヴァートンが遺言書の作成を指示したのも、死期が近いと覚悟していたのでは」

ライズリントン氏は無知な点が多すぎるようだ。博士は、氏の知ったかぶりが急に癪に障ってきた。彼が口にしたヘレン・リトルコートへの好意的な意見のせいかもしれないが。ちょっと驚かせたところで害はあるまい。どのみち、数時間後には事情を知るのだ。

「クラヴァートンの死は予想外だったと言っていい」と博士は穏やかに言った。「検死官もどうやら私と同じ考えだ。検死解剖を行うように指示したそうだから」

プリーストリー博士の言葉は、予想どおりの効果をもたらした。弁護士は、泡を食って椅子から飛び上がらんばかりで、「なんですと！」と叫んだ。「検死解剖？　では、ほぼ確実に、そのあと検死審問が行われる。なんと間の悪い！　でも、確かですか？　何かの間違いだ。オールドランド医師が死亡診断書を出し渋るわけがない」

「折悪しく、クラヴァートンが息を引き取ったとき、オールドランド医師はロンドンにいなかったのだ。代診医のミルヴァーリーという青年が患者を診ていた。彼は、死亡診断書は出せないと思い、検死官に連絡したのだ」

ライズリントン氏の警戒した表情が安堵の表情に変わり、「ああ、それでわかりました！」と大声で言った。「いやはや、プリーストリー博士、ギョッとしましたよ。検死審問は、関係者全員にとってなにより不快なお白州の場になる。やっと事情が呑み込めました。その若い医師は、責任を負えないと思ったわけですな。そんな手順を踏んだのは残念なことだ。検死解剖はいつだって、親族にとって痛ましいものですから。とはいえ、それでクラヴァートンの死因もはっきりするでしょう。検死審問はきっと不要ですよ。検死官が自分で死亡診断書を出して、それでこの件はおしまいです」

「そんな悠長な見込みどおりにいけばいいが。クラヴァートンは、自分の死が間近いとあなたに言ったのですか？」

「そうはっきりとではありませんが。でも、最初の大きな発作のせいで、深刻に考えるようになったのは確かです。全快すると確信していたら、遺言書を書かなくてはと思わなかったでしょう」

「おそらくは。だが、金曜に会ったとき、死に瀕している様子はなかった。それに、その日の夜、オールドランド医師とも話したが、彼の病気は死に至るような心配はないとはっきり言っていた」

弁護士は肩をすくめ、「私の医学の知識はたいしたものじゃないが」と言った。「医師も予防しきれない難しい事態がよく起きるのは常識ですよ。その手の事態が病身のクラヴァートンに起きても、さほど異常とは思えませんが」

「確かに、難しい事態はよく起きる」博士はしかつめらしく言った。「だが、そうした事態は、たいていは外部の要因によるものだ」

ライズリントン氏は、わけのわからぬ様子で博士を見つめ、「まさか、何か事故が起きたとでも？」

と訊いた。「ミス・リトルコートの手紙には、そんなことは何も書いてなかった」

「予断は持っていない」と博士は答えた。「検死解剖の結果がご期待どおりであればと願うのみだ。葬儀の時間と場所は知らせていただきたい。さて、これ以上お話がなければ、失礼させていただく」

弁護士は来訪に厚く謝意を述べ、博士は辞去した。博士は、苛立ちを感じながら帰途に就いた。なぜそんな気持ちになるのか、自分でもよくわからない。ライズリントンは愛想がよかったし、そんなことではない。だが、弁護士があの娘に不当な共感を示したことには腹が立った。クラヴァートンの一族から受けた対応の記憶が生々しいだけに、彼らに好意的な意見を聞くのが不快なのだ。仮に彼らがクラヴァートンの死に直接関与していなかったとしても。弁護士には検死解剖の話などせず、警察からいきなり知らせればよかった。

だが、博士の苛立ちも、やがてクラヴァートンの遺言書の内容の意外さにかき消された。亡き友の立場に立って、彼が遺言で望んだことを知ろうと試みた。彼の一番の望みは、明らかに、メアリ・アーチャーなる女性と甥が結婚すること。信託の条件は、その目的のために念入りに考え抜かれている。甥は彼女と結婚すれば、元本の四割を手に入れる。結婚しなければ、最終的に受けとるのはたったの一割。

主たる受益者は、クラヴァートン家の者ではなく、メアリ・アーチャー。彼女は最低でも元本の三割を相続する。仮に彼女が二十五歳になる前に亡くなっても、ダーンフォードもリトルコート親子も、何の利益も受けない。彼女の相続分は、おそらくは彼らの意に反して、慈善団体に行く。

結局のところ、ヘレン・リトルコートは、状況がどう転ぼうと相続分は増えない。どのみち、彼女は財産の一割と、あとは母親が亡くなれば、家と家財一式の価値相当分しか相続できない。彼女の相続分は、ざっと見て年四百ポンドの収入をもたらすだろう。だが、ライズリントンの話では、彼女は自分が新しい遺言書の受益者の一人だとは知らないはずだ。とはいえ、前の遺言書なら、彼女は何も貰えなかった。

博士は、急いでそうした思弁を頭から追い払った。検死解剖が自分の疑惑を確信に変えないかぎり、そんな思弁も裏付けを得られない。

博士は夕刊を取り上げ、紙面の論説になんとか思考を集中させようとした。

第六章

その日の夜、ちょうど夕食の銅鑼が鳴ったとき、プリーストリー博士は、お電話ですと告げられた。家の慣行や時間厳守を破るものは、何であれ博士を苛立たせる。そのせいで、博士の口調も多少ぶっきらぼうになった。「プリーストリーですが。どなたですか?」

おなじみの声が返ってきた。「やあ、プリーストリー！　ファヴァーシャムだ。知らせたいことがある」

博士の声はすぐさま愛想がよくなった。アラード・ファヴァーシャム卿は著名な病理学者にして毒物学者であり、二人は長年の知り合いで、協力することもよくあったのだ。「君とは思わなかったよ、ファヴァーシャム」と博士は心を込めて言った。「知らせというのが何かは想像がつくが」

「だと思った。ミルヴァーリー君のところを失礼してきたところだ。今夜、君に電話する約束という話を聞いて、それなら代わりに私から電話すると言ったんだ。君がこの件に関心があるのなら、今夜、立ち寄らせてもらうよ。よかったら、十時頃はどうだい?」

「いいとも。君に会えるのも嬉しいし、話を聞かせてもらうのも楽しみだ」

「よし。じゃあ、できるだけ十時頃に伺うよ」ファヴァーシャムは電話をきり、博士は食堂に向かった。

夕食中は、陪席者のいない食事を女中のメアリが給仕した。彼女は博士の好き嫌いを正確に心得ていて、博士は出てくる料理に舌鼓を打った。ファヴァーシャムはきわめて多忙な人物だし、時間を割いて自分から来てくれるとはありがたい。博士にすれば、なによりのこと。検死解剖の結果を、一番よく説明できる人物から直接聞ける。ファヴァーシャムのような旧友であれば、自分の疑惑も、必要なら忌憚なく打ち明けられる。

食事が終わり、メアリは退出する前に、テーブルにポートワインのデカンターを置いた。だが、博士は、「メアリ」と呼び止めた。「アラード・ファヴァーシャム卿が今夜訪ねてくる。地下蔵から上物のシェリー酒のボトルを持ってきてくれるかね。黒いシールの貼ってあるやつだ。丁寧にデカンターに移して、書斎に運んでおいてほしい。グラスを二つとビスケットも」

博士はゆっくりとポートワインを味わいながら考えた。間もなくクラヴァートンの死の真相がわかる。関係者たちの顔が一人ひとりゆっくりと心に思い浮かんだ。やがて見舞う衝撃に各人がどんな反応を示すことか？　異常なことが起きたなどと想定もしていないライズリントンは特に見ものだ。

博士は食堂を出て書斎に戻った。その夜は寒かったため、暖炉には小さな火が熾してあり、銀の盆には、デカンターとグラス、ビスケットの皿が載っていた。ファヴァーシャムは、このシェリー酒に目がなかったはずだ。約束の時間までまだ一時間ある。博士はデスクの前に座り、最近出た科学論文の論評に取りかかり、のたうつような判読不能の字でさらさらとペンを走らせた。

とうとう十時になり、博士は椅子から立ち上がり、作業を中断した。そわそわするなど、博士にはめったにないが、今度ばかりは、苛立たしげな表情で部屋の中をうろうろしはじめた。事実を十分把握できないかぎり、きっぱりした行動は起こせず、ずっと自制し続けていたのだ。こうして約束の時間が来ると、一分ごとが限りなく長いと感じる。

ようやく十時五分に、玄関の呼び鈴のかすかな音が聞こえた。博士はぴたりと歩きまわるのをやめ、耳をすませた。メアリが玄関に行き、ドアを開けるのが聞こえた。言葉を交わすのが聞こえたが、何を言っているかはわからない。すると、ついに書斎のドアが開き、メアリが来客を告げた。「アラード・ファヴァーシャム卿でございます！」

ファヴァーシャムは、見た目どおりの歳の男で、目を輝かせながら、せかせかと部屋に入ってくると、「すまんな、プリーストリー」と言った。「ちょっと遅れてしまった。時間にいい加減なのは、君にとっては犯罪も同然だったな。よく知ってるよ。だが、どうしようもなくてね。十五分前にやっと実験室から出て、一刻も無駄にせずに飛んできた」

「君に会えて嬉しいよ。文句を言うつもりなどない」と博士は応じた。「暖炉のそばに座ってくれたまえ。前回来られたとき、このシェリー酒を気に入ってくれたと思ってね。まあ、一杯やってくれたまえ」

博士はそう言いながら、二つのグラスに注ぎ、盆が載ったテーブルをファヴァーシャムの椅子のそばに引き寄せた。来客を書斎でもてなす際、プリーストリー博士はいつも、暖炉の向かい側に椅子を置いて座る。二人はグラスを上げ、味わうように酒をすすった。

「素晴らしいシェリー酒だ！」とファヴァーシャムは声を上げた。「こんな上物をどこで手に入れるのかね。さて、ミルヴァーリーという若い医者だが、クラヴァートンの死因の件で君が訪ねてきたと話してくれた。故人が君の友人だったと思い出したよ。それどころか、憶えているかな。三、四年ほど前、この家の夕食会で一度彼に会っている。ただ、そのあと会ったことはないし、もう一度会っても、顔はわからなかっただろう」

「私も先日の金曜に久しぶりに会ったんだ。むろん、ミルヴァーリーは死亡状況の説明はしたのだろうね？」

「知っていることはすべて教えてくれたよ。主治医のオールドランドが不在で、連絡も取れないとは間の悪いことだ。だが、私の見るところ、ミルヴァーリーは適切に対応したよ。彼の所見では、死因には確かに不審な点があった。オールドランドなら、病歴を把握しているから、死亡診断書を出せたかもしれないが。知ってのとおり、ミルヴァーリーは検死官に報告し、検死官から私に検死解剖の依頼があった。君に電話したのは、ちょうど解剖を終えたときさ。帰宅して食事を摂ってから、ずっと実験室にいたんだ」

「では、クラヴァートンの死因は確定したのかね？」博士は努めて無関心な言い方をしたが、知らずと声が妙に震えた。

「確定したと思うが、君なら自分で判断したいところだろう。通常の手順がどんなものかは私と同じくらい知ってるはずだ。ある種の胃の疾患を患っていた男が対象とくれば、当然、まずは胃を検査する。その結果、予想以上に広範に疾患が広がっていたと判明した。あえて言えば、胃全体に穿孔が生じるほど広範だった。言うまでもないが、死因となるに十分なほどさ」

「その穿孔がどうやって生じたか、見当がつくかね？」と博士は訊いた。

「原因は二つ考えられる。一つめは、胃潰瘍が進行した結果、自然に生じたというもの。二つめは、いわば人為的なものだ。体内に摂取されることで、胃に穿孔を生じさせる物質はいくつかある。最もよく知られているのは砒素だ」

砒素という言葉を聞き、プリーストリー博士は目をきらりと光らせたが、何も言わなかった。この時点でファヴァーシャムの所見に予断を与えかねない示唆をしてはなるまいと思ったのだ。

「その段階では、内臓の外観に何らかの毒物が投与された形跡はなかった」ファヴァーシャムは話を続けた。「通常の毒物の痕跡は何もなかったよ。それどころか、穿孔とその周囲の炎症を別にすれば、内臓の状態は胃潰瘍患者に通常想定されるものだった。

だが、事実の裏付けを得るには、さらに胃の内容物を分析することが必要だ。検死解剖を終えて、ほかにはっきりした死因はないと確かめたあと、胃の内容物を実験室に持ち帰った。当然ながら、まず、一番ありそうな物質として、砒素や類似の物質の検査をしたよ。検査の結果は、完全にシロだった。そんな物質の痕跡はまったくなかった。内容物はほぼ未消化の食物で、食事は死の直前に摂ったことを示していた。さらに検査を進めると、まったく無害なナトリウム塩が、主に重炭酸塩の形でかなりの量存在するのが判明した。これはクラヴァートンが飲んでいた水薬と考えられた。ごく普通のアルカリ性の調合薬だ。

ミルヴァーリーの説明では、クラヴァートンはパパインのカプセルも飲んでいた。カプセルの成分であるゼラチンの一部も見つけたよ。パパイン自体は検出できなかったし、死後かなり経ったあとでは、検出できるとは期待していなかった。というか、通常の胃液の中では、パパインが検出されるとは考えにくい。

私がやった検査は、今のところそこまでだ。まだほかにもやってみる検査があって、明朝やるつもりだ。その一連の検査で、もっと珍しい種類の毒物が検出されるか確認することになる。だが、クロという結果が出るとは思えない。ここだけの話だがね、プリーストリー、クラヴァートンの死因は自然死と考えるほかないとすでに確信している」

博士はしばらく何も言わなかった。ファヴァーシャムの所見は、博士の予想とあまりにかけ離れていて、その意味を測りかねたほどだ。「それはつまり、正確にはどういうことかね？」博士はようやく尋ねた。

「つまり、こういうことさ。クラヴァートンの死因は胃の穿孔だが、外部要因で生じたものではない。穿孔を生じさせ、なおかつ、痕跡を残さない物質など考えられない。確かに、穿孔がこれほど急に生じるのは奇妙だ。穿孔を生じさせるような潰瘍が存在すれば、たいていは事前に検知される。たとえば、危険な状態に近づけば患者の体温は上がる。

その点をミルヴァーリーに聞くと、クラヴァートンの体温表を見せてくれた。看護をしていた女性が記録していたものだ。姪御さんか誰からしいね。その表によると、通常範囲の変動はあっても、想定されるような突然の上昇はなかった。最後に体温を計ったのは、死の二時間ほど前だ。予兆なしに危険な状態になる珍しい症例の一つだよ。患者を救う手立てがあったとは思えない」

「この件では、どんな対応をするつもりかね？」

「私に取れる対応は一つしかない。言ってみれば、分析はまだ終わっていない。そう確信してはいるが、最終的にシロと判明したら、検死解剖の所見とあわせて検死官に報告する。そのあとどう対応するかは、検死官の問題だ。検死審問を開くか、みずから死亡診断書を出すかだ。おそらく診断書を出すだろう。検死審問を開く意味はない。犯罪の疑いはないし、私の報告は、死因を判断するのに十分だろう。とどのつまりは、ミルヴァーリーが最初から診断書を書いても同じだったわけだ。もっとも、彼が書かなかったことを責めるつもりはない。確かに、死因は検死解剖で明らかにするまではっきりしなかったのだ」

「君の説明には驚愕させられたよ、ファヴァーシャム」と博士は言った。「私自身は、まったく違う結論が出ると思っていた。むろん、君は自分で検査を行ったのだね?」

「この種のことを実験助手に任せはしない」ファヴァーシャムはそっけなく答えると、急に態度を改めた。「なあ、プリーストリー、この件には見かけ以上の裏があるな。何か怪しげなことがあると疑っているね。昔からの誼《よしみ》だし、わけを教えてくれないか?」

「話の出どころから直接聞いてもらうほうがいい」と博士は答えた。「ちょっと待ってくれ」

博士は電話のところに行き、オールドランドの番号にかけた。ミルヴァーリーが電話に出た。オールドランドはまだ戻っておらず、連絡もないという。博士は書斎に戻り、ファヴァーシャムのグラスに酒を注いだ。

「オールドランドがつかまらないので、彼が内密に打ち明けた話を君に話してもいいだろう」と博士は言った。「事情によっては人に話さざるを得なくなると念押しはしたし、まさにそうした事情になっていると思う。彼によると、数週間前、クラヴァートンを砒素で毒殺する未遂事件があったのだ」

「なに!」とファヴァーシャムは叫んだ。「それが本当なら、君が疑うのも無理はない。詳しく教えてくれないか?」

プリーストリー博士は、オールドランドの事件の説明をできるだけそのとおりに繰り返した。ファヴァーシャムは、顔をしかめながら、じっと耳を傾け、「実に妙な話だ」と言った。「オールドランドがつかまらんとは、まったく困ったものだな。彼がやった検査の詳細とか、いろいろ聞きたいところだ。それで実質的な違いが出るとも思えないが。今回、砒素は使われていない。それは首を賭けてもいいよ」

「そこまで確信できるのかね？」と博士は訊いた。

「これほど確かなことはない。私の仕事では、わずかでも疑いの余地があれば、真っ先に砒素の存在を確かめる。この世で最も検出の容易な毒物だよ。相当期間、組織内に残存するし、存在すれば、見逃すはずはない。よく知られた検査法がいくつもある。いずれもきわめて精緻な検査法だ。化学の勉強をはじめたばかりの生徒でも、胃の内容物に致死量の砒素が存在するのを見落としはしない。なんで素人どもが親族を砒素で毒殺しようとし続けるのかわからないね。遅かれ早かれ、必ず露見するのに。

だが、それはどうでもいい。そうした検査は、ほんの一、二時間ほど前、定石どおり一つひとつ実施してみた。誓ってもいいが、砒素の痕跡はなかった。その点は確信している。だが、君の話を聞いた以上、念のため明朝もう一度、すべての検査をやってみよう。なんなら、君にも手伝いに来てもらおうか。マーシュ・テストとラインシュ・テストについては、おそらく私と同じくらい知ってるだろう」

「ありがとう、ファヴァーシャム。ぜひ立ち会わせてほしい。君の所見を疑っているからではなく、自分自身の興味のためだが。砒素は用いられていないと君が確信しているなら、その点はこれ以上疑問の余地はない。だが、過去に何者かが砒素を盛ったのが事実なら、その人物が、日曜に何か別の毒物を使って、もう一度毒殺を試みたという可能性も残ってはいる」

ファヴァーシャムは疑わしげに首を横に振り、「そうは思えない」と言った。「考えてもみたまえ。クラヴァートンは胃に生じた穿孔で亡くなった。その点は疑う余地はない。穿孔を生じさせる砒素はかなりの量だ。砒素は死体に残存するし、これを除去する手立てはない。砒素検出に使う定評のある検査法は実施したし、結果はシロだった。

君は何か別の毒物が用いられたのではと言う。最終的な検査で、そんな毒物が用いられたかはっきりするだろう。さしあたり、もう少し議論を進めようじゃないか。そうした毒物が死因なら、胃に穿孔を生じさせる毒物だ。ほかに死因は存在しないからね。腐食性の毒物なら、穿孔を生じさせる可能性はある。だが、腐食性の毒物も別の痕跡を残すし、見逃すはずがない。そんな痕跡はないよ。

もう一つ別の可能性がある。検査の対象にしなかった特殊な毒物が用いられた可能性だ。その毒が効果を発揮する前に、クラヴァートンは胃の穿孔が原因で亡くなった。その毒物とは無関係にね。だが、それはまずありそうにない。仮にそうだとしても、その毒物は死因ではない。その点は最終的な検査で明らかになるだろう。それでいいかい？」

「もちろんだ」と博士は答えた。「感謝するよ、ファヴァーシャム。君の分析なら、まず間違いはない」

ファヴァーシャムは、シェリー酒をうまそうにすすると、「さっきも言ったが、君の話は実に奇妙だ」と言った。「だが、どのみち、その話はクラヴァートンの死とは無関係だ。彼が数週間前に砒素を盛られたかどうかは知らない。だが、盛られたのが事実としても、完全に回復している。今も言ったが、砒素は死体に残存する。だが、生きている身体からは、しばらくすると消えてしまう。これほどの期間を経たあとでは、胃の中に痕跡を見出せるとは思えない。それに、一つ確かなことがある。数週間前に盛られた砒素が、昨日になって突然、穿孔を生じさせはしない。仮に本当に、それだけの砒素が摂取されたとしても」

「その事実も疑っているのかね？」と博士は訊いた。

「ありそうにないという一般論からだが。ただ、オールドランド医師が誤診したとも思えない。だが、私が言いたいのはそんなことじゃない。君の話を検死官への報告に反映させようとは思わないんだ。その事件はどのみち、クラヴァートンの死とは無関係だ。それに、そんな話を持ち出しても、何か役に立つとも思えない」

「だが、検死官には知らせるべきだ！」と博士は異議を唱えた。

「そんなことをして、何の意味があるかな。結局のところ、検死官の仕事は、クラヴァートンの死因を確認することであって、それと無関係の事件を調査することじゃない。調査するなら、それは警察の仕事だよ。だが、警察に通報しても、今頃になって彼らに何かできるとも思えない。オールドランド医師は、クラヴァートンを毒殺する試みがあったと考えているようだが、そのときでさえ、実にもっともながら、スキャンダルにしても仕方ないと判断したのだろう。それに、医師の立場とはなかなか難しい。調査が行われて、砒素の出所が見つからなかったら、患者や自分はもちろん、誰にとっても面白い結果にはならない。彼はきっとそう考えたのだし、我々もそこは理解してやらなくては」

「では私に、何も言うなと？」

「率直に言えば、そうだ。つまりは、君というか、直接関わった証人なら、むしろオールドランド医師だが、彼にできることは、クラヴァートンの毒殺未遂があったと示唆するのが関の山だ。それも、数週間後に、まったく違う死因で亡くなった人物のだ。どんな証拠を提示できる？　有力な証拠は皆無だ。オールドランドは、サンプルの検査結果について宣誓証言はできる。だが、その検査は法的な手順も踏まずに行われたものだ。

それに、砒素を盛った者が誰にせよ、実に巧妙にやってのけたと、君も思ってるんじゃないか。何週間も経ってから捜査で見つけられるほど、はっきりした手がかりを残すはずがない。警察には誰かを逮捕できる根拠もなく、仮に逮捕しても、告発の根拠としてそんな貧弱な証拠しか示せないのでは、そいつは確実に無罪放免だ。いやいや、プリーストリー博士、冷静に考えれば、君だって何もできないとわかるはずだ。もちろん、強力な動機という証拠でも示せるのなら別だが。それなら、この件も違った様子を帯びてくる」

「動機か！」と博士は声を上げた。「動機こそ、今夜ずっと悩み続けていた問題だ。クラヴァートンの殺害を目論む者の動機とくれば、彼の死による財産相続しか考えられない。たまたま今日の午後、彼の遺言書の内容を教えてもらってね。かなりの財産を遺したが、遺言により一番利益を受けるのは、砒素を盛る機会のあった人たちではない」

「それなら、この問題は決着だよ。プリーストリー、私なら、オールドランド医師の話はきれいに忘れる。どんな男かは知らないし、名誉を傷つけるようなことも言いたくはない。事実じゃないとしたら、どんな目的でそんな驚くべき話をしたのかもわからない。だが、どのみち、ちょっと信じがたい話だとは思わないか？」

「確かに尋常ならざる話だし、正直に言えば、私もそのときは、オールドランド自身が思うほど重大な話とは思わなかった。だが、当然、クラヴァートンの急逝とくれば重要性を帯びてくる」

「それで、死因は二度目の同じ試みだという結論に飛びついたわけだ。君の立場はわかるよ、プリーストリー。クラヴァートンは君の旧友だったが、私には赤の他人でしかない。君にすれば当然、死因は犯罪によるものという可能性を徹底究明したいわけだ。明日、君の立ち会いのもとで、すでに実施した検査をもう一度やって、最終的な検査も実施するよ。

君がそれで納得すれば、それ以上言うことはないし、オールドランドの話も忘れていい。そのときであれいつであれ、クラヴァートンを毒殺する試みがあったとは信じ難い。彼は自分の家に起居していたし、一族の者に看護してもらっていた。まさか、彼に恨みのある料理人が、自分の一存で砒素を盛ったと言うつもりはないだろう？」

「それはあるまい。だが、家にいた一族の者たちは、実に変わった連中なのだ」

ファヴァーシャムは、グラスを明かりにかざし、ゆっくりと中身をすすってから応えた。「ほう、そうか？　なあ、プリーストリー、我々も歳をとって頭が固くなってくると、人生を自分とは違う見方で見る人たちのことを、みな変わった連中と決めつけがちになる。君の判断を疑っているとは思わないでくれ。十分尊重しているよ。その連中が変わっていると君が思うのなら、そのとおりだろう。おそらく私にも同じように見えるだろうな。だが、だからというので、その連中が意図的に殺人を試みたと考える根拠になるかな？」

プリーストリー博士は苦笑した。思った以上に、ファヴァーシャムに自分の考えを深読みさせてしまったと気づき、「もちろん、そうはならない」とすぐさま答えた。「クラヴァートンの死は大きなショックだったから、何でもないことを大げさに勘繰ってしまったかな。どうやら、もっと楽しい話題に切り替えたほうがよさそうだね」

二人はしばらく四方山話《よもやまばなし》を続けた。どちらもクラヴァートンにまつわる話はそれ以上しなかったが、少なくとも博士は、その問題を頭から追い払えなかった。ファヴァーシャムは十二時を回るとすぐ帰り、プリーストリー博士は一人、虚しい推測を巡らせて眠れぬ夜を過ごした。

翌朝、朝食を摂ってすぐ、ファヴァーシャムの実験室に赴くと、準備は万端整っていた。「すぐに取りかかろう」ファヴァーシャムはてきぱきと言った。「君が見ている前で砒素の検査をもう一度やるよ。まずラインシュ・テストからだ。一番信頼のおける検査法だからね。この瓶には、検査対象の試料が入っている。さあ、はじめるぞ！」彼は、ごく普通の科学実験用のフラスコを取り上げ、瓶の中身を少しばかり注ぐと、濃塩酸をごく少量加えた。次に、一巻きの輝く銅箔から二片切り取り、フラスコの中に入れると、ブンゼン式バーナーをまたぐ台の上に載せた。

「しばらくこのままでいい」と彼は言った。「沸騰させるあいだに、ほかの毒物の最終検査に取りかかろう」

プリーストリー博士は、彼が試験管や実験室のいろいろな複雑な器具をいじる様子を観察していた。ファヴァーシャムは、科学に人生を捧げてきた専門家らしく作業した。ずっと無言のまま。あらゆる注意を現在の作業に集中させていたのだ。みずからも科学者であるプリーストリー博士は、羨望も混じった賞賛の念を抱いて彼の作業を見守った。理論は進歩の前提だが、それが人類にとって有用となるには、ファヴァーシャムのような人物の手で実行に移される必要があると実感した。

妙なことに、博士は科学を実行面で応用することに興味がなかった。博士は基本的に理論家であり、他人が観察によって出した結果を推理の前提として用いるのが常だ。博士の能力は、一見バラバラの事実を集約し、隠れた相互のつながりを見つけ出して、それを一本のロープに紡ぎ上げ、これを使って未踏の高みにまで上れるようにする能力だ。

博士は、ファヴァーシャムの素早く手際のいい作業を観察しながら、そのことを実感した。この偉大なる病理学者は、事実の確認以外に何をやるのか？　これは彼の仕事であり、全身全霊を傾けている。だが、確認が終わると、どんな事実が？　それだけで決定的な事実なのか？　プリーストリー博士が思考の中で組み立てた複雑な構想全体を一撃のもとに打ち壊すような事実だと？

確かに、その事実は、全体像が明らかになるまで、しかるべき場所に当てはめ、他の事実と関係づける一つの手がかりだ。実験室は、そこにある立派な器具とともに、博士の目の前から姿を消し、ふと、十三番地の客間の光景が目に浮かんだ。またもや、不可解な作業で弛《たゆ》みなく動く指と、その指が紡ぎ出す厚い編み物の襞を目にした。その図柄はまだ不明確だが、いずれ明らかになるだろう。

博士はさまよう想念を振り払い、ファヴァーシャムの実験に再び目を向けた。この病理学者はいつも、一連の複雑な作業が終わると、期待する様子で試験管を手に取る。その中には、捜査を決定づけるものが入っているのだ。ファヴァーシャムは試験管を明かりにかざし、細心の注意を払って、事前に用意してあった試薬をほんの一滴垂らす。少しおくと、試験管を脇に置き、デスクに歩み寄り、そこにあるリストにチェックを入れる。

リストは、該当項目が減るごとに余白が少なくなり、とうとう最後の項目だけになった。ファヴァーシャムは、博士のほうを向くと、「砒素以外の毒物は存在しない」と言った。「ラインシュ・テストの頃合いを確かめよう。一時間は沸騰させた」

プリーストリー博士は、フラスコから銅箔片を取り出す様子をじっと観察した。銅箔片は輝きを失い、かすかに色が鈍くなっていた。ファヴァーシャムは無言で、その銅箔片を博士に差し出して見せた。その試験法の手順は、博士もよく知っていた。色が鈍くなっても、砒素の存在を示すとは限らない。検査はまだ最終段階に至っていない。

ファヴァーシャムは、それまでと同じ素早い手際の良さで、銅箔片を蒸留水、アルコール、エーテルの順で洗浄していった。化学的に洗浄が完了したことに納得すると、二、三枚の濾紙の上に置いて丁寧に乾燥させた。次に、棚から平底試験管を一つ取ってくると、その中に箔片を入れ、「さあ、見てみよう」と手短に言った。

彼は試験管の末端をバーナーの炎の先端にかざした。プリーストリー博士は、身を乗り出してじっと観察した。最終局面に至ったのだ。黒っぽい輪が試験管の冷たい部分に現れれば、銅の曇りは砒素によって生じたものだ。試験管を持つファヴァーシャムの手には何の揺るぎもない。満足の笑みが顔全体にゆっくりと広がった。銅箔の外観は変わらず、試験管の内側にも、砒素を示す輪はまったく現れなかった。

ファヴァーシャムは、試験管の末端をもうしばらく炎にかざし続けると、元に戻した。「結果はシロだよ。ほかの検査と同じくね」と言った。「これで納得したかい？　それとも、マーシュ・テストもやってみるかね？」

プリーストリー博士は首を横に振った。クラヴァートンの死に砒素が関与していないことははっきりした。

「どの検査の結果も同じだよ」とファヴァーシャムは続けた。「考えられる毒物や複数の毒物の組み合わせもすべて検査したが、いずれも結果はシロだ。君が何を疑っていたにせよ、クラヴァートンが毒殺されたのでないことは確実だ」

「この結果は検死官に報告するのだね？」と博士は訊いた。

「当然だ」ファヴァーシャムはきっぱりと答えた。「検査の概要をまとめて報告する。クラヴァートンの死因は自然発生の胃壁の穿孔と確認したとね。昨夜話したように、症例としてはちょっと珍しい。だが、このとおり受け入れるしかない。君自身見てのとおりだよ」

プリーストリー博士は頷いた。厳格な判断をする博士にも、事実がはっきりしたのだ。

第七章

　その日の午後、プリーストリー博士は書斎で過ごしながら、なんとも言えない気分だった。シロというファヴァーシャムの検査結果は、いわば、博士の確信を根底から覆したのだ。検死解剖を行えば、クラヴァートンの死因は砒素と証明されると確信していた。ところが、砒素は死因とは無関係とはっきり証明されたのだ。博士はその事実を突き付けられ、失望感を拭い切れなかった。

　そう、まさに失望だ。友人が自然死とわかっても、心は少しも安らがない。博士が酷薄な人間だからでもないし、生理的嫌悪を感じる連中が懲らしめられるのを見てやりたいと思ったからでもない。クラヴァートンの死因は外部要因だという確信をどうしても捨てきれないからだ。

　ところが、悩ましいことに、博士の確信には、何一つ筋の通った根拠がない。それどころか、あらゆるものがその確信を反証する。ファヴァーシャムの検査。その正確さを疑うなど思いもよらない。動機の完全な欠如。遺言書が示すように、あの得体の知れない連中や、アーチャー親子が手を下したとは考えられない。疑惑をわずかに裏づけるものは二点だけ。オールドランドが砒素を検出したことと、彼の不在中にクラヴァートンが死んだことだ。

　砒素を検出したというオールドランドの言葉は、どこまで信用できるのか？　プリーストリー博士は、ファヴァーシャムがそれとなく匂わせた疑惑を思い返した。可能性は二つ。オールドランドが間違いを犯したか、意図的に嘘八百を話したかだ。一つめは考えられない。オールドランドの有能さは確かだし、ファヴァーシャムも言ったように、学校の生徒でも、砒素を検出する簡単な検査で間違いはしない。

二つめの可能性は残る。博士は、その可能性を考えて表情を曇らせた。オールドランドは、その言葉を掛け値なしに信じられる男か？　彼は過去に、世間の非難を浴びる事件を起こしている。クラヴァートンは、過ぎたことは忘れたほうがいいと言っていた。確かにそうだが——木はその実で見分けられる！（新約聖書「マタイによる福音書」第七章第二十節より）

そのスキャンダルは、博士がミッドチェスターからロンドンに引っ越したあとに起きた。だが、噂は博士の耳にも届いたし、事件のあらましくらいは知っている。オールドランドは評判のいい医者で、診療もはやりつつあったが、当時は妻と子ども一人を抱えて、さほど金まわりはよくなかった。

博士がミッドチェスター大学に在籍していた頃も、陰口が耳に届いた。若くて大金持ちの未亡人がオールドランドの患者になった。彼女が病気のうちは、まめに患者を往診していても不自然ではなかった。そんな患者とお近づきになるのは、相手はもちろん、医師にとってもけっこうな話。彼女の友人たちも右に倣《なら》えと、この懇切丁寧で有能な医師の診察を受けに来るかもしれない。診療活動をそこまで繁昌させるチャンスをつかむとは、オールドランドも運のいい男だ。

プリーストリー博士がいた頃は、それ以上のゴシップにはならなかった。患者はよくなったのに、医師の往診が妙に長く続いたのが人目を引いたのかも。のちに聞いたところでは、往診の時間もあまりに不自然な時間帯だった。すると、その一年ほどあと、ミッドチェスターの人々は、医師と患者が揃って失踪、という事件に驚愕したのだ。

それ以来、ゴシップは人から人へとどんどん広がり、二人をほとんど知らない人たちでも、いきさつをすっかり知るところとなった。だが、これだけは言える。不倫沙汰はそれより数ヶ月前から続いていたのだ。突如恋に目覚めて駆け落ちしたはずはない。状況から見て、事前にすっかり段取りしてあったのは間違いない。

同じく確かなのは、オールドランド夫人——およそパッとしない女性だと博士は常々思っていた——は何も知らず、疑いもしなかった。夫人は明らかに、夫の二股膏薬の犠牲になったのだ。いろいろ説得されたが、彼女は離婚を拒んだ。いつか夫が戻ってくるという見込みのない希望に健気にしがみついたのだ。その後、戦時中に、彼女はミッドチェスターを去り、人々からも忘れられた。

オールドランドの所業は、決して褒められたことではない。その事件も、いつしか博士の記憶から薄れ、オールドランドのこともほとんど忘れていた。クラヴァートンがその名を口にし、本人がケンジントンのはやりの開業医として目の前に現れるまでは。クラヴァートンの話では、オールドランドは彼を尋ねあてたのだという。

だが、ほかの関係者たちはどうなった？　駆け落ちした相手の女性は？　これほどの歳月を経たあとでは、博士も彼女の名をすっかり忘れていた。オールドランド夫人と子どもは？　ケンジントンの家に女性が同居していないことは、家に入った瞬間からはっきりわかった。だが、オールドランドは見るからに裕福そうだ。車といい、贅沢に調度をしつらえた家といい、それははっきりしている。それに、ケンジントンの診療所もただで手に入れたわけではあるまい。

博士は、いずれも的外れな事柄だと気づいた。だが、オールドランドの過去には、後ろ暗い一ページがあることも事実だ。砒素の話は彼がでっち上げたとも考えられる。そんなことをして、何かメリットがあればだが。だが、どんなメリットがある？

ミルヴァーリーがオールドランドと連絡が取れないのも実に奇妙だ。博士は、オールドランドがロンドン出発は延ばせないと言っていたのを思い返した。おそらく、出かけざるを得ない緊急のことがあったのだろう。もちろん、行き先は教えてあったし、ミルヴァーリーもそう言っていた。だが、その住所に送った電報に返信は来ていない。

そんなことを考えるうちに、プリーストリー博士の頭に奇妙な考えが浮かびはじめた。オールドランドがクラヴァートンの死が間近だと知っていたとすれば、何かの理由で、死亡時に居合わせたくなかったのでは？　はっきりした兆候をつかみながら、誰にも言わなかったのかも。クラヴァートンが急死してもおかしいと思わず、それが死因だと勘違いさせるように、わざと博士に砒素の話をしたのでは？

こうした思弁は、論理的ではあるが、納得のいく結論には導かない。オールドランドがそんなおかしな行動を取る動機など、まるで説明がつかない。この難問をなんとか解明しようと、博士は先の見えない迷路を堂々巡りし続けた。

クラヴァートンの死に何か謎があるという確信を捨てるつもりはないが、その確信が分別を逸しているのに気づく。検死解剖とファヴァーシャムの検査は、この問題に最終的にけりをつけた。誰もがそう考えるはずだ。たとえば、警察だが、ハンスリット警視でも、博士の意見に最大の敬意を払ってはいても、この疑惑は一笑に付すだろう。これだけ事実が揃っては、いかなる犯罪の可能性もないと決定的に証明されたのだ。それを疑うのはばかげている。

そもそもプリーストリー博士自身がそう思っていた。一連の事実を疑うつもりはない。だが、一見自明なこととは異なる解釈も、千に一つぐらいは可能性がある。そんな解釈は推論だけでは出てこない。まだわかっていない新たな事実が出てきて、確認できたときこそ、そうした解釈が見えてくる。

どうすれば、そんな事実を突き止められる？　事件の性格からして、一人で調べざるを得まい。いかにもあてのない、こんな探究に他人を付き合わせるわけにいかない。だが、博士は腹を決めた。さしあたり、クラヴァートンの死因のことは忘れよう。それより、身近な利害関係者たち全員の動機を明らかにするのが先決だ。

水曜の朝、プリーストリー博士は、ライズリントン氏の訪問を受けた。「いいお宅にお住まいですね」弁護士は、書斎に案内されながら、殊勝にもそう言った。「この界隈も昔ほどはしゃれていませんな。このお宅を売ろうと思われても、本来の値打ちに値する額では売れませんよ」

「売るなど考えたこともない」プリーストリー博士は穏やかに応じたが、内心ムッとした。会うのは二度目だが、この弁護士の態度はまたもや博士の癇に障りはじめていた。「お座りください、ライズリントンさん。申し訳ないが、私はこれでも多忙でね」

「おお、もちろんですとも。現役から退かれた方でも、やることはありますな。そうお邪魔するつもりはありません。見当はおつきでしょうが、お伺いしたのは亡きクラヴァートンのことです。葬儀は明日の十二時に執り行うことになりました」

博士は頷いて了解を示したが、弁護士は気取った笑みを浮かべ、「やっぱり、なんでもなかったでしょう」と、まるで子どもを宥めるような態度で言った。「そう申し上げたじゃないですか。結局はただの形式だった。例の若い医者ですが、やはりちょっと慌て者でしたな。もう少し経験を積めば、いくら手を尽くしても自分の患者が死ぬことだってあると学習しますよ」

「では、検死官は死亡診断書を出したと？」と博士は冷やかに訊いた。

「ええ、もちろん。何の支障もなかった。実にすんなりと。最初からわかってましたが。ただのから騒ぎでした。さて、申し上げたかったのは、手続きはみなすんで、クラヴァートンの遺体はブロンプトン墓地に埋葬されるということです。葬儀はボーマリス・プレイスで十二時に行われます。あなたと私は受託者ですので、一緒に車で行っていただきます——もちろん、車の経費は財産の中から負担しますよ。快くお引き受けいただけますよね？」

プリーストリー博士は、その言い方にあやうく苦笑しそうになった。ライズリントン氏と同伴とは、どんな状況であれ、まして葬儀とあっては、快いはずがない。だが、博士は黙って頷き、同意を示した。

「けっこうです。では、十一時四十五分にここにお迎えにまいりますよ。埋葬終了後、一緒にあの家まで戻ってください。ご親族の前で遺言書を公表しますので、受託者としてあなたにも立ち会っていただきたいのです」

プリーストリー博士はためらった。あの十三番地の家で、一族が集まるところに同席するのは気が引ける。だが、すぐにある考えが閃いた。クラヴァートンの親族が遺言書の内容を知ってどんな反応を示すかを見れば、何かわかるかもしれない。

「お望みとあらば、立ち会うよ」と博士は言った。「同席するのは誰かね？」

「もちろん、リトルコート夫人とお嬢さんです」と弁護士は答えた。「アイヴァー・ダーンフォードは来るかどうかわかりません。確か、金曜にイングランド北部に戻りましたが、すぐには仕事から離れられないかもしれないと」

「アーチャー夫人は？」と博士は訊いた。

「アーチャー夫人には手紙を出して返信をもらいました。なにやら妙な返信でして。クラヴァートンの逝去にお悔やみを述べたあと、健康がおもわしくないので、ロンドンまで来るのは難儀だと。娘さんのことは一言もなし。追伸で、あとの法的手続きに自分の同席は不要じゃないかとも」

博士は、弁護士が来てからはじめて興味をそそられ、「夫人が遺言書で受益者になっていることは伝えたのかね？」と訊いた。

「ええ。ただ、具体的な額は伝えていません。夫人も返信でその点は特に尋ねてこなかった」

「その話からすると、夫人は自分がクラヴァートンの遺産相続に与《あずか》ることを知っていたようだね」

「私もそう思いましたよ、プリーストリー博士。もちろん、クラヴァートンが話したのかもしれない。しかし、そうでなくても、夫人は自分が相続人の一人だと予測していたはずです。前にあなたにお会いしたあと、実に興味深い事実を知りましてね。クラヴァートンの遺言執行者として、遺産を清算するために、銀行に彼の通帳の提供を申請したんです。調べてみたら、クラヴァートンは銀行に、アーチャー夫人に四半期ごとに二百ポンド支払うよう、自動振替の依頼をしていたことがわかったんですよ」

「ほう？」博士は、ライズリントンの意味深長な口ぶりを歯牙にもかけず言った。「きっと、クラヴァートンにはそれなりのわけがあって、そんな手当を支払っていたのだ。アーチャー夫人が明日同席しないのなら、手紙で遺言書の内容を知らせるのだね？」

「もちろんです」と弁護士は答えた。その話を続けようとしたが、不意に、博士が時計をじっと見つめているのに気づいた。弁護士はちょっと眉をひそめ、席を立つと、「お時間が貴重なのを忘れていましたよ」と嫌味交じりに言った。「では、明日午前、十一時四十五分にお伺いします。クラヴァートンの葬儀に出るのを時間の無駄とは思わないでください」

博士は、弁護士が部屋を出て行くのを、少し後ろめたい気持で見つめた。気まずい感情が生まれたのは明らかだし、そのことで気が咎めた。弁護士の態度の端々に神経を尖らせすぎたようだ。本当は礼儀正しそうな男なのに。いずれにしても、と博士は思った。ライズリントンの共同受託者を引き受けた以上、いまさら手は引けない。いやでもあの男とは何度も顔をあわせるのだし、もっとおおらかに対応せねば。それだけのことだ。

博士はそう腹をくくり、翌朝、ライズリントンと連れだって出かけた。深い悲しみを抱いて墓のそばに佇み、旧友の亡骸《なきがら》に最後の祈りの言葉が捧げられるのを聞いた。弔問客たちが立ち去ると、決然たる思いがこみ上げた。何があろうと、クラヴァートンの死が自然死とは思えない以上、神のご照覧のもと、復讐を果たすのが自分の務めだ。

博士とライズリントンは、車で十三番地の家に戻った。「すると、ダーンフォード君は出てこられたわけだ」と弁護士は言った。「もちろん、ミス・リトルコートの隣にいたのはお気づきですね。遺言書の内容を知ったら、どう思いますかな？　いや、むしろ、ミス・リトルコートのほうがどう思うか？　あの若い二人は互いに了解ができてると思えて仕方がない。まったく、ダーンフォードも妙な立場に置かれたものだ。彼が自分の財産を持ってるかどうか、ご存じですか？」

「知らないな」と博士は答えた。「クラヴァートンは、自分の身内のことについてはいつも寡黙だった」

「寡黙！　まさにその言葉どおりだ。遺言書を作成する際も、彼から必要な詳細を聞き出すのにほんとに苦労させられた。ミス・メアリ・ジョーン・アーチャーのことを言い出したときは、てっきり、彼女はもう一人の姪で、アーチャー夫人は三番目の妹だと思いましたよ。ところが、お尋ねしても、アーチャー夫人は親族じゃないと言うだけで、話を逸らしてしまった。夫人も娘さんも今日来ていないのは残念です。ぜひお会いしたかったのですが」

プリーストリー博士は頷いた。自分も謎に満ちたその二人に会いたかった。だが、一番残念なのは、クラヴァートンの親族がいるところで二人に会えないことだ。その機会があれば、いろいろわかったかもしれないのに。

車はボーマリス・プレイスに入り、十三番地の家の前で停まった。プリーストリー博士には、その場所がいっそう陰鬱に見えた。霧雨が降り続き、日中だというのに、ロンドンには、薄暗さが重苦しく垂れこめていた。オーク材の羽目板張りと重々しい調度を備えた玄関ホールは、地下洞窟のように寒々とした暗さに包まれていた。

ライズリントンは、そんな気配に触れて身震いした。「こんな禍々《まがまが》しい雰囲気の家などありますか?」フォークナーのあとについて階段を上がりながら囁いた。「こんな家には絶対住みたくない。だって――」

その言葉が終らぬうちに、フォークナーが客間のドアを大きく開けた。プリーストリー博士が中に入ると、部屋がにわかに身近なものに感じられた。まるで前からずっと知っていたみたいに。六日前にほんのわずかそこにいただけだが、それ以来何も変わっていない。同じ火の気のない暖炉が博士を見つめ返す。堅苦しく設《しつら》えられた無愛想な調度も同じ。驚いたことに、リトルコート夫人も隅のソファの同じ場所に座っていた。

驚いたというのは、墓のそばで黙禱する夫人の姿を見ていたからだ。夫人は博士よりほんのちょっと前に家に入ったはず。ところが、夫人はいつの間にかコートと帽子を脱ぎ、再びいつもの場所に座っていた。まるで兄の死という些細な出来事のせいでほんの一時妨げられただけのように。黒っぽい屍衣のような編み物が、夫人の膝から厚い襞になって垂れ、鉄灰色の髪の頭は、前後にせわしなく動く編み針のほうにうつむいていた。

娘のほうは、プリーストリー博士と弁護士が部屋に入ってくると、近づいてきて挨拶をした。博士に対する彼女の態度には、なんとなく変化が見られた。無愛想でつっけんどんな態度は消え、にっこりしながら、伯父の葬儀に参列してくれたことに謝意を述べさえした。そんな彼女ははじめて見る。長身で髪は黒く、世の中を憎んでいるように見えながら、えもいわれぬ美しさを湛えた顔。その顔を半ば隠している、ひそやかなヴェールのような髪。博士は内心、実に目を引く娘だと思った。

アイヴァー・ダーンフォードは彼らに背を向け、ガラス戸付きのキャビネットに陳列された陶磁器のコレクションをむっつりと眺めていた。博士がちらりと見た横顔からして、ひどく退屈している様子だ。ポケットに手を突っ込み、懐中時計を引っ張り出すと、眉をひそめて時間を確かめた。すると、ほとんど振り返りもせず、うんざりした横柄な口調で言った。「ぼくがキングス・クロス駅で二時十分発の列車に乗らなきゃいけないのは知ってるだろ、ヘレン？」

一瞬、場が気まずくなった。ただの錯覚かもしれないが、博士には、リトルコート夫人の指の動きが一瞬乱れたように思えた。娘のほうは、ライズリントン氏をちらりと見ると、今度はプリーストリー博士のほうを問いただすように見つめた。

博士はすぐに、部屋に漂う緊張感を感じ取った。蠟人形の集団の中にいるような気がする。一言《ひとこと》発すれば、命を吹き込まれて動き出す人形たち。自己抑制が強すぎ、人間らしさをすっかり失った人々。無表情な顔の陰で、これから何が起こるのか、先を読もうとじりじりしている。博士はそのとき、誰も遺言書の内容をまったく知らないのだと悟った。

ライズリントンは、ヘレン・リトルコートが博士をじっと見つめる表情に気づいたに違いない。博士がいる理由を慌てて説明しはじめたからだ。弁護士は携えてきたアタッシェ・ケースを取り上げ、咳払いをし、「ダーンフォード氏には列車の予定があるそうですので、さっそく、ジョン・クラヴァートン卿の遺言書を公表させていただきます」と言った。「今からご説明しますが、遺産は遺言書に従って信託財産とされ、プリーストリー博士が受託者の一人として指名されています。博士にはその役割を快くお引き受けいただきましたので、皆さんも博士に立ち会っていただくことにご異存はないものと思います」

少し声を大きくすると、話しながらリトルコート夫人のほうを見つめた。だが、夫人は編み物に没頭したまま、何も聞こえていないようだ。娘が母親に代わって返答した。「母は耳が遠いのよ、ライズリントンさん。私が母のそばに座って、おっしゃることを伝えます。ほかの方が話されるより、そのほうが母もわかるので」彼女は部屋を横切り、ソファに腰かけ、母親の肩に手を置くと、「ライズリントンさんがジョン伯父さんの遺言書を発表なさるそうよ」と低く絞り出すような声で話しかけた。

リトルコート夫人は娘の言葉を理解したようだ。頷いて、編み物を横に置いたからだ。夫人ははじめて顔を上げたが、博士は彼女が色付きの眼鏡をかけているのに気づいた。夫人の目は眼鏡に隠れて見えない。葬儀の際にはかけていなかった。屋内にいるときだけかけるのか。だが、その効果は仮面と同じで、彼女の無表情な顔はますます真意が読めない。

ライズリントン氏は肘掛椅子に座り、アタッシェ・ケースを膝の上で開いた。アイヴァー・ダーンフォードは平然と部屋を横切って暖炉のそばに陣取り、マントルピースの上に肘をついた。プリーストリー博士は、部外者の立場でもあり、一番隅っこの椅子に座り、部屋の中を見渡せるようにした。弁護士はもう一度咳払いをし、「これから公表する遺言書は、ごく最近作成されたものです」と話しはじめた。「過去に作成された遺言書やその補足書があっても、すべて無効となります。この遺言書は、ジョン・クラヴァートン卿がほぼ一週間前の十月九日火曜日に署名したものであり、シドニー・オールドランドとジェイムズ・フィッシュが証人として署名しています」

リトルコート夫人の頭が再びうなだれ、博士には、すでに見慣れた鉄灰色の髪しか見えなくなった。ただ、娘は目を一瞬きらりと光らせ、いとこと目配せをした。了解のしるしではなく、挑みかかり、勝ち誇るような眼差し。伯父の好意を得るべく競いあった結果、新しい遺言書が作成されたことに自分の勝利の証を見出したようだ。

弁護士はひと息ついて話を続けた。「では、遺言書の項目を読み上げます。まず、当然の遺贈について申し上げます。最初に、フォークナーですが――」

弁護士が抑揚のない声で話し出すと、ソファに座る娘は緊張を見せはじめた。フォークナーに五百ポンド、「私の死亡時になお奉仕してくれていた場合は」料理人に百ポンドなどという、つまらぬ話に興味はない。いつまで経っても弁護士が肝心の点に入ろうとしないと思っているはず。そのうち、彼女はソファの革張りをそわそわといじり、ほとんど暴力的な強さで革をひねったり、つねったりしはじめた。

だが、彼女の集中力は一瞬たりとも揺るがなかった。息を潜めて弁護士の言葉に聞き入っていたが、まるで終生貧困となるか、待ち望んできた富を得るかが決まる文章が読み上げられるのを聞き逃すまいと気を張っているようだ。母親のほうは編み物の手を休め、膝の上にゆったりと載せ、身を固くして身じろぎもせず座っている。指が動きを止めると、まるで体全体から生命も活力も消えてしまったかのようだ。話の内容を彼女が聞き取れているかどうかはわからない。博士は、娘が通訳しようとしないのに気づいた。

ライズリントンは、ようやく少額贈与の最後まで読み上げ、「次に、プリーストリー博士と私自身についての項目があります」と続けた。「ジョン卿は、図書室の蔵書を私たち二人の共有として贈与し、どう分け合うかは私たちで決めてよいとしています。私としては、これらの蔵書の中に、ご一族の方々にとって思い入れのある本があれば、喜んでお譲りしたく、プリーストリー博士もきっとご異議はないでしょう。蔵書を別にすれば、この家と家財一式は、すべてリトルコート夫人に贈与されます」

アイヴァー・ダーンフォードは皮肉たっぷりに笑みを浮かべたが、いとこの目を引こうとはしなかった。明らかに、十三番地の家が叔母の所有になろうと惜しいとは思わなかったのだ。ヘレン・リトルコートの目が一瞬きらめき、母親のほうに身を乗り出し、「この家と家具類はお母様のものよ」とゆっくりと明瞭に話した。

リトルコート夫人は頭を上げたが、目はやはり仮面のような眼鏡に隠れて見えない。夫人の唇が動き、何かしゃべろうとしたが、娘は肘で強くつつき、「ライズリントンさんの話はまだ終わってないわ」と注意を促した。

弁護士は説明を中断し、「リトルコート夫人が何かおっしゃりたいのなら――」と言いかけたが、ヘレン・リトルコートが押しとどめた。「けっこうです。お話が終わるまで、母は待ちますわ」ちょっと考えてから、意地悪く付け加えた。「アイヴァーには列車の予定があることも忘れちゃいけないし」

ライズリントン氏は眉をひそめた。急かされるつもりなどなく、「この時点では、まだ説明すべきことがかなり残っています」と言った。「今申し上げたように、ジョン卿の遺言書では財産を信託としています。これまで述べた遺贈を別にすれば、残りの財産はすべてその対象となります。財産信託に伴う条件を簡潔に申し上げましょう」

弁護士は、財産信託、受託者の義務、法に基づく信託の制約について、退屈でダラダラした説明をはじめた。ヘレン・リトルコートは苛立ちを隠しきれなかった。彼女の指は、いじっていたクッションのカバーに穴をあけていたし、半ば無意識にその穴を広げはじめていた。リトルコート夫人は細い腕を伸ばし、静かにそのクッションを娘から取り上げた。夫人はきっと、それが今は自分の財産であり、傷つけるのは惜しいと考えたのだろう。

ダーンフォード青年も神経を尖らせつつあった。細長い指でマントルピースの冷たい大理石を叩き、不気味な音を奏ではじめた。いとこと同じく、じっと辛抱しながら自制していたのだ。プリーストリー博士は、彼らが真実を知ったら、どうなるだろうかと本当に心配になりはじめた。これほど長く感情を押さえつけられては、きっとこれまでの確執をさらけ出す修羅場と化すのでは?

すると、そのまま間も置かず、ライズリントンは遺言書の核心に入った。

「財産信託の意味をご説明しましたので、その適用対象を申し上げます。ジョン卿の残余財産は、現時点で年間約四千ポンドの収入を生み出していると見積もられます。『この収入については、年二千ポンドをミュリエル・アーチャー夫人、年五百ポンドを甥のアイヴァー・ダーンフォード、年二百ポンドを姪のヘレン・リトルコート、残余を指定する慈善団体に支払うよう、受託者に求める』」

弁護士が口をつぐむと、奇妙な息をのむ音がソファのほうから聞こえた。一瞬、しんと静まった。まるで、聴き入っていた者たちの耳が、突如聞こえなくなったかのようだ。ヘレン・リトルコートが口を開こうとしたが、母親の手が鳥の爪のように娘の腕をつかんだ。アイヴァー・ダーンフォードは、ライズリントン氏のほうにゆっくりと顔を向けた。博士が見ると、信じられないとばかりにポカンと目をみはっていた。だが、なんとか自制し、声だけかすかに震わせながら話しはじめ、「伯父の財産の半分を相続する、その女性は誰ですか？」と尋ねた。

これは明らかに弁護士には予想外の質問だったが、「ミス・リトルコートか夫人ならご存じかもしれませんね、ダーンフォードさん」と巧みに応じた。

水を向けられたヘレン・リトルコートは、激しく部屋の中を見まわした。まるで、その謎の女性が部屋の薄暗い片隅から不意に姿を現すとでも思ったみたいに。「ミュリエル・アーチャー？」彼女はゆっくりと心もとなげに言った。「知らないわ。母も私も、その人の名は聞いたことがありません」

リトルコート夫人はどうやら娘の言葉を理解したようだ。激しく頷いたかと思うと、再び元の不動の状態に戻ったからだ。

ライズリントン氏は、プリーストリー博士を一瞥すると、てきぱきと話を続けた。「アーチャー夫人は、遺言書の中で、『マートンベリーの〈ウィロウズ荘〉』在住とされています。きっと、ジョン卿の親しい旧友でしょう。ご令嬢のメアリ・ジョーン・アーチャーも遺言書で触れられています。といいますか、財産信託は、ミス・アーチャーが二十五歳に達した時点で終了します。その時点で、信託財産は十等分され、分配されます。アーチャー親子がその五割を受け取ります。残余については、ダーンフォード氏が一割、ミス・リトルコートが一割を受け取り、あとの三割は、指定された慈善団体に配分されます」

弁護士は重々しくひと息つくと、説明を続けた。「ただ、一定の条件のもとで、配分の仕方が変更になるという項目があります。読み上げますよ。『上記の日までに、甥のアイヴァー・ダーンフォードが上記メアリ・ジョーン・アーチャーと結婚し、離別していない場合には、受託者は、財産の残り三割を、上記慈善団体にではなく、アイヴァー・ダーンフォードに移譲するものとする』」

アイヴァー・ダーンフォードは、短く不快げな笑い声を上げ、「こんなばかな話は聞いたことがない！」と強い口調で言った。「ジョン伯父さんの病は、体だけじゃなく、心にもあったようだな。以上だね、ライズリントン？」

「いくつか付加的な項目が――」と弁護士が言いかけたが、ダーンフォードはくるりと背を向けた。

「そんなものを聞いてる暇はない」と言うと、ソファのほうにつかつかと歩み寄り、リトルコート夫人の目の前に立った。

「この家を維持していくのはあなたの役目だね、クララ叔母さん」と激しく毒づくと、周囲に目もくれず、陽気さを装って部屋から出て行った。

第八章

アイヴァー・ダーンフォードがドアを閉めて出て行くと、ヘレン・リトルコートが、制止しようとする母親の手を腹立たしげに振り払い、すっくと立ち上がった。いとこが出て行ったことで、見えないタガが外れたように。立ちすくんだ姿は、怒りに満ちた反抗心もあらわだった。ボーマリス・プレイスから聞こえる喧騒をかき消すように、玄関のドアをバタンと激しく閉める音が聞こえた。ダーンフォードが駅に向けて立ち去ったのだ。

ヘレン・リトルコートは奇妙な仕草で手をサッと喉元にあてた。一瞬息が詰まり、胸中を怒涛の如く去来する思いに駆られて言葉を失ったようだ。すると、かすれた声で激しくしゃべりはじめた。母親の耳がどれほど遠かろうと、聞こえずにはいまい、とプリーストリー博士は思った。

「アイヴァーなら、ああやって飛び出してったっていいわよ！　その娘と結婚すれば、二人で財産の九割を手にするんだもの。でも、私たちはどうなるの？　年二百ポンドの端金《はしたがね》でどうやって暮らしていけと？」

弁護士は、その問いが告発であるかのように、気まずそうに赤面すると、「さて、ミス・リトルコート、そんな問いに私が答えられるわけがないでしょう」とためらいなく答えた。「あなたは最終的に、少なくとも年四百ポンドを財産から受け取る。それに、お母さんは、お望みなら、この家と家財を処分することもできる。けっこうな金額になるはずです」

彼女は嘲るように笑い声を上げた。「けっこうな金額ですって！　口で言うのは簡単ね。そのアーチャー親子が本来は私たちのお金を貰い、なぜ私たちは極貧のままでなきゃいけないの？　そもそも、その二人は何者よ？　その親子はジョン伯父さんに何の要求ができるの？　伯父さんがアイヴァーをその娘と結婚させたいのもどうして？　どこの小娘か知らないけど」

博士が思ったとおりだ。リトルコート夫人は、娘の言葉の趣旨ぐらいはわかる。はじめて夫人が口を開いたが、それは抑えた不機嫌そうな口調で、兄の声とかすかに似ていた。「そんな言い方をするものじゃないよ、おまえ」と言った。「伯父様にはそれなりのわけがあったのよ」

ヘレンは母親に向き直り、「それなら、そのわけを知りたいわ！」と言い返した。「この家に来て、伯父さんの面倒を見たのは何だったの？　それで何を得たっていうのよ？　この家はお母さんのもので、私には年二百ポンド。伯父さんの面倒を見なくても、貰って当然のものよ。そのアーチャーとかいう連中に自分のお金を全部上げるつもりだったのなら、どうして二人を呼んで自分の世話をさせなかったの？　それも、私たちが現にこの家にいるあいだに、そんな遺言書を作成していたなんて！」

プリーストリー博士には、この風変わりな娘が、目の前で急に生き生きと命を吹き込まれたように見え、今はっきりと表れたその美しさに讃嘆の念を禁じ得なかった。彼女は激しい感情の迸《ほとばし》りも尽き果て、一瞬ぴたりと動きを止めた。すると、いかにも彼女らしい唐突な動きだったが、顔を両手で覆い、部屋から駈け出して行った。母親のほうは、編み物をゆっくりと横に置き、編み針をはずすと、濃い紫色の糸の付いたまま、ソファの腕に突き刺した。それから、ことわりの言葉もなく、受託者に目もくれずに席を立ち、娘に続いて出て行った。ドアは開け放したまま。夫人がゆっくりと階段を上がっていく音が聞こえた。

ライズリントン氏は、驚きと嫌悪の表情で博士のほうを向き、「いやはや、なんという態度だ！」と強い口調で言った。「礼儀も何もあったもんじゃない。それでも、彼らに手当を支給するのが我々の仕事とは。遺言書の内容はまったく予想外だったようですね」

「そのようだね」と博士はそっけなく言い、席を立ってドアのほうに向かうと、「ここにいても、これ以上お役に立てることはないようだ」と言い添えた。

「お帰りになるのですか？」と弁護士は声を上げた。取り残される気がして一瞬慌てたようだ。それから、懐中時計を引っ張り出して見ると、「おお、もう二時か」と言った。「まだ昼食も摂っていませんでしたね。お互い失礼させていただいたほうがよさそうだ。まったく厄介なことです。リトルコート夫人には、特にご提案したいこともあったのですが。まあ、明日またお伺いできる。その頃には、夫人も娘さんもショックから立ち直っておられるでしょう」

彼らが連れだって出ていくと、玄関ホールでフォークナーと出くわした。弁護士は彼にも遺贈があることを話したが、彼はいつもの無表情さで聞いていた。ライズリントン氏の車が外で待っていた。氏は博士を家まで送ったが、博士からの昼食の誘いは、仕事の予定があると言って辞退した。

その日の午後、博士は書斎で、暖炉の前に寄せた椅子に座って過ごした。すっかり困惑していたが、そんなことは別にはじめてではない。だが、今までなら、いかに謎が複雑そうでも、常に解決への道筋をなんとか見つけてきた。今度の場合は、少しでも解決につながりそうな捜査の糸口がまるでつかめない。

いつものように、すべての要素を最も単純で論理的な形に整理した。まず、何が問題なのか？　そもそも、出発点からして、まるで論理的ではないと認めざるを得ない。クラヴァートンの死が自然死ではなく、はっきり殺人だと示すものは何もない。それどころか、あらゆる証拠は正反対の方向を示している。

プリーストリー博士は、およそ直感を信じる人間ではない。人間の五感で知覚できない証拠は決して受け入れない。だが、クラヴァートンの死期が早められたという博士の確信には直感めいた危うさがあるし、裏づけとなる具体的な証拠もない。

オールドランドの驚くべき証言を別にすれば、わずかでも疑わしいといえる状況は一つだけ。つまり、クラヴァートンが新しい遺言書に署名した直後に死んだことだ。だが、そんな状況証拠に基づく議論は、必ず袋小路に迷い込む。そこから推測できるのは、新たな遺言書による受益者が彼に死をもたらしたということ。だが、その受益者とは誰か?

まず、アーチャー親子だ。とはいえ、さしあたり、彼らは除外していい。彼ら親子が十三番地の界隈に来た証拠もなく、クラヴァートンの死を遠隔操作したとも考えにくい。

次は、アイヴァー・ダーンフォード。だが、彼を犯人と考えると、いろいろな困難を生じる。クラヴァートンの死は、十四日日曜のこと。ライズリントンの話では、ダーンフォードは、十二日金曜にロンドンを発っている。プリーストリー博士が訪ねた日だ。博士が彼の伯父と話しているあいだに家を立ち去ったようだ。

さらに、彼はなぜ、二番目の遺言書が署名されるまで待たねばならなかったのか? その遺言書の内容を知らなかったのはほぼ確実だ。自分が遺言書で主要な相続人になっていることに賭けたのかもしれない。だが、最初の遺言書がすでにそうだった。それを考えると、二番目の遺言書が署名される前に伯父を殺害するほうが得策というものだ。

その疑問を考えていると、ヘレン・リトルコートの言葉が再び博士の心に思い浮かんだ。彼女の言うとおり、アイヴァー・ダーンフォードがメアリ・アーチャーと結婚すれば、二人合わせて財産の九割を最終的に手に入れる。だが、それまでに何年もかかる。遠い先の利益を見越して殺人を犯す者はいない。クラヴァートンが本当に金目的で殺害されたのなら、犯人はすぐさま果実を刈り取れると考えていたはずだ。

次に、単独犯か共謀かはともかく、あの風変わりなリトルコート親子。この二人には、検討すべき事柄がいろいろある。二人は、クラヴァートンが死んだとき家にいたし、それも何週間も前からだ。彼ら親子にすれば、二番目の遺言書が署名されるまで待つのが得策だった。最初の遺言書の規定では、彼らは何も貰えなかった。二番目の遺言書では、それなりの利益を得た。ヘレン・リトルコートが期待した額には到底及ばなかったにせよ。家と家財を売却すれば、すぐにでもまとまった金を上乗せできる。

ほかに、少額の贈与を受ける者もいる。フォークナーやほかの使用人たち。ライズリントンとプリーストリー博士自身も。だが、たいした利益を得る者はいない。殺人まで犯す誘因としては弱すぎる。

こんな議論を続けても、納得のいく結論にはたどり着けない。博士は、何か手がかりがあるのではと、かすかな期待を抱きながら遺言書そのものに目を向けた。クラヴァートンは、新しい遺言書の作成をずっと先送りしてきた。だが、最初の遺言書は何年も前に実情にそぐわなくなっていたはずだ。アーチャー親子に財産を残したいという思いが突然の衝動でないことは、長年にわたって彼らに手当を支給していたことからもわかる。なぜ急に、ライズリントンに遺言書作成の指示をする気になったのか？　その前に起きた発作で危機感を抱いたという弁護士の説明が、おそらくは正しかろう。

二番目の遺言書は、いろんな点で実に奇妙な文書だ。クラヴァートンが死後の後始末を指示した文書。ともあれ、彼はメアリ・アーチャーが財産の半分を相続するようにした。自分の甥や姪より彼女を優遇した理由はよくわからない。クラヴァートンの性格を考えれば、はっきりした理由があるはずだし、赤の他人に何かロマンチックで思いやりに満ちた配慮をしたわけではないと博士はにらんでいた。

だが、財産の半分をそのように処分するなら、残余は甥と姪に一定の割合で遺すのが自然だろう。だが、そうはしなかった。生前の彼は、決してがめつくはなかったが、金に細《こま》かかった。博士の記憶でも、かつてミッドチェスターにいた頃、彼からチャリティの寄付を出させるのに手を焼いたものだ。ところが、意外にも、彼はけっこうな額を慈善団体に遺した。

プリーストリー博士は、そんな規定を設けた友人の意図を解き明かそうと試みた。直接の利害関係者は三人。リトルコート夫人、その娘、それに、アイヴァー・ダーンフォード。クラヴァートンはこの三人を、それぞれどう見ていたのか？

妹への態度は、まだわかりやすい。妹が巡回伝道者と電撃結婚したことを、彼は決して心底から許してはいなかった。生前の彼は、彼女に端金しか与えず、それもおそらくは、これ以上のスキャンダルを起こさせないためだ。遺言書で、その手当を継続させたとしてもおかしくはない。だが、彼女は彼の家に居座っていた。それも、明らかに彼の意に反して。というのも、彼は妹に会うのを拒んでいたからだ。妹は十三番地の家を強引に我が物としている。ならばよし。妹にその家を所有させ、維持させてやればいい。だが、ほかの物は一切やらない。これはいかにもクラヴァートンらしい判断だ。

だが、娘のほうはどうか？　せめて彼女は、実際に貰った額より、もっと配慮してやってもよかったはずだ。自分が生まれる前に母親のやったことは彼女の責任ではない。クラヴァートン自身が彼女を呼んで自分の看護をさせたのだし、誰に聞いても、彼女はその務めを立派に果たした。クラヴァートンは、なぜこの姪の相続分を大きく制約したのか？

プリーストリー博士は眉間に皺を寄せ、この疑問に納得のいく答えを探った。砒素をめぐる怪しげな経緯を無視はできない。クラヴァートンは何か感づき、自分を毒殺する試みがあったと知っていたのでは？　オールドランドはその可能性はあると言っていたし、ヘレン・リトルコートも、彼は自分が口にする前に必ず食べ物の味見をさせていたという奇妙な話をミルヴァーリーに語っている。姪を犯人と疑っていたなら、彼女に最小限の遺産しか遺す気にならなかったとしても不思議はない。

だが、それですべての可能性が検討し尽くされたわけではない。彼女がセント・エセルバーガ病院を首になった件をダーンフォードが伯父に告げ口したという、オールドランドの想像はおそらく正しい。彼の態度からしても、叔母といとこを心底妬んでいたのは明らかだ。伯父が遺言書作成を検討しているとわかれば、競争相手の信用を貶《おとし》めるチャンスを逃しはしないだろう。

第三の可能性もある。プリーストリー博士には、その可能性が一番説得力があるように思えた。クラヴァートンは、ダーンフォードがヘレン・リトルコートとの結婚を望まないよう、わざと彼女にわずかしか遺さなかったのでは。

そこがこの問題全体の核心だ。何かはっきりしない理由で、ダーンフォードをメアリ・アーチャーと結婚させたいと考えたのだ。遺言書の趣旨全体がそのことをはっきりと示している。ダーンフォードはいとこと同程度の額しか貰えないが、伯父の遺志に従えば、実入りを四倍に増やせる。

要するに、ダーンフォードはメアリ・アーチャーと結婚するよう、あからさまに鼻薬を嗅がされているのだ。それも、どうやら遺言書が読み上げられるまで聞いたこともなかった相手と。一見すると、クラヴァートンの取った措置は常軌を逸している。だが、クラヴァートンは、なにかと欠点はあったにせよ、決して愚か者ではない。クラヴァートンには何か明確な意図があったように思える。おそらく甥の性格も正しく見抜いていた。野心的な青年だと見抜き、嫁を決めてやったとしても、その判断に従うことで金銭的に利益を得るなら、不服はあるまいと考えたのだろう。

博士は、この問題を取り巻く複雑な状況を考えれば考えるほど心を奪われた。関係者の性格を研究する以外にこの問題は解決できないと思い定めていた。だが、リトルコート夫人のような謎めいた人物をどう研究すればいい？　この常軌を逸した劇の中で、彼女はどんな役割を演じているのか？　オールドランドの解説では、彼女は何か起きるのを待っていた。そう、その期待は裏切られなかった。予期していた事態が起きたのだ。だが、それは期待どおりの事態だったのか？

ともあれ、人間性の研究は肘掛椅子に座っていてもできない。博士は、さして魅力も感じない人々とお近づきになるよう努めなくてはなるまいと思った。書物や原稿が山積みのデスクを恨めしそうに見た。できればそこに座って、旧友の死のことはもう忘れたい。だが、そうもいくまい。未解決の問題を抱えたまま、作業に集中することはできない。まったくばかげた、突拍子もない調査に縛られてしまったが、そのあいだ、デスク仕事もお預けだ。どのみち、自分が献身してきた科学の理想も、それほど損失を被ることはあるまい。

翌朝、博士は行動を起こすことにした。リトルコート親子の問題は後回しにできるし、なんなら、ライズリントンを通じていつでも連絡を取れる。オールドランドは、まだ二、三日は戻ってきそうにない。成果を見込んでちょっとした行動を起こす時間はある。

こうして、博士は早朝の列車に乗り、午後にはマートンベリーにいた。市の立つ小さな町で、ヨークシャーの工業地帯からも遠く、丘陵に囲まれたところだ。まず、〈ブラック・ブル〉というホテルに部屋を取った。町の一番いいホテルのようだ。〈ウィロウズ荘〉への道をホテルのポーターに尋ねてみた。

ポーターは頭をかいた。「〈ウィロウズ荘〉ですか？　アーチャー夫人のお宅ですね？　リッチモンド・ロードに住む後家さんの？」

では、アーチャー夫人は未亡人だったのか。いい情報を得た。「ああ、その家だよ」とプリーストリー博士は答えた。

「それなら、すぐわかりますよ。市場広場をまっすぐ横切って、ハイ・ストリートを行けば、郵便局があります。そこを右に曲がれば、リッチモンド・ロードに出る。そのまままっすぐ進めば、救貧院があって、アーチャー夫人の家はその隣ですよ」

博士は礼を言い、さっそく出かけた。ポーターの説明どおりに行くと、十分ほどで救貧院を見つけた。その隣には見栄えのする小さな家があり、よく手入れされた庭の中に建っていたため、すぐに目に留まった。ここが〈ウィロウズ荘〉に違いない。博士は遠慮なく私道を進み、呼び鈴を鳴らした。

小柄な女中がドアを開けた。見知らぬ紳士を前にして、おそるおそる問いかけるように博士を見つめた。とはいえ、女中は博士の問いに、リトルコート夫人は在宅だと答えると、家庭的な乱雑さのある、調度の整った客間に案内した。それから、来客の名前も確かめずに、女主人を探しに行った。

博士は、今のうちにと、周囲をざっと見まわした。部屋には写真があり、なかでも、海軍将校の制服を着た、まだ若そうな男の写真が二、三枚、目を引いた。だが、それ以上探る暇はなかった。一人残されたのは一分足らずで、ドアが開き、女性が部屋に入ってきた。

二、三秒ほど、二人は黙って向き合ったままだった。アーチャー夫人は四十代、中背で、まだ若々しい体つきをした女性だ。正確には美しいというわけではないが、よく整った目鼻立ちで、優れて魅力的な女性。若い頃は、とても素敵な娘だったはずだ、と博士は思った。だが、博士の注意を引いたのは彼女の表情だ。グレーの目には、恐れつつも挑むような奇妙な表情が宿り、博士はまごつかされた。

「私にご用ですか?」夫人は、丁重ながらも突き放すような口調で言った。

「少しお話ししたいことがあってお伺いしたのです、アーチャーさん。私はプリーストリーと申します。友人の――」

だが、夫人は、博士の言葉を遮るように、「プリーストリー博士ですか!」と声を上げた。「まあ、お目にかかれて嬉しいわ! ここまでお越し下さるなんて。どうぞお座りください。ちょっと失礼して、話の邪魔に入らぬよう、ベアトリスに申しつけてきますわ」

博士がドアを開けようとするのも待てないように、彼女は文字どおり部屋から飛び出していった。どうやら葬儀出席の支障となった病気は完全に治ったようだな、と博士は思った。夫人はすぐに、息を切らし、顔を上気させながら戻ってきた。

「お噂はジョン卿からよく聞きましたわ、プリーストリー博士。昔なじみだそうですね」と言った。「あなたが受託者の一人だとお聞きして、ホッとしました。見ず知らずの方に物事を委ねるわけじゃないと思いまして。もちろん、あなたがジョン卿の一番古い友人の一人だと存じております。臨終を看取られたのでしょう?」

「とんでもない。亡くなる二日前に会いましたが。ご存じのとおり、亡くなったのは突然でした」

夫人は悲しげに首を横に振り、「何も知らなくて」と言った。「ライズリントンさんのお手紙で、亡くなったと知らされたときは、さすがにショックでした。もちろん、ご病気とは存じておりました。数週間前、ご自分でも手紙でそう知らせてこられたし。でも、お医者様からは、重くはないと言われたという話だったのに。いったい、何があったのですか?」

それはこっちが知りたいことだ、とプリーストリー博士は思った。「病状が突然悪化して急死したのです」と答えた。「発作が起きて一時間足らずで亡くなった。知らせを受けたときは、あなたと同様、ひどく驚きましたよ」

「本当に亡くなられたなんて信じられません」夫人は、ほとんど囁き声で言った。「なぜか死とは無縁のような人でした。一緒にいた頃は、まるで病気知らずだったのに」

博士は、この言葉を捉えるのが好機と思い、「彼をよくご存じなのですね、アーチャーさん?」と尋ねた。

彼女は一瞬、博士を見つめると、またもや、挑むような表情が彼女の目に表れ、「あら、もちろんです!」と答えた。「ご存じありませんでした? あの方が話されたと思ってたのに。あの方の秘書でしたの。リーズで職務に就いておられたあいだ、ずっと。四年間、毎日一緒に仕事をしたと言っていいわ」

そうか、これで説明がついた。まさに拍子抜けするほど単純だ。クラヴァートンは、甥にも姪にもそれほど好意を持たず、昔の秘書に遺産の大半を遺すと決めたのだ。だが、夫人の娘に関するあの奇妙な規定はどういうわけか？

　アーチャー夫人は息つく間もなく話を続けた。「じゃあ、私のことは何もご存じないのね、プリーストリー博士？　きっと何もかもが常軌を逸したことに思えますでしょ！　でも、ジョン卿はそういう変なところのある人でした。友人のこともめったに話さなかったし、博士以外の方のことは聞いたことがありません。ですから、きっと私のことも博士にはおっしゃらなかったのね？」

　博士はかぶりを振った。「戦時中の仕事のことは何も話してくれなかった。その頃リーズにいたことも、今はじめて知りました。私がミッドチェスターを離れてから、彼がロンドンに移住するまで、まったく音信不通だったのです」

「あんな大金を相続されたのは不幸だったとよく思いました」夫人はちょっと恨めしそうに言った。「戦争が終われば、元の仕事に戻ったはずだし、そのほうが幸せだったでしょう。そう、あの方と出会ったいきさつをお話ししなくては。夫は海上貿易の仕事をしておりました。夫とは戦争のはじまる数ヶ月前に結婚して、リヴァプールに居を構えました。夫は英国海軍予備員で、戦争がはじまるとすぐ招集され、その後、夫と会えたのは、休暇で戻ってきた三、四回だけです」

　プリーストリー博士が同情を込めて頷くと、夫人は話を続けた。「当然ですが、とても寂しかった。両親はともに亡くなっていたし、まだ子どももいませんでした。それで、数週間後に家を手放して、戦時の労働に志願したんです。速記や簿記などを学んだことがあるので、ほどなくして仕事をあてがわれました。リーズに派遣され、当時は叙爵《じょしゃく》前のクラヴァートン氏の下で仕事をするよう指示を受けました。当時、あの方には六人ほど女性の部下がいましたが、私は秘書に選ばれました。休戦協定が結ばれる直前まで一緒に仕事をしたんです。そのあいだ、あの方がどれほどよくしてくれたか、とても言葉では言い表せません。夫が戦死して、辛い日々を過ごしていたときは特にそうです。

夫は一九一八年二月に戦死しました。夫が休暇をもらって戻ってきたのは、そのほんの一、二週間前で、リーズで数日、一緒に過ごせました。とても多忙な時期だったのに、ジョン卿は休暇をくださって。夫は、自分の任務をとても誇りに思っていました。地中海での掃海艇の指揮を任されたばかりだった。そのほんの数週間後、夫の乗った船が乗組員全員とともに沈んだという、恐ろしい電報を受け取ったんです」

一瞬、夫の死を回想して胸が込み上げたようだが、すぐに立ち直り、話を続けた。「ジョン卿がおられなかったら、私はきっと心を病んでいたでしょう。彼だけが頼りだったし、私のためにできるだけのことをしてくださった。もちろん、私は仕事に専念しました。それだけが私の心を正気に保つ手立てだった。その後、八月に職場を離れなくてはならなくなりました。娘が十一月に生まれたからです。休戦協定の直前でした。

どうしていいかわからなかった。海軍省からのわずかな年金しかなく、もちろん、働きに出ることもできなかった。でも、ジョン卿は何から何まで考えてくださったの。自分によく尽くしてくれたのに、見捨てるわけにいかない。思いがけず、使いきれないほどのお金を相続したし、自分以上にお金が必要な人とわかち合ってもいいじゃないか、とおっしゃって。最初はご遠慮申し上げましたが、幼い娘のことも考え、結局ありがたくお受けしました。

そのときでさえ、あの方がどれほど気前のいい方かわかっていなかった。病院で赤ん坊を産み、退院後に再びお会いしたとき、こうおっしゃいました。私のためにこの家を買った、また働かなくてもいいように十分な手当も支給する、と」

「実に気前のいいことだ」博士はやや言葉を濁しながら言った。博士は、クラヴァートンが腹心の秘書のために設けた規定のことより、これから起こる事態の可能性を考えていた。アーチャー夫人の娘が一九一八年十一月生まれなら、今はわずか十五歳だ。つまり、信託が終了するまで十年。それまでに何があるかわからない。

「お嬢さんのことは、クラヴァートンの遺言書で特筆されている」博士は考えをまとめながら言った。

「存じております」と夫人は答えた。「ライズリントンさんが写しを送ってくださったので、読ませていただきました。特におかしな内容はなかったと思いますが。指定の慈善団体と同じで、メアリにお金を遺してくれたのもごく自然ですもの」

その口調には、博士が思わずハッとしたほど、挑むような響きがあった。「クラヴァートンの遺贈におかしな点があると言うつもりはない」と博士は穏やかに言った。

夫人は問いかけるように博士をちらりと見ると、にこりとほほ笑み、「ごめんなさい」と言った。「遺言書を拝見してから、つい身構えてしまって。博士ご自身は特におかしな点はないと思われても、おかしいと思う方もおられるのでは。つまり、ご親戚の方々です。ジョン卿は甥御さんと姪御さんがいると口にされたことはありますが、どんな方々かはお話しにならなかった。それどころか、遺言書でお名前を見るまで、その方たちが実際に存在することもほとんど忘れていました。あの方は最近、彼らと会っておられたのでしょうか？」

「甥とはよく会っていたと思います。姪のミス・リトルコートは、彼が亡くなるまで、数週間、看護をしていた」

アーチャー夫人はそう聞くと目を丸くし、「手紙では、そんなこと何も言ってなかったのに」と言った。「プリーストリー博士、その娘さんはどんな方です？」

「とても目を引く娘さんです。背が高くて髪が黒く、二十歳くらい。あえて言えば、気性が激しいかな」

アーチャー夫人は、しばらく黙ってその言葉を反芻し、「甥御さんのほうは？」と尋ねた。

夫人は努めてさりげない口調でそう言ったが、目が心中を物語っていた。博士は、その目に炎のような激しさが宿っているのを見て取った。不意に、十三番地の家で感じた現実離れした奇妙な感覚が蘇った。その瞬間まで、アーチャー夫人は、ありきたりな環境に住む、ごく普通の人のように思えた。ところが、彼女がその質問を口にしたとたん、博士をまごつかせるような個性を帯びた。

「アイヴァー・ダーンフォードですか？」と博士はしっかりした口調で答えた。「彼のことはよく知らない。おそらく、いとこより少し年上だが、かなり有能な青年ですよ」

夫人は見るからにがっかりし、「博士なら、その方のことをもっとご存じかと思いましたが」と応じた。

そう期待するのも無理はない。アイヴァー・ダーンフォードのことなら、どんなことでも切に知りたいはずだ。夫人は、クラヴァートンの遺言書の奇妙な項目のことを知っていた。だが、そんな項目を書かせた隠れた動機を知っているのか？　クラヴァートンは死ぬ前に、彼女の娘のために組んだ計画を夫人に伝えていたのか？

だが、アーチャー夫人は不意に話題を変え、「なにはともあれ、娘に遺産をお分けいただけるとは嬉しいわ」と何気なく言った。「私たちは世界で一番幸運な親子だと思います。リーズに派遣されたのも、ジョン卿の秘書になったのも、まったくの偶然ですもの。そうならなかったら、メアリと私は、生きていくのに年金だけが頼りだったわ！」

「クラヴァートンにしても、それがなによりの遺産の遺し方だったでしょう」と博士は慇懃に言った。

「アーチャーさん、せっかくの機会ですので、お嬢さんにご紹介いただけますか？」

ごく自然な希望だったが、博士の言葉を聞くと、夫人は青ざめ、恐怖もあらわに博士を見つめた。そんな表情が表れたのはほんの一瞬で、夫人はなんとか冷静さを取り繕った。だが、手を胸に当て、しばらく息遣いが乱れ、「ごめんなさい！」と言った。「心臓がよくないの。時おりこういうおかしな発作に見舞われて。もう大丈夫です。なんておっしゃいました？　ああ、そう。メアリね。ぜひお会いいただきたいけれど、まだ寝室で休んでいると思います。いらっしゃる直前も休んでいました。この二日ほど具合がよくなくて。ちょっとひどい風邪で、お医者様も安静にしていたほうがいいと。いつも思いますが、この季節は一番油断できませんね」

夫人は、饒舌にしゃべり続けたが、クラヴァートンの話題には戻らなかった。プリーストリー博士は頃合いを見計らうと、いとまごいした。夫人は、博士の来訪にくどいほど礼を述べたが、あえて引き留めはしなかった。それどころか、いかにもホッとした様子で博士を見送ったように思えた。

第九章

プリーストリー博士が〈ウィロウズ荘〉を出たときは、もう暗くなっていた。玄関から出ると、前の私道を急ぎ足で走り去り、暗がりの中に消えた男の姿が目に入った。どこから出てきたのか、とふと思った。すると、単純な答えに気づいた。きっと裏口があるのだ。今のは町のほうから来た小売商人か何かだろう。

そんな出来事はすぐ頭から追い払った。アーチャー夫人を訪ねて気づいたことはほかにもある。夫人が自分のことを進んで話してくれたので、なぜクラヴァートンが夫人を大切に思ったかはっきりした。クラヴァートンが、あの辛い時代に自分に誠心誠意尽くしてくれた女性に配慮する項目を設けたのは、いかにももっともだ。どのみち、直接の利害関係もない慈善団体にかなりの金額を遺している。甥と姪には、明らかに、申し訳程度の金額しか遺さないつもりだったのだ。残額は、さほど関わりもない慈善団体より、大切な知人に遺すほうがましというもの。

そこまではわかる。クラヴァートンが、母親に遺した財産をその娘に相続させたいと望むのもまだ理解できる。だが、娘の結婚に関する規定は、いまだによくわからない。博士が娘の話題に直接触れると、決まってアーチャー夫人が妙にそわそわしたのはなぜか?

〈ウィロウズ荘〉に潜む謎が何であれ、その界隈に留まっていても解決はできないと博士は判断した。

その夜、〈ブラック・ブル〉で用心深く聞き込みをしたが、土地のゴシップからは、アーチャー夫人のことはさしてわからなかった。夫人と娘はひっそりと暮らしている。二人が時おり町で買い物をしているのも見るし、町にはよく会う友人も何人かいる。ただ、二人はほとんどまったく客を招かない。年金生活を送る海軍将校の未亡人であるアーチャー夫人にお金の余裕がないことも周知の事実だ。

マートンベリー訪問もまんざら無駄ではなかったと思いながら、博士は翌土曜の朝一番の列車でロンドンに戻った。その夜、書斎でくつろぎながら、進展のあったことを振り返った。クラヴァートンの死因の手がかりは確かに見つからなかった。だが、少なくとも、あの遺言書を作成した動機はある程度解明できた。

夕食をすますとすぐ、思いがけないことが起きた。オールドランド医師の来訪が告げられたのだ。医師は息切れしながら慌ただしく飛び込んできた。まるで、いつまで経っても捕まえられない幻を追いかける男のように。博士の挨拶にもろくに応じぬまま、疲れたように椅子に身を沈めると、「ほんの二時間前に戻った」と言った。「今朝になってやっとミルヴァーリーからの電報を受け取ってね。彼からみんな聞いたよ。それから、すぐ君のところに来たんだ。さあ、プリーストリー、こりゃいったい、どういうことだ？」

確かにオールドランドは衝撃を受けていた。椅子に座ったかと思うと、またすぐ立ち上がり、どうにもならぬほど落ち着きを失って、部屋の中をうろうろしはじめ、「何もかもが信じられない！」と話を続けた。「ほんの一週間ほど前、この部屋で私が言ったことを憶えているか？　クラヴァートンの命が脅かされていると予感していた。ところが、ミルヴァーリーは、クラヴァートンが自然死だったのは疑いの余地がないと言う。さっぱりわからん。だが、ファヴァーシャムは間違いを犯す男ではない。ミルヴァーリーの話だと、彼は知り合いだね？」

「昔からの知り合いだ」と博士は静かに答えた。「暖炉のそばに座ってくれたまえ、オールドランド。そばのテーブルにウィスキーとサイフォンがあるよ」

オールドランドは、ウィスキーを濃いめにして注いだ。手がひどく震え、ソーダ水はかなりテーブルにこぼれてしまった。だが、ひと息でグラスを飲み干すと、アルコールのおかげで落ち着いたようだ。

「ふう、生き返ったよ！」と声を上げた。「すまない、プリーストリー。だが、この件ですっかり慌ててしまってね。出発前にも言ったが、ロンドンを離れたくはなかった。だが、仕方なかったんだ。ほかに選択肢はなかった」

「それで、今朝になるまで、ミルヴァーリー医師の電報を受け取れなかったと？」と博士は言った。

オールドランドは博士をまっすぐ見据え、その目には挑むような雰囲気があった。「君も私の過去はそれなりに知ってるだろ」と彼は答えた。「どれほどかはわからないが。まあ、自己弁護しようとは思わない。過去を蒸し返されれば、再び築き上げた私の地位も傷つくのはわかるだろう。ロンドンを発たなきゃならなかったのも、そんな事態を阻止するためだ。行き先は誰にも知られたくなかったから、嘘の住所を残していったのさ」

「君の問題に口を出すつもりはない」博士は感情を交えずに言った。

「わかってもらえてありがたい。私がいても、何もできなかっただろう。ミルヴァーリーは、私でもやったはずの対応をきちんとやってくれた。だが、クラヴァートンが、私が出発した二、三日後にあんなふうに亡くなるとは信じ難い。誓ってもいいが、私の診断や治療におかしな点はなかった」

「クラヴァートンの症状を客観的に考えてみよう」と博士は言った。「ミルヴァーリー医師は君に事細かに経緯を説明しただろうね。詳細を聞いて、クラヴァートンの死因に納得は？」

「いくはずがない！」とオールドランドは声を上げた。「まったく理解に苦しむ。クラヴァートンは確かに胃潰瘍を患っていた。だが、病気はこのところ回復に向かっていて、経過もまったく順調だった。あの金曜に会ったときも、おかしなことがないかぎり、二、三週もすれば完治すると確信していた」

「おかしなことがないかぎりとは、正確に言うと？」博士は鋭い声で訊いた。

「よく知ってるはずだ、プリーストリー。最初のときと同様、何か外的な要因がもう一度危険な状態をもたらさないかぎりさ。知ってのとおり、最初の症状は砒素が原因というはっきりした証拠があった。だが、二度目の発作を説明する毒物の痕跡はなかったそうだね」

博士は首を横に振った。「何も。君の話を聞いていたから、その点は私自身、念入りに確かめた。クラヴァートンの死因は胃壁の穿孔だった」

「診断書の記載もそうだったし、むろん、その点に疑問の余地はない。だが、予兆もなしにそんな症状になるなど聞いたこともない。そもそも、死ぬほんの二時間前に測った体温はまったく正常だった。私の経験でもあまりに異常な症例だ」

「そうはっきり、クラヴァートンの症例を君の経験に含めていいのかな？」と博士は訊いた。「亡くなる前の四十時間、君は関わっていなかったのに」

オールドランドは、ハッとして博士のほうを見ると、「ああ。だが、あの症状は——」と言いかけて言葉を濁した。

「症状もどこまでわかっている？」と博士は厳しい口調をにじませて尋ねた。「聞いた話を要約してみよう。土曜の朝、クラヴァートンは順調に回復している様子だった。日曜の朝食前は、記録上は体温も正常だった。朝食を摂った直後、にわかに危険な症状が表れ、医師が到着する前に亡くなった。検死解剖の結果、死因は胃の穿孔であり、毒は盛られていないとはっきり証明された」

「ミルヴァーリーからも概ね同じ話を聞いたよ」とオールドランドは認めた。

「それならいい。では、証拠を検討してみよう。土曜にミルヴァーリーが十三番地の家を訪ねるまでと、日曜に再訪したあとの経緯は、これ以上の証拠がなくとも事実として受け入れていい。その二度の訪問のあいだに何が起きたかは、然るべき証拠がない」

「だが、何が起こったというんだ！」とオールドランドは言った。「犯罪行為があったのなら、検死解剖で明らかになったはずだ」

プリーストリー博士は首を横に振り、「そうとも言えまい」と応じた。「無作為によって人を死に至らしめることを犯罪と見なせば別だ。それは、法的な意味の殺人ではないとしても、道義的には殺人だ。まあ、最後まで聞きたまえ。もう一度言うが、ミルヴァーリーが土曜に訪ねたあとの約二十時間は、一人の証人の証言しかない。しかも、その証人の信頼性は、控えめに言っても、疑いの余地がある。

私は医者ではないが、わかる範囲で言えば、クラヴァートンの死因を説明しづらい点とはこうだ。つまり、穿孔が生じる場合は一定の予兆がある。その予兆が表れてすぐ処置すれば、穿孔を原因とする死はおそらく回避できる。だが、クラヴァートンの場合、何か予兆があったという証拠はない。正しいかね？」

オールドランドは頷き、「おおまかに言えばそのとおりだ」と答えた。

「いいだろう。最後の二十時間の状況を伝えているのは、クラヴァートンのナースを務めていたミス・リトルコートの情報だけだ。彼女の証言が嘘だとしたら？　ミルヴァーリーが土曜に患者を訪ねた直後に予兆が表れていたとすれば？　それなら、クラヴァートンが日曜に亡くなったのもさほど不自然ではないと、君でも考えないか？」

オールドランドは、そばのテーブルをこぶしで激しく叩いた。「なんてことだ、プリーストリー、そのとおりだよ！　だが、なぜ——」

「聞きたまえ。ナースがそうした症状に気づき、対処を怠れば死を招くとわかっていた可能性はあるだろう。それなら、ミルヴァーリーは呼ばれないかぎり日曜の朝まで来ないし、それまでにクラヴァートンがほぼ確実に死ぬと、ミス・リトルコートにはわかっていた。だが、彼女が症状を正確に報告していたら、たとえば、体温を正確に記録していたら、医師を呼ばなかったことで責められたはずだ。だから、彼女は体温を正常値で記入し、手遅れとわかるまで、わざとミルヴァーリーを呼ばなかった。そして、罪を免れるため、急な発作だったと作り話をした。この仮説に致命的な欠陥はあるかな？」

「そもそも、ナースの研修を受けた女性がそんなことをやるとは信じられない。ナースは、患者が誰だろうと、使命として患者を救おうとするものだ。だが、それを言うなら、砒素の件も信じられないが。いや、君の仮説は核心を突いているよ、プリーストリー。あの娘は、本当に殺人者でなくても、殺人者の素質はある。まず、彼女なら伯父を殺すのに砒素を使うだろう。その症状が本来の疾患の悪化した症状に酷似していると知っているからだ。うまくいけば、それ以上の調査もなく、私が死亡診断書を出すと考えたわけだ。

その後、患者が自然に二度目の発作を起こしたのを見て、新たなチャンスと考える。患者を救う措置をせず、そのまま死に至らしめるというわけだ。ひどく冷酷に見えるが、妙な娘だとずっと思っていたよ。それと、あの不可解な母親が裏で糸を引いていても驚かないな。彼女に会うと、いつも背筋がゾッとする。まるで魔女だ。あの親子が狙っていたのは、クラヴァートンの金だね？」

「君が証人となったクラヴァートンの遺言書によれば、財産の大半はアーチャー夫人とその娘が相続する」と博士は答えた。

博士はそう話しながらオールドランドをじっと見つめていたが、医師の驚きに嘘偽りはないとはっきりわかった。「アーチャー夫人だって！」と医師は声を上げた。「そりゃ何者だ？　いや、ちょっと待てよ。そう言えば、クラヴァートンの関係でその名を聞いたことがある。何だったかな？　ああ、そうだ。クラヴァートンの診察中、一、二度、手紙を代わりに出してきてくれと頼まれて、封筒の宛名書きがアーチャーだったよ。甥と姪にとっては手痛い打撃だったろうな。夫人は彼の遠い親戚だね？」

「本人の説明によると、戦時中、彼の秘書だったそうだ」

「すると、自分の一族に意趣返しするために秘書に金を遺したのか。いやはや、ほんとに変わり者だよ！　リトルコート親子にあまり好意を持っていないとは思っていたが、ダーンフォード君とはうまくいっているようだったのに。彼らにびた一文やらないわけじゃないだろ？」

「彼らにふさわしいと考えた規定を設けたのさ。遺言書の規定に従えば、アイヴァー・ダーンフォードは、十年以内にアーチャー夫人の娘メアリと結婚すれば、著しく有利な立場になる。その娘はまだ十五歳だが」

オールドランドは驚愕して博士を見つめ、「実に奇妙な遺言書のようだな」と言った。「だが、これだけは言える。遺言書作成時のクラヴァートンの思考力は完全だった。疑う者がいるなら、その点は誓ってもいい。ダーンフォードがその娘と結婚することに、クラヴァートンにはどんな意味が？」

「それこそ、この二日間、自問し続けてきた問いだよ」と博士は答えた。

オールドランドは自分のグラスにもう一杯注ぎながら、ハッと気づいたようだ。「わかったぞ！」と叫んだ。「ダーンフォードをそのアーチャーの娘と結婚させようとしたのは、いとこと結婚させたくなかったからさ。クラヴァートンはミス・ヘレンを嫌っていたが、彼女が君の説明どおりのことをやったのなら、彼を責められない。またその点に戻ってくるな。彼女をどうする？」

「何よりまず、私の仮説を裏付ける証拠を得なくては」と博士は応じた。「こんな漠然とした疑いだけでは警察に通報できない。まず対応してくれまい」

「それなら、朝一番に彼女と話してみる」オールドランドは強い口調で言った。「真相を引き出せるよう、精一杯当たってみよう。そうだ、プリーストリー。君も一緒に来たらいい」

「そうさせてもらうよ」と博士は言った。「正直言えば、クラヴァートンの死をめぐる状況には興味が尽きない。だが、これは言っておく。ヘレン・リトルコートが伯父の死を画策したのだとしても、その動機がはっきりしない。遺言書の内容を詳しく説明すれば、わけがわかるだろう」

オールドランドは、プリーストリー博士がその奇妙な文書の内容を説明するのをじっと聞いたあと、「妙な話だな」と頷いた。「一見すると、ヘレン・リトルコートは、伯父が死んでもさして得をしない。ヘレン・リトルコートと言ったのは、彼女が実行犯のようだからだが、むしろ母親のほうが、自分と娘の共通利益のために動いた黒幕じゃないか。

一見違うようだ。だが、今の話を聞いて、はっきりわかってきた。そう、我々医師は手練れの観察者だよ、プリーストリー。患者を往診するたびに、診療業務とは関係のない多くのことを知る。人の腹の底について、実に多くの興味深い情報を得る。それに、知ってのとおり、私は連中とは、君以上に何度も会ってきた」

彼は椅子に深々と座り、たばこに火をつけた。博士は、彼の手がもう震えていないのに気づいた。この三十分のうちに、再び有能な医師に戻ったのだ。彼がほのめかした過去の秘密も、医師の立場で患者のことを考えるうちに、もうどうでもよくなっていた。

「リトルコート親子の立場で考えてみよう」医師はだしぬけに話を続けた。「彼らを責めるつもりも庇《かば》うつもりもない。確かに彼らは好きじゃないが、それはまったく個人的な感情で、今から話すこととは何の関係もない。

パットニーの小さなフラットにいた頃の彼らのことは想像がつくだろ？　リトルコート夫人は、巡回伝道者の思い出を大切に抱きながら、スピリチュアリズムに耽ることに心理的なはけ口を見つけた。彼ら親子の生活資金の大半は霊媒として得た料金だったろう。クラヴァートンからの支援はたいした額ではなかったはずだ。

娘のほうは、物心ついて以来、貧乏に慣れていたし、そのおかげで赤裸々な人生の現実も学んだ。つまり、それが自分の人生の定めと思ったのだ。飢えに苦しむとか、そのくらいひどい目に遭ったとは思わない。だが、飢えをちょっとした欠乏としか思わない者もいる。特に女はね。さもなきゃ、シルク・ストッキング業界はこれほど繁盛しない。見逃しちゃならないのは、ほかのことだよ、プリーストリー。あの娘は癇癪持ちだ」

博士は頷き、「すでに何度か目の当たりにしたよ」と言った。

「我々が彼女に会うずっと前だが、セント・エセルバーガ病院での仕事を失ったのもそのせいだ。それ以外に失職する理由があるか？　どうやって生計を立てていくつもりだったのかな？　事務仕事をするタイプじゃないし、どのみち、そんな仕事に就いても続きそうにない。困窮から抜け出す解決策は、どう考えても結婚だけ。だが、彼女も馬鹿じゃない。クラヴァートン家の血が彼女に流れている以上はね。玉の輿に乗れる見込みは乏しいとわかっていた。性格の合う結婚相手なら誰でもいいとも考えなかった。しかも、有望な青年なら、いくら彼女が美しくても、プロの霊媒の貧困にあえぐ娘ではご免こうむるだろう」

オールドランドはひと息つき、最初のたばこを押し潰して二本目に火をつけ、「始末に負えない習慣だよ、このチェーンスモーキングというやつは」と話を続けた。「患者にはいつも忠告しているのに。さて、そこで何が起きる？　いわば青天の霹靂で、クラヴァートンが、十三番地の家に住み込みで看護をしてくれと手紙で頼んできたわけだ。

当然、親子でいろいろ話したことだろう。どういうつもりなのか？　金持ちのジョン伯父さんがついに勘気を解いたのか？　きっとそう思っただろう。ともあれ、素晴らしいチャンスだ。模範的にふるまえば、お気に入りの姪になれるかも。その結果どうなるかは言うまでもない。

母親同伴を条件にしたのが誰の考えかはわからない。彼らにすれば、それは戦略上のミスだった。きっと、兄妹間の仲直りを画策したのだろうが、そうは問屋が卸さなかった。クラヴァートンは妹が家に来るのを承諾したが、顔をあわせようとしなかった。その結果、リトルコート親子の戦闘ぶりは、娘が前線に出て戦い、母親は参謀長として陰で指揮することになった。

思えば、注目すべき状況だよ。リトルコート軍は塹壕も十分に掘って、攻撃目標も視野にはっきり捉えていた。進撃を妨げる恐れがあるとすれば、彼らが目的を果たす前にクラヴァートンが回復することだけだ。そうなれば、彼らは完全におっぽり出され、パットニーの基地に退却するはめになる。クラヴァートンが速やかに回復するのは得にならない。それどころか、作戦が遅延すれば、敵に包囲されかねない。お気に入りの甥っ子であるダーンフォード君が自分の戦略を進め、戦況を脅かしつつあった」

プリーストリー博士は苦笑し、「軍事のたとえをふんだんに使われると、かえって混乱するね」と言った。「アイヴァー・ダーンフォードがどんな戦略を進めていたと？」

「私は戦時中、〝英軍医療部隊〟で働いていた。知らなかっただろ。今の話はいわゆる〝情勢把握〟というやつさ。いい言葉だ。ダーンフォードか？　ああ、伯父とは常にうまくやっていた。伯父が病気になるずっと前から、しょっちゅう会いに行っていたよ。病気になると、もっと足繁く通うようになった。だが、実に巧妙に事を運んでいた。でしゃばるとか、そんなことは一切しなかった。ただ毎週のように顔を出しただけさ。『やあ、ジョン伯父さん、順調そうでなによりです！』という具合にね。立ち寄って一時間ほど話し、帰っていく。目障りにならぬよう気を配っていたよ。

ところが、リトルコート親子のほうは、さほど目覚ましい前進がなかった。リトルコート夫人が仲直りを試みてもうまくいかず、クラヴァートンは期待したほど娘を気に入ってくれなかった。それに、彼らが思ったほど——というか、期待したほど——病も重くなかった。回復するのはほぼ確実で、それまでに自分たちの地位を勝ち取らないと、二度と見込みはなかった。戦略変更の指示が下り、これに従って戦線を移したのだ」

「どういう意味だね？」と博士は訊いた。

「彼らは競合勢力との同盟を模索した。君が言ったように、そのときは、ダーンフォードを相続人に定めた古い遺言書が生きていた。関係者も皆、なんとなく知っていたはずだ。こういうことがすぐ広まるのは君にもわかるだろ。どのみちダーンフォードが一番有望なのは明々白々。それならそれでいい。ヘレン・リトルコートがいとこと結婚すりゃいいじゃないか。互いに知らぬ者同士じゃない。知ってのとおり、彼らはしばらく前にセント・エセルバーガ病院で会っていた。

ダーンフォードだってきっと心を惹かれただろう。我々がヘレン・リトルコートのことをどう考えようと、彼女は彼女なりに美しい娘だ。それと、ダーンフォードにすれば、クラヴァートンが不憫に思い、自分が貰えると思っていた遺産の一部を彼女に遺す気にいつなるか分からない。彼女と結婚すれば、それもどうってことはない。それはそうと、ダーンフォードもリトルコート親子も、アーチャー夫人とその娘のことは知らなかったんだろ？」

「と思う」と博士は答えた。「彼らがクラヴァートンの遺言書の内容を知ったときに見せた驚愕ぶりからすれば」

「だと思ったよ。だが、リトルコート親子は、クラヴァートンの存命中に計画を実行に移すのは剣呑だと考えたはずだ。自分たちが格別気に入られていないことも気づいていた。彼なら、ダーンフォードがいとこと結婚することに反対したかもな。今はわかるが、その判断は正しかった。クラヴァートンは、ダーンフォードを遺言書の内容から締め出すことで反対意思を示したのさ。

あと一つ。クラヴァートンがあの世に旅立つ気配はなかったから、早く旅立ってくれるよう後押ししてやる必要があった。リトルコート親子がそんな血も涙もないことを考えるはずがないとも言える。

だが、血縁者としての絆がとうに切れていたことも忘れちゃなるまい。リトルコート夫人は、結婚後、兄にはもう何年も会っていなかった。娘のほうも、雇われナース同然に扱われることに苦り切っていたはずだ。それに、彼らはクラヴァートンに怨念があった」

「怨念だって？」博士は問いかけるように言った。「どんな理由で？」

「施しを受ける者が常に抱く怨念さ。彼には金があり、彼ら親子にはない。だから憎んだ。十三番地の家を見ると、怒りを覚えずにはいられなかったのさ。クラヴァートンは明らかに裕福な男なのに、親子には端金しかくれなかった。独り身のくせに、そんな金があって、何の役に立つ？　なぜ妹や姪に分け与えない？　なあ、プリーストリー、彼らがあの不気味な客間に座って、互いにそう問いかける姿が目に浮かぶよ。彼に死が訪れるのは当然の報いだと考えるのに、さほど時間は要さないだろう。

一旦そこまでくれば、あとは簡単だ。さっきも言ったが、砒素は彼らの目的にぴったり。手に入れるのも簡単。ここ数年で起きた砒素による毒殺事件のことを考えてみたまえ。むろん、露見した事件しか聞こえてこない。露見せずに終わった事件に比べればいかに少ないか、考えたことは？」

「あるさ」とプリーストリー博士はそっけなく言った。「確かに砒素による毒殺の問題はきわめて対処困難だ」

「それはヘレン・リトルコートも、ナースとして知っていただろう。だが、彼女は失敗した。上首尾に行ってても結果は不確実な薬物で、よほど大量に与えれば別だが、それではほぼ確実に露見する。彼女は失敗し、思わぬ結果となった。伯父は恐れをなし、新たな遺言書を作成する気になってしまった。

さっきも言ったがね、プリーストリー、これで陣営に動揺が生じたのさ。それも、ダーンフォードとリトルコート親子の両陣営に。クラヴァートンはどうするつもりか？　妹と姪に対する態度からして、彼らの得になる遺言書の書き換えをするとは思えなかった。ダーンフォードにすれば、もともと自分が唯一の相続人だったのだから、どう書き換えられようと自分の損になる。何が最善の策か、リトルコート親子が話し合うところを聞きたかったね。クラヴァートンが実際どうするつもりか、彼らには予測できなかったのだ」

「クラヴァートンが遺言書を書き換えたのは、実際は、リトルコート親子の存在に影響されたからではない」と博士は言った。「主な項目は、実際の書き換えは遅かったが、何年も前から考えていたものだ。新たな遺言書の目的は、自分の死後、アーチャー親子に財産を遺してやること。リトルコート親子のことは、ほんのついでに触れられているだけだ」

「目的はほかにもある」とオールドランドは重々しく言った。「リトルコート親子に、やんわりと意趣返しすることだ。なぜクラヴァートンは、姪に二百ポンド与え、あとの遺産をアーチャー夫人とダーンフォードに半分ずつ遺さなかったのか？　どんな結果になるかわかっていたからさ。言っとくがね、プリーストリー、彼は口に出す以上にいろんなことに気づいていた。二人のいとこ同士の接近もよくわかっていた。そうやって姪に遺産を我がものにさせたくはなかった。だから、アーチャー夫人に娘がいることを思い出すと、ダーンフォードとその娘との結婚を項目に書き加えたのさ」

プリーストリー博士は頷いた。その説明はいかにももっともらしい。

「だが、リトルコート親子には知る由もなかった。彼らにできたのは、クラヴァートンが二番目の遺言書に署名する前に死んでくれと祈ることだけ。知らぬ神よりなじみの鬼さ。彼らは、クラヴァートンが財産を一族に渡すまいとしているのに気づいていたはずだ。もはや祈るしかない。呪い殺される者もいるという。それこそが、リトルコート夫人がソファに座って本当にやっていたことかもな。何とも言えないが。

ともあれ、彼らには実に都合のいいタイミングで、クラヴァートンの病状が急変した。医師を呼んでいれば、すぐにクラヴァートンを入院させて手術し、すっかり回復していただろう。だが、医師は呼ばれなかった。クラヴァートンの症状は土曜にすでに表れていたという君自身の仮説に従えばね。医師が呼ばれなかったのは、あの娘には、クラヴァートンをそのまま放置すれば確実に死ぬとわかっていたからだ。うまい具合に、彼女が裁量権を握っていた。ダーンフォードが干渉してくる余地はなかった。私も遠くにいた。それで違いが生じたともいえないが、どのみちミルヴァーリーは若いし、よそ者だから、扱いやすいと彼らは思ったのかも。それに、私が在宅だったら、不意に家に立ち寄ったかもしれない。砒素の一件のあと、時おりそうしていたしね」

オールドランドが口を閉ざすと、深い沈黙が部屋を支配した。それが本当にクラヴァートンの死の真相なのか？　プリーストリー博士は、少なくとも真実味を感じた。だが、どうやって裏付けを得る？　裏付けを得ても、どうやってリトルコート親子に罪の報いをもたらすのか？　犯罪が何の役にも立たなかったと知り、彼らが味わった悔しさに匹敵するほどの罰があるだろうか？

オールドランドはハッと我に返り、「なんてこった、もうこんな時間か！」と声を上げた。「私をここにひと晩引き止めるつもりはないだろ。だが、明日、一緒に十三番地の家まで来てくれるか？　十時に車をここに回して君を拾うが？」

「けっこうだ」と博士は答え、二人は別れを告げた。だが、プリーストリー博士がようやく書斎を出て就寝したのは、客が帰って、ずいぶん経ってからだった。

第十章

車は時間どおりプリーストリー博士の家に着いた。オールドランドはケンジントンの自宅から博士と合流し、二人はボーマリス・プレイスに車で向かった。

「ミルヴァーリーに、ヘレン・リトルコートから聞いた話をきちんとメモにまとめさせたよ」とオールドランドは言った。「そこから彼女のボロを見つけられないかなと。妙なことに、ミルヴァーリーは、彼女が真実を話していると考えているようだ。まだ多感な青年だし、娘に少々籠絡されたな。もちろん、私からは例の疑惑の件は話していない」

博士は頷くと、「この問題には、一切先入観を持たずに臨むべきだと思う」と応じた。「夕べ君に話した仮説だって、実はまったく間違っているかもしれない」

「かもな。だが、あれは事実を説明できる唯一の仮説だよ。くそっ、クラヴァートンがあんなふうに急死するはずがないんだ。その他の条件を考え合わせても信じられない。むろん、その仮説を口にするつもりはないよ。いざというときに出す切り札だ。それはそうと、リトルコート夫人にご挨拶すべきじゃないいか?」

車は十三番地の家の前に停まった。日曜朝のこの時間では、ボーマリス・プレイスはまるで人気《ひとけ》がない。あたりに漂う不気味な静けさも、近くの教会の鐘が一本調子に鳴る音で破られただけ。歩道にわずかにせり出す十三番地の家は、かつては威厳に満ちていた家並みの最後の生き残り、頑なクラヴァートンの精神を具現したもの。

フォークナーがドアを開け、リトルコート夫人は在宅だと告げた。彼は玄関ホールで帽子とコートを受け取るのに妙に手間取り、何か気にかかる様子。だが、言いにくいことらしく、そのまま二人を二階の客間に案内した。

博士が客間に入ると、部屋は空っぽで、ソファにも誰もいないのを見て驚きを禁じ得なかった。その部屋は、リトルコート夫人の不気味な姿なしでは、妙に不完全に見える。だが、夫人の存在の痕跡は残っていた。編んでいた厚く黒い編み物が小脇に置かれ、葬礼の幕のように床に垂れていたのだ。

二人だけ部屋に残されると、オールドランドは身震いし、「この部屋はまるで地下墓所だ！」と声を上げた。「全身に寒気が走らないか？　クラヴァートンが所有してから、暖炉に一度でも火がくべられたとは思えない。何度も火をくべたところで、ましになるとも思えないが。呪いがかかった場所に来た気分だ！」

博士が応じる前に、ヘレン・リトルコートが入ってきた。いかにも彼女らしい唐突さだ。体の美しいラインがわかる、黒い薄手の服を着ている。だが、髪は完全にばらけ、顔は半透明の黒っぽいヴェールで覆われていた。来客に軽く会釈したが、表情はむっつりと無愛想。「母には今は会えません」と言った。「トランス状態に入っています」

彼女はこの驚くべき情報をいかにも無頓着に伝えた。「母は寝ています」とか、「着替えています」と言ったとしても、これほど気軽には言えまい。だが、オールドランドは、驚き顔で前に進み出ると、「トランス状態とは！」と声を上げた。「なんと！　それなら私が――」

しかし、彼女は馬鹿にしたような短い笑い声で制止し、「医者の出る幕じゃないわ」と言った。「母はスピリチュアリストですよ。トランスは母の状態の一つです。昼食前には脱するでしょう。お待ちいただけますか?」

オールドランドはややまごついた様子だったが、そのトランス状態のおかげで、ヘレン・リトルコート一人と話をする機会ができたと気づいたようだ。「もちろん、リトルコート夫人にお目にかかりたいところだが」と答えた。「お訪ねしたのは、ご推察とは思うが、伯父さんのご逝去のことでお聞きしたいことがあるからでね。誠に遺憾ながら、昨日になってようやく知ったんだ。当然だが、主治医として詳細を知りたい」

「当然ね」彼女は皮肉を込めて言った。「ご自分の患者がこんなふうに亡くなるなんて、さぞ居心地の悪いことでしょう。私もナースとしてまったく同じ思いよ。よろしければ、経緯は私からお話しします」

彼女は椅子に深々と腰を下ろし、オールドランドとプリーストリー博士にも身振りで椅子を勧めた。それから、まったく感情を表さずに、以前、ミルヴァーリーに語ったのと同じ話を繰り返すと、「という次第よ」と話を結んだ。「ジョン伯父さんは、ミルヴァーリー先生がいらっしゃる十分ほど前に亡くなったの」

「それで、伯父さんの部屋から叫び声が聞こえるまで、おかしな症状には何も気づかなかったと?」オールドランドは疑わしげに尋ねた。

「当たり前じゃない。気づいてたら、すぐミルヴァーリー先生をお呼びしたわ」と彼女は答えた。

「まさか、私が好き好んで全責任をしょい込むとでも?」

「いやいや、とんでもない。ミルヴァーリー医師の話では、土曜朝に伯父さんの診察をした際は、私が前日に診察したときと同じ状態だったとのことでね」

「むしろ調子がよかったわ。なにしろ、土曜の午後はとても気難しかったもの。いつものことだけど、気分がよくなると気難しくなるの。もうこの家には私は要らないと、伯父はきっぱり言いました。二、三日中に、ナースなしでも生活できるようになるって」

「ほう、なるほど」オールドランドは気まずそうに言った。「病人は口が悪くなりがちだ。伯父さんはいつそんなことを言ったのかね?」

「土曜の夕食後よ。ご存じのとおり、伯父は朝食以外は、いつも図書室で食事を摂っていました。亡くなる直前の頃は、私が食事を運びました。その前はフォークナーが運んでましたが、ジョン伯父さんから、部屋に入るなといきなり申し渡されたの。フォークナーが物を散らかすとか言って。でも、そんなのばかげてるわ。伯父らしい、他人への好き嫌いの表れにすぎなかったのよ」

「そもそもフォークナーは物を散らかしたのかね?」

「まさか。彼は毎朝、伯父が起きてくる前に図書室を掃除して、整理整頓もしていたのに。でも、ジョン伯父さんはいつも些細なことで騒ぎ立てた。亡くなる前の週に、フォークナーが薬のカプセルをひっくり返して、一粒なくしてしまったと決めつけて。それがきっかけで、部屋への出入りを許さなくなったの。私も家政婦の仕事までするつもりはなかったから、部屋は放りっぱなしで、埃も払われなかった。土曜の晩、部屋が汚いと文句を言うから、使用人を部屋に入れなきゃ、きれいになるはずないわと言ってやったの。ほんとに理不尽な人だったわ」

彼女は話しながら目に涙をためた。伯父と口論になったのは明らかだ。だが、オールドランドはその点を追及はせず、「伯父さんがフォークナーを部屋に入れなかったから、彼の世話をするのはみな君の仕事になったわけだね、ミス・リトルコート？」と言った。

「何もかも私の仕事よ」と彼女は答えた。「それどころか、伯父を気遣っていたのは、この家で私だけ。あれだけ尽くして得た報酬が、私がいるのはもうたくさんだと言われることだけだったなんて！」

「きっと、病人らしいただの癇癪《かんしゃく》だよ」とオールドランドは慌てて言った。「死に至る危険な徴候がはじまっていたかな。その夜も、いつものように体温を測ったんだね？」

「ジョン伯父さんが私のことをいくら役立たずと思ったにしても、ナースとしての義務を怠ったりしないわ」と彼女は言い返した。「伯父は九時ちょっと過ぎに就寝しました。寝支度をさせてから体温を測って、記録表に記入したわ。表はミルヴァーリー先生にお渡ししました。先生がお見せしたのでは」

「ああ、見たよ。伯父さんはぐっすり眠れたのかな？」

「そのはずよ。でなきゃ、呼び鈴で私を呼んだもの。そばに呼び鈴のボタンがあって、押すと私の部屋の呼び鈴が鳴るの。十一時ちょっと過ぎに自分の寝室に引き取る前に、様子を見に行ったけど、そのときは眠ってた。日曜朝の八時頃にお茶を持っていくまで様子は見ませんでした。朝もう一度体温を測ったけど、やっぱり正常でした。前の日の晩と同じく元気そうだったし。そのあと、朝食を摂って、水薬とカプセルを飲みました。持っていったのは私だから知ってるのよ。亡くなったあとで気づいたけど、水薬のグラスは空っぽで、カプセルもなかったわ」

「叫び声を聞いて部屋に入ったとき、伯父さんの状態は？」

「重篤だとすぐ気づいたわ。ベッドに身を起して、朝食の載ったベッド・テーブルを前に置いて食べていたはずです。テーブルと朝食は床に落ちてたわ。伯父は横になって身をよじらせ、ひどく苦しそうだった。どうしたのか聞いたけど、私の声も聞こえていない様子で。話すこともできず、口から泡を吹いて、唸り声を上げるばかり。すごく水をほしがっているようだったから、水の入ったタンブラーを唇まで持っていったら、なんとか少しだけ飲みました。それから階段を二階まで駆け上がって、フォークナーを大声で呼び、タクシーをつかまえてミルヴァーリー先生を連れてくるように言ったんです」

彼女からこれ以上引き出せないのは明らかで、オールドランドと博士は、ほかにいくつか質問してからいとまごいした。彼女は見送りもせず、玄関ホールでフォークナーが出迎え、帽子とコートを手渡した。だが、玄関のドアは開けず、ためらいを見せてから小声で話しかけてくると、「おそれいりますが、一つお願いがございまして」と言った。

「なんだい、フォークナー？」とオールドランドが答えた。

「そのう、リトルコート夫人は使用人全員にひと月以内の解雇通知を出されました。新たな就職先を探しておりますが、ジョン卿が亡くなられましたので、先生かプリーストリー博士に推薦状を書いていただければと。ほかにお願いできる方がおられなくて」

「ジョン卿が五百ポンドの遺産を遺してくれた事実だけでも十分な推薦になると思うが」とオールドランドは応じた。「就職希望先を教えてくれたら、喜んで推薦状を書かせてもらうよ。どうだい、プリーストリー？」

プリーストリー博士はぼんやりした様子で頷いた。博士は、目の前の食堂のドアをじっと見つめていた。ドアは、まるでかすかな隙間風に押されたかのように、音もなく少しずつ開いた。

部屋の中はほぼまっ暗闇。博士は、こんな日中にカーテンを閉めたままにしているのがなにやら不思議に思えた。すると、ドアがさらに開き、奥にかすかに人の姿が見えた。玄関ホールの明かりが、かがんだリトルコート夫人のグレーの頭に映えた。

夫人は、歩くというより滑るようにゆっくりと出てきたが、身なりは全身黒ずくめ。フォークナーは畏怖の表情を浮かべて慌てて脇に寄った。だが、夫人は彼らの存在に気づく様子はない。頭も上げず、顔も見えない。やはり滑るような足取りで玄関ホールを横切り、階段を上がりはじめた。その姿が見えなくなるまで、誰もあえて動こうとしなかった。やっとフォークナーが静かにドアを開け、オールドランドと博士は家の外に出た。

二人ともその出来事に強い印象を受けた。最初に口を開いたのはオールドランド。「一階に降りてきたとき、あの食堂のドアは完全に閉まってたっけ？　それとも、半開きだったかな？」帰途に就いた車が走り出すと、すぐさまそう尋ねた。

「残念ながら、気づかなかった」と博士は答えた。「だが、しっかり閉じていたのなら、取っ手を回す音が聞こえたはずだ」

「だろうな」オールドランドはむっつりと頷いた。「あの連中には、会うたびにまごつかされる。トランス状態だと！　あの女、腕を磨いていたとでも？　それに、あの娘の言い草はなんだ！　『母には会えません。トランス状態に入っています』とは！　まるでごく当たり前の話みたいじゃないか。リトルコート夫人は日常茶飯でトランス状態に入ってるのか？」

博士はかぶりを振り、「そんな話はおよそ聞いたことがない」と答えた。

「とんでもない話だ！」とオールドランドは声を上げた。「そんなおふざけをするのに食堂を場所に選ぶなんて誰が考える？　夫人は人のいない二階にいるとばかり思っていたよ。さっき出てきたときは、まだトランス状態だったと？　それとも、フォークナーが我々に話していたことに聞き耳を立てていたのか？」

「リトルコート夫人は見かけほど耳が遠いのか、どうもあやしいな」と博士は疑わしげに応じた。「ほほう、すると、君もそういう結論に達したわけか？　まあ、我々の話を立ち聞きされたところで、たいした話じゃなかったが。フォークナーが我々に推薦状を書いてほしいと頼んでも別におかしくない。夫人があんなふうに出てきたのには驚いたよ。だが、あの連中からは何も聞き出せない。あの娘のばかげた話も覆せなかった。娘とあの気色悪い母親には、話を練り上げておく時間はたっぷりあったわけだ。いくら反問してみたところで、あの娘から真相を引き出すことはできまい」

プリーストリー博士はあとで、娘とオールドランドのやりとりを思い返してみたが、まったくそのとおりだと思った。娘の見かけだけの誠意も、自分が組み立てた仮説を揺るがすには至らなかった。論理的に考えれば、それがクラヴァートンの死を説明できる唯一の仮説だ。穿孔が死因なら、ヘレン・リトルコートが説明したように、ほとんど予兆もなく死に至るはずがない。穿孔が死因とはっきりと立証された。したがって、ヘレン・リトルコートの説明は嘘だ。そう、だが、どうやって反証を挙げるのか？

自分で認めていたように、クラヴァートンの身辺に近づけたのは彼女だけだ。危険な症状が土曜の時点ではじまっていたのなら、彼女には、邸内のほかの者からその事実を隠し通すのも容易だったろう。信の置ける使用人のフォークナーすら、カプセルの一件以来、閉め出されていた。ともあれ、その点、彼女の話は真実だ。クラヴァートンに最後に会ったとき、まさにそのことで彼が文句を言っていたのも憶えている。

もう一つ。娘が伯父に抱いていた心情という点でも、オールドランドの意見は正しい。彼女の説明はもちろん、あの態度から見ても、それは明らかだ。二人は彼の死の前日、まさに言い争いをしていた。事態の推移が示すように、彼女は実に非人道的にも、明らかに伯父が目の前で死んでいくまま放置したのだ。そんなことをしても彼女にはほとんど得るものがなかったことに、博士はおおいに溜飲を下げた。

だが、それで事足れりとするつもりはない。彼女に罪の報いをもたらすべく手を打たねば。博士は、彼女に仕掛ける罠を考えられないか知恵を絞ってみたが、無駄だった。それから、いつもの習慣に従い、努めてその問題を頭から閉め出し、放っておいた本来の仕事を再開した。必ず目的を果たすという希望を捨てたわけではない。だが、その問題をしばらく寝かせておけば、新たな展望がおのずと開けるかもしれない。

ところが、まったく思いがけず、リトルコート親子のほうに関心を呼び戻されてしまった。月曜の午後、オールドランドが電話をかけてきたのだ。「邪魔をして申し訳ない、プリーストリー」と彼は言った。「だが、リトルコート夫人から手紙が来たんだ。今夜、どうしても君と私に会いたいと言ってね。希望は九時半。どうする?」

「会いたい理由は書いてあったかね?」と博士は訊いた。

「何も。だが、差し迫ったことに違いない。夫人が誰かに会いたいなんて、これまでなかったことだ。何か説明したいことがあるのだろう。ともあれ、私としては、彼女の話を聞いてやりたい」

なにやら乗り気になれなかったが、博士も承諾した。正直に言えば、博士もオールドランドと同じく好奇心をくすぐられたのだ。リトルコート夫人を覆い隠す、得体の知れないヴェールの向こうを覗くチャンスかも。

かくして、その夜の九時半ちょうど、博士とオールドランドは十三番地の家を再び訪ねた。フォークナーが二人を二階の客間に案内すると、ヘレン・リトルコートが出迎えた。母親のほうは姿が見えない。黒い屍衣のような編み物もソファから消えている。

ヘレン・リトルコートはいつになく活き活きとして、「母はすぐまいります」と言った。「まず私のほうから事情をご説明するようにと母から言われました。よくご存じない方が母と話をしようとされても、母は必ずしも理解できないもので」

彼女はひと息ついたが、二人のほうは何も言わなかったので、話を続けた。

「私たちは明日、元のフラットに戻ることにしました。ですので、これが母にとっては最後の機会になります。そう、ここで行うしかないの。母も、ジョン伯父さんがほかの場所に移るとは思っていないので」

オールドランドは、娘がいきなり正気を失ったかのように見つめた。だが、プリーストリー博士は、一瞬驚きはしたが、理解した。リトルコート夫人のスピリチュアリストとしての才能が力を貸しに来たのだ。夫人はトランス状態の中で亡き兄と交信した。だが、それをごく当たり前のように語るこの娘ときたら。母親の才能を受け継いでいるとでも？　それとも、何もかも都合のいいようにうまくお膳立てしてあるのか？

「ジョン伯父さんだって、ミス・リトルコート?」オールドランドは当惑顔で言った。「申し訳ないが、どうもよくわからない」

「それはそうね。母が霊媒とはご存じないでしょ？　でも、昨日、母がトランス状態にあると申し上げたわ。そう、ジョン伯父さんが母と交信して、お二人に今夜ここに来てもらうようにと母に言われたようなの」

オールドランドは首を横に振り、「だが、そりゃ途方もない話だ、ミス・リトルコート」と言った。

「どうも理解しかねるが――」

彼女は怒ったように目をしばたたき、「あなたが理解しようとしまいと、どうでもいいわ」と相手の言葉を遮った。「大事なことは、母の招待をお受けになるか、ということ。それとも、嫌だと？」

オールドランドが博士のほうをちらりと見ると、博士はかすかに頷いた。明確な証拠のない物事には常に中立の立場を取るプリーストリー博士ではあったが、スピリチュアリズムに対してはきわめて懐疑的だった。何が起ころうとしているのか、あえて推測を試みることもできる。だが、本物かどうかは別にして、どんな啓示が示されるか興味津々だ。とはいえ、博士は、娘の質問への答えはオールドランドにまかせた。

「リトルコート夫人が話したいことがあるなら、喜んでお聞きしよう」オールドランドは如才なく答えた。

「それならけっこうよ。どうぞこちらへ」ヘレン・リトルコートは部屋から出ていき、二人もあとに続いた。彼女は踊り場を横切り、博士が驚いたことに、図書室のドアを開けた。明かりは煌々と照っていて、彼女は二人に入るよう手招きした。

室内は、博士がクラヴァートンと会った日から何も変わっていない。暖炉には火がくべられ、クラヴァートンの椅子とテーブルも、最後に見たときとまったく同じ位置。イリュージョンは完璧だ。まるでクラヴァートンはちょっと出て行っただけで、すぐにも戻ってきて、博士もよく知っている態度で話しかけてくる気がする。

リトルコート夫人のほうを見ると、その姿にギョッとした。夫人は、暖炉の反対側にある小さな肘掛椅子に背をぴんと伸ばして座っていた。だが、見える体の部分は、ほつれた鉄灰色の髪が覆う前かがみの頭だけ。残りの首から足までは、妙に見覚えのある何か黒いもので覆われていた。そう、見違えようもない。彼女がせっせと手作業をしていた編み物だ。へりには、紫色のシルクで編まれた奇妙なデザインの縁飾り。この風変わりな衣服が経帷子《きょうかたびら》のようにぴったりと彼女の体を包んでいた。

だが、彼女の姿が見えたのはほんの一瞬。彼らが入ってくるとすぐ、ヘレン・リトルコートが明かりを消したため、部屋は真っ暗闇に。残る明かりは暖炉の火だけで、揺らめく炎が部屋の中に奇妙に踊るような影を投げかける。リトルコート夫人の姿で目に入るのは、輪郭の不明瞭な神秘的な黒い塊の上にある、グレーの髪のかすかな反射だけ。

こんな遅い時間では、部屋の静寂を破る外からの音も聞こえない。ヘレン・リトルコートが口を開くと、その声はひどくぶっきらぼうで耳障りだった。「この部屋でなきゃいけなかったの」と彼女は言った。「ジョン伯父さんが一番よく使っていたのはこの部屋だったので。お座りください、プリーストリー博士。伯父さんの椅子はご遠慮を。伯父が気に入らないかも。オールドランド先生はこちらへ」

暗がりに目が慣れてきて、娘がオールドランドをリトルコート夫人の真向かいの椅子に案内するときも、家具にぶつからぬよう避けられる程度には明るかった。彼が椅子に座ると、自分の膝が夫人の膝に触れそうなほど近いと気づいた。すると、黒く厚い衣服が静かに動き、夫人の手が現れた。腕をゆっくりと伸ばし、オールドランドのほうにまっすぐ差し出した。

「母の手を握ってください」娘は、今度は囁き声で指示した。

オールドランドはちょっとためらったが、指示に従った。その手は、死体の手のように冷たく、生気もなく硬直していた。部屋は暖かいのに、彼はかすかに身震いした。この不気味な女の手の感触には、激しい嫌悪を感じてゾッとした。

静寂は抑圧するように強くなった。ヘレン・リトルコートは部屋の隅に引っ込み、博士に見えるのは、黒い本棚を背景に浮かび上がる、彼女の青白い顔の輪郭だけ。博士は思わず強い印象を受けた。この奇妙な喜劇の舞台設定は見事だ。劇そのものも同じくらい見事なのか？

時はゆっくりと刻まれ、火がパチパチとはじけるときを別にすれば、部屋の静寂を破る音も動きもまったくない。閃く炎が一瞬燃え上がり、まるで暗闇を血の色で染めるように赤く鈍い輝きだけを残しながら消えた。

すると、乾いたスースーという音を立てながら、リトルコート夫人の唇が動きはじめたが、最初はほとんど聞き取れなかった。まるで家畜が人間の言葉を話そうと虚しくもがいているような不気味さ。博士と霊媒のあいだに影が立ちはだかったように見えた。博士からは、夫人は部屋の暗闇に溶け込んでしまった。

奇妙で耳障りな音が、ほとんど囁き声のようにかすかなまま続いた。だが、音は徐々に強く、はっきりしてきた。ところどころ不明瞭で発音がおかしかったが、聞き取れるようになった。まるで語り手が自分の思いを言い表すのを妨げる障害物を突き破ろうとしているかのように。

不意にその障害物は突き破られ、言葉ははっきりとわかるようになった。ゾッとしたことに、プリーストリー博士はジョン・クラヴァートン卿の声を聞きとった。最後に聞いた、抑えた気難しげな声ではなく、かつてミッドチェスターにいた頃を思い出させる若々しい声。「オールドランド！」とその声は言った。「オールドランド！　そこにいるのか？」

オールドランドは答えなかった。どれほど驚いたにしても、答えはしなかった。手を引っ込めたくともできない。霊媒の手は、声と同じように、最初は弱々しかったが、次第に強くなり、ついには万力のように彼の手を固く握りしめていたからだ。

ひと息つくと、声は再び話しはじめた。「おい、なぜ答えない、オールドランド？　そこにいるんだろ。はっきり見えるぞ。私がわからないのか？　旧友のクラヴァートンだよ。オールドランド夫人はどこだ？　奥さんに何をした？」

その問いはプリーストリー博士にはまったく思いがけないもので、思わず驚きの声を漏らしてしまった。オールドランドの椅子から、不意に体を動かしたような突然軋る音が聞こえた。

「話さないつもりか？」声は続いた。「まあいい。私には関係がない。君はずるい男だな、オールドランド。だが、ずる賢すぎることもあるぞ。数週間前、気づいたことをなぜ警察に言わなかった？」

プリーストリー博士は笑みを浮かべた。降霊会は予想よりずっと面白くなってきた。驚くべき啓示が告げられようとしているぞ。

「何のことかよくわかっているはずだ」声は苛立たしげに語り続けた。「白い粉だよ。だが、私の食事にその粉を振りかけた手までは見なかったね。君もそこまで気が回らなかった。白い粉の紙包みを持った手が、塩をかけるようにその粉を振りまいたんだ。今となってはどうでもいい。だが、その手のことは忘れないでくれ、オールドランド」

声が途切れると、ヘレン・リトルコートが立っている隅のほうから衣擦れの音が聞こえた。博士は一瞬息を潜め、娘が降霊会をすぐさま終わらせるものと思った。だが、何も起きず、声は前より弱々しく話し続けた。

「プリーストリーもそこにいるな？　わかっているよ。だが、彼とは話せない。プリーストリーに、その手と白い粉のことを忘れるなと伝えてくれ。私が死んだ今、調査をしているのは彼だ。私の望むとおりに調査が進展しなかったら、もう一度彼に私の遺志を伝えてくれ。以上だ。警察には私を止められない。警察には――」

声は再びかすれ、消えていった。最後の言葉が消えると、ヘレン・リトルコートが部屋を横切り、明かりをつけた。リトルコート夫人はまだ頭をかがめたまま身じろぎもせず座っていたが、オールドランドは夫人の手を離した。その手は、再び彼女を包む黒い衣服の中に引っ込められた。

だが、博士が見ていると、夫人は激しく身震いし、座っている椅子を揺らした。それからゆっくりと、木像のようにぎこちない動きで立ち上がり、まっすぐ背を伸ばした。その途中、厚く黒い衣服は彼女の肩から滑り落ち、椅子の座部から何層にも折り重なりながら床に落ちた。夫人は滑るような奇妙な足取りで部屋を横切った。前日の朝、博士が見たのと同じ歩き方で。

博士は先に進み、夫人のためにドアを開けてやり、おじぎをしながら夫人の顔に探りを入れた。だが、これ以上無表情な仮面もなかったろう。血の気の失せた青白い顔に、目は開いていても虚ろなまま。夫人は言葉も発さず、謎めいた様子で、まるであらゆる意思が消え失せた女の抜け殻のように出ていった。だが、娘のほうは、母親のゆったりした動きとは妙に対照的に、意表を突くほど素早くしなやかにドアに走り寄って閉めた。それから、黒い羽目板に背をもたれさせると、挑むような居丈高な態度で二人の男に顔を向けた。

「ジョン伯父さんの言葉の意味は？」彼女は、ほとんど囁き声のように、小さなゾッとする声で尋ねた。

だが、どちらも答えない。オールドランドは、リトルコート夫人が握っていた手を茫然と見つめていた。まるで、何か超自然的な痕跡でも見つかると期待しているみたいに。プリーストリー博士のほうは、科学者らしい分析的な目で娘を見つめていた。博士はそのとき、いったいどちらが役者で、どちらが観客だろうか、と思っていた。

娘は、苛立たしげに怒りをあらわにして床を踏みつけた。今度は、オールドランドに直接話しかけ、「答えてちょうだい、オールドランド先生」と言った。「心配しなくていいわ。奥さんのことも、奥さんに何をなさったのかも、私にはどうでもいい。今の今まで奥さんがいるなんて知りもしなかった。数週間前に気づいたのに、誰にも言わなかったことって何？　ジョン伯父さんの食事に振りかけられた白い粉って何なの？」

オールドランドはようやく彼女のほうを見た。医師の顔に明かりが映えると、ひどくげっそりしているのに博士は気づいた。だが、答えを返す声はしっかりしていた。「今は答えるわけにいかない、ミス・リトルコート」

彼は、回答拒否の同意を得ようとするかのように博士のほうを見た。だが、博士は苦笑いを浮かべただけ。そんな状況に密かな楽しみでも見出したように。

娘はこぶしを握りしめ、目に怒りの炎を宿した。彼女は演技がうまいだけか、心底激しい感情に突き動かされているのか、どちらだろうと博士は思った。「言わないつもりね？　じゃあ、自分で探り当てるわ。その結果、まずいことになっても、あなたの責任よ、オールドランド先生」

彼女は、若い雌豹のように俊敏な動きでドアを開け、踊り場の暗がりへと姿を消した。

第十一章

プリーストリー博士とオールドランドは、無言のまま家を出て車に乗り込んだ。オールドランドは寒気を感じたようだ。身震いし、膝掛けをしっかり巻きつけると、いきなり悪態をつき、「ちくしょう!」と叫んだ。「悪魔憑きというのがあるのなら、あのババアこそいい例だ!」

オールドランドが肝をつぶしたことは、博士ほど鋭い観察力がない者でもはっきりわかっただろう。時おり発作のように身震いし、度の強い眼鏡のせいで大きく見える目は、妙に視点が定まらなかった。彼ほど能力と経験を有する医師が、いくら強烈な舞台設定とはいえ、スピリチュアリズムの降霊会如きで動揺するとは信じ難い。博士は、医師をこれほど動転させたのは妻への謎めいた言及のせいだと思った。

だが、博士はその点には触れず、「リトルコート夫人のことか?」と応じた。「実に驚くべき人だな。確かに十分な研究に値する。きわめて示唆に富む夕べを過ごせたと言わせてもらうよ」

「示唆に富むだと!」オールドランドは苦々しげに声を上げた。「君はそうかもしれないが。私にはさっぱり――。なあ、プリーストリー、今夜は二人ともよく眠れそうにあるまい。お宅にお邪魔してもいいかな。うちに来てもらってもいいが、ミルヴァーリーがまだいるし、この件は他人の前で話したくない」

「同じことを提案するつもりだったよ」と博士は快く応じた。「今夜の出来事に関して、君と話したいことがある」

数分後、彼らは再び博士の書斎で椅子に腰を下ろしていた。招待者の好意に甘えて、オールドランドは強めの酒を自分で注ぎ、ガブガブと飲み干した。アルコールで神経が鎮まったらしく、表情は和らぎ、しばらく暖炉の火をむっつりと見つめていた。すると、だしぬけに口を開き、「ありゃいったいなんだ、プリーストリー？」と訊いた。

「すぐには答えにくい質問だな」と博士は応じた。「私は、オカルト現象を本物とは信じないし、今夜の経験でもその信念は揺らがなかった。リトルコート夫人が正常だったのか、ある程度自己催眠の状態にあったのかは、私より君が判断すべきことだ。

クラヴァートンの声色には、最初は確かに驚いた。だが、あの声には注目すべき点が一つある。あのクラヴァートンの声は、最近聞いた声ではなく、記憶にある何年も前の声だ。その点で何か思い当たることは？」

オールドランドはかぶりを振り、「声より、話の内容のほうが気になったが」と答えた。「君の言うように、あれは比較的若い男の声だった」

「そのとおり。さて、リトルコート夫人は、結婚して以来、クラヴァートンと顔をあわせていなかった。ということは、おそらく声も聞いていない。十分な訓練を積んだ者には、身近な人間の声を真似るのは難しくない。リトルコート夫人が兄の声を真似しようと思ったら、おのずと自分が記憶している声を出すだろう。法律家風に言えば、偏見なしにそう申し立てさせてもらうよ」

「うむ。それも一理ある」オールドランドは陰気そうに言った。「なあ、プリーストリー、あのとき、クラヴァートンが本当に夫人を通してしゃべってると信じかかったよ。そりゃ、ばかげてるさ。だが、悪魔に憑かれたのでないなら、どうやって知った？――ウィニーのことを」

答えを期待する様子はなく、博士は気を遣って何も言わなかった。助け船など出さず、この問題はオールドランド自身に取り組ませたほうがいい。記憶では、ウィニーは奥さんの名だ。あの事件の謎をこれから説明するつもりだろうか。

オールドランドはもう一杯自分で注いだが、口もつけずに下に置いた。「信じられない！」悩ましい疑惑にまだ捉われているかのように激しく叫び、ひと息つくと、妙に落ち着いた口調で言い添えた。
「金曜に妻を葬ったことは、ロンドンにいる誰も知らないはずだ」

簡潔な言い方のせいで、なにやら滑稽に聞こえた。だが、博士がこっそり友人のほうを見ると、激しく動揺している。それでも、博士は何も言わなかった。お悔やみを口にしても無意味だと直感的に悟ったのだ。

「そう、君なら知っているだろう！」オールドランドはもどかしげに大声を上げた。「ショッキングな事件さ。オールドランド医師、妻子を極貧の中に置き去りにし、金持ちの患者と駆け落ち。それが世間の噂だろう。知らないがね。知ろうとも思わなかった。だが、私にも自分を弁護する権利はある。いかに破廉恥に聞こえようとだ。デジレのことは知らないよね？」

博士はかぶりを振ったが、オールドランドがその仕草に気づいたかはよく分からない。彼は暖炉の火をじっと見つめたまま、すぐに話を続けた。

「デジレ！　妙なものじゃないか？　千人に一人くらいしか自分にふさわしい名前を持つ女がいないというのも（「デジレ」は熱望や憧れを意味する名）。デジレ！　憧れの人、ほかの女がみな空虚な幻と化すほど男心を奪い尽くす女とは！　ああ、プリーストリー、君ら科学者は時間の浪費をしているよ！　君らは、物質の構成や、原子を分子に結び付ける力のことなら喧《かまびす》しく論じる。なぜ人間そのものを論じることができない？　人生の最も大切な行いを支配する力を分析できないんだ？」

博士は、その苦々しげなもの言いを無視した。オールドランドが、答えようもない問いに回答を期待していないのがよくわかったのだ。

オールドランドが自嘲気味の笑い声をかすかに発しても、博士はさほど驚かなかった。「金か！　金が何だというのだ？　二人とも一文なしでも、リトルコート夫人と大言壮語の伝道者みたいに野宿生活を強いられようと、結果は同じだったさ。自分は幸運な男だったと思ってるよ、プリーストリー。そう言うと驚くか？　だが、二年間を本当に幸福に過ごした。そう、幸福だ。多くの人間があくせく求めるような、ただの満足じゃない。そんなものを心底誇れる者がどれだけいる？

彼女はずっと死と隣り合わせだった。二人ともよくわかっていた。だが、わかってはいても、それで一瞬たりとも二人の幸福に陰りが生じはしなかった。彼女を救う手立てはなかったよ。君にはわからないだろうがね、プリーストリー、二人とも無理な延命措置は望まなかったんだ。これから揃って老いていくと思ったら、二人を結びつける愛の力も弱くなったかもしれない。

君ならきっと、ばかげたことだと思うだろうな！　だが、真実とは時としてばかげたものじゃないか？　彼女は大戦勃発直前にイタリアで死んだ。私のせいで失ったキャリアを私のお金で築き直して、というのが遺言だった。こうして、戦後にあの診療所を手に入れたんだ。

何を考えているかわかるよ、プリーストリー。実に美しくロマンチックな話だが、自分たちの幸福のために犠牲になった気の毒な女性のことはどうなんだ、と。彼女は苦しんだのか？　私にはわからない。正直に言うと、大所高所の視点に立てば、彼女が払ったささやかな犠牲など、我々のかけがえのない幸福に比べたら些細なことだと思う。

変に聞こえるだろうが、ウィニーは私には赤の他人だった。もちろん、肉体的にではなく、精神的にという意味だが。もっと心が通い合う人々はほかにたくさんいた。妻は私を好きだったろう。好きという言葉にも、いろんな愛情の意味合いがあるし、君がそこにどんな意味を読み取るかは分からないが。私はウィスキーが好きだ。君はデスクにある有象無象の文献が好きだ。そして、私もウィニーが好きだった。

だが、息子が生まれたときから、彼女は私にはほとんど無意味な存在になってしまった。男には自分の役割があるし、女は本能的に子どもの世話に夢中になる。私が自己弁護を試みているとは思わないでくれ。ウィニーが子育てにかまけたせいで、私が不倫に走ったなどと、ばかげた弁明をするつもりはない。古今、その手の話が言い訳に使われてきたのは知っているが。

妻を極貧の中に捨てはしなかった。デジレは寛大にも、私が面倒を見てやるのを認めてくれた。息子――憶えてるかな。ビルという名だ――にはちゃんとした教育を受けさせてやったし、母子ともに快適に暮らしていけるよう常に配慮してきた。やがて、ウィニーもショックから立ち直ったよ。息子は彼女のものだった。しばらくすれば、子育てに父親が口を出してくるのを嫌がっただろう。ともあれ、私がロンドンに戻っても、連絡を取ろうとはしてこなかった。

息子はいまヨークシャーで土木建築の仕事をしていて、うまくやっている。妻は息子に住む家を用意してやり、必要な調度類もみな揃えてやった。そしたら、先週の木曜、弁護士を通じて息子から連絡があってね。彼女の命も時間の問題で、私に会いたがっているという。

そう、とても無碍《むげ》に断れる頼みじゃない。彼女のもとを去って以来、会ったことはなかったが。ミルヴァーリー君に来てもらう手配をして、すぐに出発した。バラビーという名の土地でね。だが、行き先を教えていかなかったわけはわかるだろう。存命中の妻がいるとは知られたくなかった。患者は、家族と別居している医者を信頼しないものさ。だから、男やもめと称していた。クラヴァートンもウィニーは故人だと思っていただろう。過去のことが自分の不利になるようなリスクは冒せなかった」

プリーストリー博士はぼんやりと頷いた。バラビーという名はかすかに記憶に引っかかる。ここ最近、どこでその名を見聞きしたのか？　やがて思い出した。マートンベリーを往復した際に見たのだ。そう、記憶が正しければ、バラビーはマートンベリーの隣の駅だ。面白いことに、知らないまま、オールドランドの数マイル以内にいたわけだ！　そう言えば、アーチャー夫人の住所のことは彼に話してなかったな。

「妻とのやりとりを詳しく話そうとは思わない」オールドランドはひと息ついてから話を続けた。「結局、互いに話すことなどさしてなかった。久しぶりに再会した昔の知り合い同士のようなもので、離れ離れになって、互いにすっかり他人になってしまったと気づいたんだ。実はね、プリーストリー、息子が母親のほうにべったりなのも理解し難かったよ。当然、息子は私のことを闖入者と見なしたわけさ。

まあ、それはいい。ウィニーは月曜に死んだ。さっき話したように、金曜に葬儀をした。こっちの人間は誰もそのことを知らない。訃報は新聞にも出なかった。そう手配したんだ。そしたら今夜、あの女が、妻に何をしたのかと尋ねてきた。どんな裏があるのだろう、プリーストリー？」

「オカルトの類ではあるまい」と博士はすぐさま答えた。「それどころか、最初から、あの降霊会は巧妙なまやかしだと思っていたよ。夫人ははじめから自分の語っていることを完全に理解していたし、夫人の言った言葉にはすべてはっきりした目的があったと思う。クラヴァートンの声色は効果を高めるためのトリックにすぎない。私の関心は、そもそもの目的は何かという点にある。どんな目的かはともかく、彼女のやり方には賞賛の念を禁じ得ない」

「賞賛だと！」とオールドランドは声を上げた。「君にはついていけないな。私には、何もかもが腹立たしいばかりだ。君の言うように、あれが意図的な欺瞞だというなら、夫人は何を狙っていたと？」

「私の見たところ、おそらく彼女の思惑は君が考えるより冷静なものだ。私の判断を聞きたいかね？」

「気分を落ち着かせてくれる説明なら、どんなことでも耳を傾けるよ」

「いいだろう。リトルコート夫人が突きつけた謎の答えを探ってみよう。リトルコート夫人と言ったのは、クラヴァートンの霊魂は何も関与していないと確信しているからだが。

最初の疑問はこうだ。夫人はなぜ、我々に謎をかけるのに、スピリチュアリストによる降霊会という手を使ったのか？　我々を騙して、クラヴァートンが死者の世界から話をしに戻ってきたと信じ込ませることができるとは考えていまい。プロの霊媒だから、夫人があんな舞台設定を選んでも不思議ではない。だが、私の見当違いでなければ、夫人は情報の出所を追及されないようにしながら、我々に何か情報を伝えたかったのだ」

オールドランドはそう聞いて目を上げると、「言わんとすることはわかる」と言った。「彼女の語ったことは証拠にならない。証人席で同じ話をしろとは要求できない。普通の状態にあるときは、トランス状態で話したことは何も憶えていないと言うだろうな。我々が夫人の話を証言しても、彼女の言葉には証拠としての価値はないと主張されてしまう」

「そのとおりだ。さて、夫人が最初に語ったのは君の奥さんのことだ。その目的は、間違いなく、君を驚かせて不安を煽ろうとすることにあった。君が以前やったように、軍事用語を使うなら、彼女の攻撃は君の士気を阻喪させようとするところから開始されたのだ」

「ふむ、もしそうなら、確かに成功した。のっけから動転させられたよ。だが、どうやってウィニーのことを知ったんだ?」

「別に難しいことじゃない。彼女が知っていたのは、君がかつて結婚していたという事実だけかもしれないし、それだけなら知るのはさほど難しくない。わかりやすい手を一つ挙げようか。クラヴァートンが死んでから、夫人には彼の私蔵文書を調べる機会はいくらでもあった。日記をつけていたかもしれないし、君とオールドランド夫人のことも書いてあったかも。あるいは、君ら夫婦のことに触れた古い手紙を見つけたのかもしれない。可能性はいくらでも考えられる。

君ら夫婦のことを口にしたのは、口火を切るのに使っただけだ。君が先週、バラビーに行ったことを知っていたとはまず考えられない。自分に超自然的な能力があると君に信じさせようと狙っただけだ。ほら、夫人は君の手を握っていただろう。そうやって君の反応を正確に見極めていたのだ。

同様に、次の質問も罠だった。君が数週間前に発見したことを黙っていたのはなぜかと尋ねたね。君が驚きをあらわにしたから、何か発見したなとすぐに気づき、次に言うべきことも思いついたわけだ。かくして、手と白い粉の話をことさらに繰り返した。

もちろん、我々が降霊会に招かれたわけは、それで理解できる。リトルコート夫人は、数週間前にクラヴァートンを毒殺する未遂事件があったことを知っていたか、少なくとも疑ってはいた。彼女の目的は二つ。一つは、君がその事件のあったことに気づいているか確かめること。二つめは、気づいていないのなら、君にその情報を伝えることだ。その情報を得ても都合よく利用できない状況を設けてね。夫人が一つめの目的を実に巧みにやり遂げるところを楽しく観察させてもらったよ」

「私が事件のことを知っているのを確かめただと？　どうやって確かめたというんだ？」

「ミス・リトルコートが、母親が出て行ったあとに質問したのを忘れたかね？　白状したつもりはないだろうが、事件のことを知っているのは君の答えからバレバレだ。ミス・リトルコートはとうに君の発言を母親に伝えているよ」

「なんだって！　そりゃ思いもよらなかったぞ！」とオールドランドは叫んだ。「実を言うとな、プリーストリー、動揺して自分でも何を言ってるのか、よくわかっていなかった。あんなのはさっさと終わらせて、逃げ出したかったんだ」

「気に病むことはない」博士は慰めるように言った。「むしろ大事なのは次の問いだ。リトルコート夫人はどうやって事件のことを知ったのか？　なぜ自分が知っていることを我々に伝えたがったのか？」

「最初の問いは簡単に答えられる。白い粉とは砒素のことだろうが、粉を振りかけた手とは、自分自身か娘の手なのさ」

「だとすると、二つめの問いはもっとわけがわからなくなる。それが本当なら、その事件を君に印象づけようとはしないはずだ。いや、今夜の一件のあとでは、最初の未遂事件のことでリトルコート親子を疑うのは間違いだと思えてきた。もっとも、あの二人が医師を呼ばずにクラヴァートンを放置して死なせた疑いは残る。今夜の催しは疑惑を逸らすための一歩だったのだろう」

「ついていけなくなってきたよ、プリーストリー。どういうことだ？」

「二人の立場になってみたまえ。君は昨日訪問したとき、クラヴァートンの症状のことを厳しく問いただした。二人の立場になってみたまえ。

「二人の立場になってみたまえ。君は昨日訪問したとき、クラヴァートンの症状のことを厳しく問いただした。ミス・リトルコートから不利な告白は引き出せなかったが、彼女は君が何か疑っていると気づいたはずだ。降霊会に招待されたのは、君が訪問した直後のことだ。さて、リトルコート夫人は、おそらくは娘もだが、最初の未遂事件のことを知っていた。だが、できれば成功してほしいと思っていたから、誰にも言わなかったのだ。うまくいかなければ、もう一度試みてくれと期待していたかもしれない。

だが、君が疑っていると知って、自分の知っていることをうまく利用する手を考えた。さっき言ったように、証人として出廷を求められたり、なぜもっと前に言わなかったのかと問いただされる心配もなく、我々に情報を伝える手段と考えたのだ。自分が情報を伝えれば、自分も娘も最初の未遂事件の首謀者ではないと信じてもらえると踏んだわけだ。

彼女が創り出したかった印象とはこうだ。つまり、以前、ある第三者がクラヴァートンの殺害を試みた。最終的に死をもたらした者も同じだと考えるのはきわめて自然だろう。そうなれば、疑惑をかける相手は、娘からその人物のほうに移るというわけだ」

「実に見事だな、プリーストリー」オールドランドは渋々認めた。「だが、ちょっと巧妙すぎないか？　なんでまた、こんな茶番劇を？　なぜ率直に事実を話さない？　家の中の誰かが――たとえば、フォークナーが、何か思いがけない伝手《つて》で自分の貰う遺産のことを知り――クラヴァートンのパンとバターに砒素を振りかけた、自分はその現場を見た、と。はっきり言えばいいじゃないか」

「明白な理由が二つある。一つは、なぜずっと黙っていたのかと問われるからだ。二つめは、この殺人未遂に調査が入れば、クラヴァートンの死にも調査が及ぶことになるからだ。思うに、それは彼女が最も望まない事態だろう」

「ふむ、そうかもな。だが、仮にそうでも、砒素を仕込むなんて子供騙しのことをやったのは誰だ？状況からして、家の中の者の仕業に違いない」

「そう、間違いなく家の中の者だ」と博士は応じると、不意に話を切り上げたい様子を見せた。いきなり席を立つと、暖炉の火の前に手をかざして暖をとった。オールドランドは意を察し、もう遅いから、と言ってケンジントンへの帰途に就いた。

その瞬間から、プリーストリー博士は、自分が〝クラヴァートン事件〟と名づけた事件を頭から追い払ったようだ。翌日、秘書のハロルド・メリフィールドが戻ったため、事件についての長文のメモを口述筆記させ、今後の参照用にファイルに綴らせた。話を聞くにつれ確信を強めるばかりだ。だが、しばらくはその問題に時間を割く余裕はない。

続く数週間、オールドランドが時おり訪問し、旧友と会うのを楽しんでいるようだったが、二人ともクラヴァートンの死に触れることは避け、ほかの共通の関心事を話題にした。

ライズリントンとも手紙のやりとりがいろいろあったが、これはまったく事務的な性質のもの。弁護士は、受託者の立場にある博士に、クラヴァートンの財産の管理状況について報告を欠かさなかったのだ。遺産受取人やいろんな支払いのために署名が必要な小切手もあった。蔵書を分け合う処分もあった。博士は、クラヴァートンの蔵書の中から何冊かのリストを作り、自分の取り分として然るべく送ってもらった。それ以外の本はライズリントンの所有物となった。博士は、クラヴァートンの死の三ヶ月後、新年に入って、久々にライズリントンと再会した。弁護士が、財産のことで話したいことがあるので、事務所にお越し願いたいと依頼してきたのだ。その話が片づくと、ライズリントンはいかにも秘密めかした様子で、「最近、リトルコート親子のことをお聞きになりましたか？」と訊いてきた。

プリーストリー博士はかぶりを振り、「いや何も」と答えた。

「私は聞いていますよ。先日、来訪を求められましてね。夫人と娘さんはパットニーに住んでいます」

「その土地にフラットがあるそうだね」博士は気のない様子でそう言った。リトルコート夫人のことなど話す気になれない。知りたいことをライズリントンが知っているとは思えない。あの謎めいた人物はあまりに捉えどころがなく、この弁護士が肝心なことに気づくとも思えない。あの忘れ難い降霊会の場に弁護士が招かれなかったのは意味深長だ。

「ええ、粗末なフラットです」ライズリントンは博士の無関心な様子にもひるまず、そう応じた。「それに、ひどくこじんまりした家でして。もっとましな家を見つけたら、すぐに出ていくつもりのようですが。十三番地の家は売ってしまったのはご存じですね？　ああ、ご存じないかも。クラヴァートンの信託財産とは関係がないし、その件では、あなたをお煩わせしなかったのでね。処分は私に任せてくれるよう夫人を説き伏せたのですが、十分ご満足いただける対応ができたと思っています」

弁護士は手をこすり合わせた。いかにも悦に入った様子で、自分の手腕を自慢したいらしく、「まあ、依頼人のためにいい仕事ができたと自負しております」と話を続けた。「あの地所の売買でいいご提案をさせていただいたのに、クラヴァートンに拒まれた話は憶えておられますね？　実は、葬儀の翌日、その提案をしてきた業者と話したんですよ。

ずいぶんやりあいましてね。最初は耳も貸してくれなかった。遅すぎる、新たな計画を立ててしまった、いまさら十三番地の家など要らない、と言いましてね。でも、なんとか説き伏せて、やっと売買の提案をもう一度してもらうことにしたんです。受託期限は月曜朝という条件でね。

つまりは、急がなきゃいけなかったわけです。でも、心配はしませんでしたよ。女を扱う一番うまいやり方は、急かすことです。慌てる必要はないと思わせると、知り合いの女どもに片っ端からしゃべり散らしたあげく、おかしな注文をしこたま言ってきますから。その土曜の夜のうちに、リトルコート夫人を訪ねて提案をお示しし、この場ではっきり決めていただきたいと申し上げたのです。

娘さんもいましてね。彼女のほうは分別もあって、すぐに乗ってきて、母親の説得に回ってくれました。彼女がいなければ、リトルコート夫人を説得できたか心もとなかった」

「リトルコート夫人は、十三番地の家に住む意思がなかったと?」と博士は訊いた。

「さあどうでしょう。あの家には素敵な雰囲気があるとか、ばかげたことをいろいろおっしゃいましたが。クラヴァートンの一族には、皆その手のへそ曲がりなところがありましてね。雰囲気だの環境だのと、ばかげた空想じゃなく、本当にそうみたいにくだらぬことを言い立てる。ただ、リトルコート夫人も心底から言っていたわけでもないようで。その提案がいかにお得な条件かを説明したら、すぐに意見を翻しました。信じ難いことでしょうが、夫人は少し粘って、もっといい提案が出てこないかと日和見してたのですよ！」

プリーストリー博士には、その話はリトルコート夫人の性格を知る思わぬ手がかりを与えてくれるように思えた。トランス状態の合間にも、抜け目なく金勘定をしていたわけだ。博士はおなじみの夫人の姿を思い浮かべた。頭をかがめて、あらゆる俗世の煩いから超然としているようなその姿を。だが、ライズリントンの淡々とした声に現実に引き戻された。

「娘さんと一緒に、それはまずいと、なんとか夫人を説き伏せたんです。夫人にも申し上げましたよ。提案してきた業者はずっと弄ばれてきたのだから、今となっては、その提案を受け入れるか拒むかのどちらかだとね。まあ、結論から言えば、夫人は同意してくれました。すぐに成約に至り、家具も運び出されて売却された。博士も最近はボーマリス・プレイスには行っておられないでしょう。十三番地の家を見納めに見ておきたいのなら、急がれたほうが。解体業者はもう作業に入っています」

博士は落ち着き払ってはいたが、この急な告知に妙な気持ちになった。あの家に愛着はないし、オールドランドの言う謎めいた雰囲気に感化されたこともない。だが、あの家が壊されれば、クラヴァートンがそこで亡くなり、その死をめぐって人々の心情がせめぎ合った場所だけに、彼の人生そのものが最終的に幕を閉じてしまうような気がする。解決を諦めたわけではない謎も、永久に迷宮入りしてしまうように思える。

本当に謎があるのならばの話だが。最近、自分の想像力に惑わされている気がしはじめている。クラヴァートンの死は、姪が意図的にもたらしたとは限らない。彼女にわからなかっただけで、悪意はなかったのかも。症状に気づかなかったのかもしれず、だとすれば、医師を呼ばなかったのも理解できる。ライズリントンが、リトルコート親子のことは特にそうだが、何事にも淡々とした態度で臨んでいるのを前にすると、疑惑もなにやらばかげたものに思えてくる。

「だが、お話ししたかったのは、そのことじゃありません」弁護士はひと息ついてから言った。「受託者であるあなたにお伝えするのが筋と思いましてね。もちろん、秘密厳守でお願いしますよ。リトルコート夫人はいわば私の依頼人だし、その秘密を漏らすわけにはいかない。ただ、今からお話しすることは、いわば、財産信託に関わることです」

プリーストリー博士は何の興味も示さなかった。ただ、この回りくどい前置きからどんな話が出てくるのかと首を傾げ、「むろん、財産信託に関することはすべて秘密扱いだ」と応じた。

「もちろん、そうおっしゃると思いました。甥御さんのアイヴァー・ダーンフォードのことです。最近、彼の消息を聞いておられますか？」

博士はかすかに驚いた様子で弁護士を見た。「私が？　まさか。あなたを介さずに彼と連絡を取り合うわけがない」

「まあ、何かお聞きかと思っただけです。彼が大きな化学工場で仕事をしていたのはご存じですか？しばらく前に届いた手紙から推せば、嫌になって辞めたようなのです。引っ越し先のリーズの住所を知らせてきたのですが、手紙によると、そこで何かの研究業務を自分ではじめたと」

プリーストリー博士の目にかすかな笑みが浮かび、「リーズはマートンベリーからさほど遠くない」と言った。

「ほう、あなたもそう思われたわけですね？」と弁護士は声を上げた。「外地に偵察に出かけたというわけでしょ？　まあ、例の娘と知りあいになろうとするのも無理からぬことです。彼にすれば、その娘は、彼女自身がもらう金を別にしても、年千二百ポンドの値打ちがある。でも、問題はそこでして、プリーストリー博士。私がお伺いしたのもその件です。どうもその関連で問題が起きそうなのです。そもそもの原因は、クラヴァートンの遺言書にある、例のやっかいな項目なのですよ」

弁護士はひと息つき、意味ありげに頷いた。「リトルコート夫人も娘も、ダーンフォード君が葬儀の日に家から飛び出していって以来、彼の姿を見ていない。しかも、親子からの手紙にも返事すら寄こさない」

「それがあの二人には悩ましいことなのかね？」と博士は訊いた。「リトルコート夫人と甥は、以前に会ったときも、さほど親しそうではなかったが」

「そうでしょうな。でも、そんなのは一族間のつまらぬ諍いです。ただ、リトルコート夫人によると、娘の手元には、伯父が死んだら結婚すると約束したダーンフォード君の手紙があるそうで。彼女は、ダーンフォードが約束を守らないのなら、その手紙を持ち出してくるぞと脅したのです」

「つまり、ミス・リトルコートは婚約不履行で彼を訴えるつもりだと？」博士はうんざりしたように尋ねた。

「リトルコート夫人の話からするとね。ただ、夫人は脅しをかけるだけで十分と思っているようです。甥が約束を果たすように力を行使すると、それとなくほのめかしていました。ただ、どんな力を行使するのかは言いませんでしたが。我々も受託者だし、どう巻き込まれるかわからないので、雲行きの怪しいことをお伝えしたかったのです」

プリーストリー博士は弁護士の事務所を出て、なにやらばかばかしい気分で帰宅した。どうやらリトルコート親子は、打ち砕かれた希望の中から、取り戻せるかぎり回収しようという魂胆だ。ダーンフォードがメアリ・アーチャーと結婚すれば、彼らの思惑と相容れない。いとこ同士のあいだに真の愛情が存在するとは博士も信じていなかったが、ダーンフォードが得る伯父の財産の取り分が親子の財産に加われば、これはもちろん歓迎すべき財産の積み増しだ。だからこそ、こんな浅ましい婚約不履行訴訟の脅しをかけているのだ。人間として当然の品位が見事に欠落している者も世の中にはいるようだ。

博士がウェストボーン・テラスに着くと、手紙が届いていた。封筒は女性の筆跡による宛名書きで、消印はマートンベリー。アーチャー夫人が何か知らせてきたなと思いながら手紙を開くと、こう書いてあった。

見事なほど簡潔な内容だ。

拝啓　プリーストリー博士

ジョン卿の逝去後、すぐにお越しいただき、お会いできたことを感謝申し上げます。卿の旧友の中で存じ上げるただお一人の方としておすがりしますが、再度こちらにご足労願えませんでしょうか。こんな不躾なお願いをしながら、理由として申し上げられるのは、とても不安ということだけです。ご都合がつくようでしたら、できるだけ早くお越しください。

敬具

ミュリエル・アーチャー

プリーストリー博士は眉をひそめながら手紙を畳み、ポケットにしまうと、「リトルコート夫人がまた何か企んだな」と、ムッとしながらつぶやいた。

第十二章

ライズリントン氏との会話がクラヴァートン事件への関心を新たに呼び起こさなければ、プリーストリー博士はおそらくマートンベリーまで出向きはしなかっただろう。確認すると、自分の日程もすでに詰まっていて、さほど親しくもない他人の悩み事を聞いてやる時間などなかったのだ。アーチャー夫人と娘は何があろうと安全だ。リトルコート夫人ならオカルト的な力に訴えるかもしれないが、その力をもってしても、適正に検認され、サマセット・ハウス（戸籍本署、遺言検認登記本所等が入っているストランド街の官庁舎。その名はサマセット伯爵の邸宅であったことに由来）に登録された遺言書の項目を覆すことはできまい。

だが、その手紙はあまりに見事なタイミングで届いた。リトルコート親子への嫌悪も、ライズリントンの話を聞いて改めてかき立てられた。親子はダーンフォード青年に圧力をかけようと躍起になっている。きっとアーチャー夫人にも働きかけたはず。ダーンフォードを逃れられないように捕まえておこうと決めたのだ。

個人的な偏見はともかく、博士は対抗措置を取るのが自分の義務と感じた。ダーンフォードは、マナーもなっていない不躾な青年だし、何の好感も抱かない。だが、旧友のクラヴァートンは、自分なりのはっきりした理由があって、ダーンフォードをメアリ・アーチャーと結婚させたいと望んだ。クラヴァートンの財産受託者として、彼の遺志を実現すべく最善を尽くすのが自分の義務だ。

博士は、こうして内心あれこれ考えながら、自分の判断の正しさを信じようと努めていた。だが、それがアーチャー夫人の依頼に応じる本当の理由ではないと内心ではわかっていた。飽くなき好奇心、問題を未解決のまま放置するのを嫌う気持ちが根底にあるのだ。リトルコート親子の動きを逐一追跡すれば、先手を打つ突破口もいずれ見えてくるはず。

クラヴァートンが赤の他人だったら、彼の死因の問題は、すでに組み立てた推論でもはや解決したと考えていただろう。ヘレン・リトルコートが、ミルヴァーリー医師を間に合ううちに呼ぼうとせず、間接的に彼を殺したのだ。その事実に別の解釈が入り込む余地はない。犯罪は疑問の余地なく証明された。普通なら、プリーストリー博士はそこで満足していたはずだ。

だが、今度の場合、クラヴァートンが友人であり、疎遠だった申し訳ない気持ちもあり、この問題にきちんとけりをつけたかった。今提示できる証拠だけでは、裁判所もヘレン・リトルコートを有罪にはすまい。危険な予兆など何もなかったと言い張るだけで、見事無罪を勝ち取れる。唯一の望みは、リトルコート親子が貪欲さに駆られて馬脚を現すことだ。

博士は、翌日伺うと知らせる電報をアーチャー夫人に送った。だが、その訪問の目的は誰にも話さなかった。秘書にも、「明朝出かけて、明後日の晩に戻る」と言うのが関の山だった。

前と同じ列車でマートンベリーに着くと、〈ブラック・ブル〉の部屋を押さえた。それから、すがすがしくひんやりした一月の空気の中をきびきびと歩いて〈ウィロウズ荘〉に赴いた。アーチャー夫人は待ちわびていて、本当に嬉しそうに出迎えた。だが、顔はやつれてもの憂げな様子で、恐れのにじむ妙な目つきをしている。恐れの色は以前訪ねたときも垣間見えたが、今は彼女の目にずっと宿り続けている。

「ご足労いただき感謝申し上げます、プリーストリー博士」と彼女は言った。「ロンドンまでお伺いすべきところですが、メアリを一人残してはいけません。ほかに頼れる方もなく、ライズリントンさんにはお会いしたこともないので、手紙を書く気になれなくて」

「クラヴァートンの財産受託者の一人として、いつでも力になりますよ、アーチャーさん」博士は、昔気質な礼儀正しさで答えた。

「そうおっしゃっていただけると嬉しいですわ」と夫人は言った。「お話ししたかったのは遺言書のことです。今はもう覆せませんよね？　つまり、何が起きようと？」

夫人は口ごもり、口を閉ざした。博士は何やらまごついたが、すぐに助け船を出し、「私は弁護士ではない、アーチャーさん」と答えた。「だが、いったん検認済みとなれば、遺言書は覆せないでしょう。今度の場合、遺言書は検認済みだし、受託者はすでに支払いを受けている。あなたご自身もだ。あなたへの手当が、信託が終了するまで定期的に支払われることに何の心配も要りません」

「ええ、私もそう信じてます」彼女は心もとなげに言った。「私自身のことは心配していません。でも、心配なのはメアリのことです。つまり、娘と権利を争おうとする者がいるんじゃないかと。そんなことはできませんよね？」

夫人の声は訴えるような響きを帯びた。まるで何か特別な懇願でもしているかのように。博士は、なんとなく居心地悪くなりはじめた。娘には何か妙な謎がありそうだ。そういえば、以前訪問した際、娘さんに会いたいと頼んだら、アーチャー夫人は目に恐怖の色を浮かべた。「十月にお邪魔した際、お嬢さんは風邪をひいておられたが、もう元気になられましたか？」と博士は不意に尋ねた。

「風邪ですって！」アーチャー夫人は大声を出した。「何のことか――」すると、慌てて言い繕った。

「ああ、そうね！　一、二日ほど具合が悪かったかしら。でも、すぐ元気になりました。あんなに元気いっぱいの子はいません。午後、友だちと映画を観に行きました。戻りは遅いと思います」

どうも謎はますます深まっていく。アーチャー夫人は明らかに、何かの理由で娘を博士に会わせたくないのだ。とはいえ、受託者として、博士には面会を求める権利がある。クラヴァートンに関わる人々は誰も彼もが何か隠し事を持っているようだ。

「でも、まだ質問にお答えいただいてないわ、プリーストリー博士」アーチャー夫人は気遣わしげに話を続けた。「ジョン卿の遺産に対するメアリの権利は誰も争えないでしょ？　つまり、仮にその人たちが何か勘づいたとしても？」

「さて、アーチャーさん、おっしゃる意味がよくわからないが」博士はぴしりと答えた。「お嬢さんの権利請求に異議を唱えるには、お嬢さんがクラヴァートンの遺言書で言及されている本人ではないと明らかにするしかない」

「まあ、もちろん本人よ！」アーチャー夫人は激しい口調で応じた。「一点の疑いもないわ。でも、ひどいことばかり書き連ねた脅迫状を受け取ったものですから、どういうことなのか――」

彼女は急に口をつぐみ、立ち上がった。しばらくじっと聞き耳を立てていたかと思うと、慌てて弁解しながら部屋から走り出た。

博士は肩をすくめた。この事件で出会う女たちは、皆同じくわけのわからぬ態度を見せる、と思いはじめていた。アーチャー夫人は突然取り乱して家から駆け出していったようだ。玄関のドアが開き、夫人の足音が外の小道から聞こえたからだ。すると、エンジンの振動音が遠くから聞こえた。音は次第に大きくなり、オートバイが近づいてくる音だと気づいた。明瞭な轟音になったかと思うと、オートバイは〈ウィロウズ荘〉の正面に停まり、音はいきなり消えた。

ちょうどそのとき、アーチャー夫人の声が博士に聞こえた。なにやら心配そうに尋ねている。すると、慌ててはいるが、よく通る娘らしい声が夫人に答えを返した。博士には、「事故」とか「ベアリトスを呼んで」と、ほんの一言か二言が聞こえただけ。

だが、それだけ聞こえれば十分だ。事故という一語で大義名分が立つ。博士は急いで部屋から出ると、玄関の開いたドアから小道に出た。暗かったせいもあり、はじめはヘッドライトの光に目がくらんだ。だが、近づいていくと、ライトは消え、誰かが懐中電灯をつけた。

すると、状況がはっきり見えた。サイドカー付きのオートバイが門の前に停まり、人が二人、サイドカーに身を乗り出している。一人はアーチャー夫人、もう一人は若い娘。娘は厚手のコートとスカーフに身をくるんでいた。サイドカーには身動きしない人物が乗っていたが、見たところ青年のようだ。

博士が近づいても誰も気づかなかった。「急いで、お母さん!」と娘は言った。「ベアリトスを呼べば、この人を客間のソファに運んで行けるわ――」

娘は、そばに立っているプリーストリー博士に気づくと、急に口をつぐんだ。ただ、博士がいるのを変とは思わなかったようだ。「あら、ベアトリスよりあなたのほうがいいわ!」と彼女は声を上げた。「事故があったの。友だちが大怪我をして。家の中に入れてやりたいのよ。頭のほうを持っていただける?」

彼女の顔は見えなかったが、現場の采配を揮おうとする勇ましさが心の琴線に触れた。言われたとおり怪我人の肩を持ち、博士と娘とで青年を担ぎ上げてサイドカーから降ろした。アーチャー夫人は一言《ひとこと》も言わなかった。だが、二人が青年を担いで歩き出すと、夫人は呻くように妙な泣き声を上げ、彼らより先に家の中に駆け込んだ。

二人は黙ったまま怪我人を家の中に運び込んだ。ソファに青年を横たえると、博士はその顔を覗き込んだ。まだ若く、たかだか二十歳ぐらい。見たところ、体格がよく、ハンサムというより賢そうな顔つきだ。それがざっと見た印象。だが、青年の容貌より、急いで目を向けるべきところがほかにある。ズボンの右脚部分が、太腿から下に向けて切り裂かれている。右膝のすぐ上にハンカチが巻かれ、スパナで締めて止血帯にしていた。それでも脚全体が血に染まり、気の毒な青年は失血のせいで気を失っていた。

博士が青年の観察から目を上げると、アーチャー夫人が、猫がネズミを見つめるように博士を見ていた。「メアリは電話をかけに行きました」と妙に喉を詰まらせながら言った。「その——ご覧になりましたね？」

何を見たと？　と博士は思った。この女は、今度はいったい何を考えているのか？「申し訳ないが、この青年のほうが心配だから、お嬢さんにまで気が回らなかった」と答えた。「とてもしっかりしたお嬢さんのようですね。電話で医者を呼んでおられるのですね？　怪我人は早く医者に診せるほうがいい。それはそうと、この人は？」

「あら、親しい友人です」彼女は慌てて言った。「ビルと呼んでます。姓はオールドランド。近くのバラビーで母親と一緒に暮らしていたけれど、お母さんが数ヶ月前に亡くなって。今はマートンベリーで部屋を借りていて、会うことも多いの——」

娘の足音が玄関ホールから聞こえると、夫人は口をつぐみ、ドアに駆け寄った。まるで娘が入ってくるのを阻止しようとするように。博士に会わせてはならないという馬鹿げた衝動にまだ駆られているようだ。だが、メアリ・アーチャーは母親を優しく脇に押しやった。「ばかなこと言わないで、お母さん!」囁き声の指示に答えてそう言った。「シートン先生は数分で来られるわ。それまで私がビルを見てます」

こうして、プリーストリー博士は、煌々と明かりのついた部屋ではじめて彼女を真正面から見た。背が高くて頑健そう。少年のような体つきで、身のこなしになにやら未熟なぎこちなさがある。まるで、壁に囲まれた客間より、戸外にいるほうが落ち着くという感じ。健全な英国人らしく、青い目ときちんと短く切り揃えた金髪で、愛らしさもある。見た目は、同年齢の娘たちと大差はない。だが、博士は、ひと目見ただけで彼女の秘密を悟った。慌てて目を逸らし、ビル・オールドランドの脚の怪我の手当てに集中した。

とうとう知ってしまった。アーチャー夫人はすぐに博士の目にそのことを読み取った。夫人はとたんに、へなへなと身近な椅子によろめいて座り、秘密を知られた子どものように、何も言わずにワッと泣き出した。すすり泣く声が博士の胸を締めつけた。

慰めの言葉をかけようとも思ったが、娘の手前、差し控えた。何はともあれ、この気まずい場面を終わらせることが肝要だ。素早い機転で、一つだけ手立てを思いついた。

「無理もないが、お母さんは気が動転しておられる」博士はそばにいる娘に静かに語りかけた。「お母さんには何かほかのことをしてもらったほうがいい。シートン先生が来られるまでに、お二人で水とタオルの用意をしてくれますか。そのあいだ、オールドランドさんには、私が付き添う」

メアリ・アーチャーはこの提案を渡りに船と思ったようだ。「そうね!」と力強く言うと、急に震えるような囁き声で言った。「彼――大丈夫?」

「と思う」博士は極力明るく答えた。「その止血帯のおかげで救われたのです。着けてくれたのは誰ですか?」

「私よ。こんなつまらない応急措置でも結局は役に立ったのね。さあ、お母さん、シートン先生が来られるまでに準備しなきゃ」

彼女がアーチャー夫人を部屋から連れ出すと、博士はあれこれ考えそうになるのを努めて自制しながら、オールドランド青年を手当てした。青年は身悶えして、固定した止血帯をほどいてしまいそうだった。博士もしばらくは完全に手を取られ、目の前の異常な混乱の謎を解き明かす余裕はなかった。

幸いなことに、シートン医師はすぐに到着した。ぶっきらぼうで、元気に満ちた中年男だったが、家族の旧友のようだ。「こりゃ、どういうことだ?」メアリ・アーチャーの案内で部屋に入ってくると医師は言った。「ビル・オールドランドは戦場にでもいたのか? あのオートバイは彼のだろ。危険だといつも言っておいたのに。いや、その話は今はよそう。まず手当てをしないと。ほう、応急措置をしてあるな。悪くない。だが、傷を縫合しなくては。ここに残って手伝ってほしい、ミス・メアリ。血を見て気を失いはしないだろ」

博士は、もはや自分は必要ないと気づき、部屋を出た。玄関ホールにはアーチャー夫人が佇んでいた。夫人は博士を食堂に案内し、ドアを閉めた。もう涙は収まり、挑むように博士を見ると、「それで?」と尋ねた。博士は、夫人の声に挑戦の響きを感じた。

挑戦か。秘密を暴かれた以上、自分に立ち向かってくるのではと恐れているかのように! 博士は返答せず、限りない同情の色を浮かべて彼女を見た。挑むような表情が彼女の目からゆっくりと消え、著しい安堵の色が浮かんだ。「もう何もかもおわかりね？」夫人はためらいがちに囁いた。

「ええ」博士は重々しく言った。「申し上げておきますが、その事実を知って、お二人への共感はますます強くなるばかりです」

「ありがとうございます」と夫人は簡潔に言った。「このときをどれほど恐れたことか。私も臆病だったのね。でも、ずっと秘密にしてきたので、知られたらどうしようと恐れていたのです」

「その秘密をほかの人にまで知らせる必要はない。少なくとも当面は」と博士は優しく言った。

だが、夫人は神経質な仕草でその提案を払いのけ、「いいえ、あなたのおかげで、直視する勇気を持てました」と言った。「嘘をついて申し訳ありません、プリーストリー博士。だから、以前いらしたときに娘を会わせなかったの。今日も会わせるつもりはなかった。今夜、映画鑑賞に行くように仕向けたのは私です。でも、娘が客間に入ってきたときのあなたの表情を見て、気づかれたと思いました」

「ジョン・クラヴァートンを知る者なら、お嬢さんの父親は彼だとすぐ気づく」博士はきっぱりと言った。

夫人は素早く顔をそむけた。おそらく、上気して赤らんだ顔を隠すためだろう。「いいえ、恥じてなどいないわ！」さっきの挑むような態度が少し蘇り、彼女は声を上げた。「ジョンを本当に愛していたし、自分の行為を恥じるつもりはありません。秘密を守ってきたのは、メアリのためです」

「よくわかっていますよ、アーチャーさん」と博士は応じた。

だが、夫人は博士の言葉を聞いていないようだった。ずっと封印されてきた真実は、沈黙のダムが決壊した今、とめどなく彼女の口から迸り出た。「初めてお目にかかったときにお話ししたことは嘘です」と必死で穏やかさを保ちながら言った。「以前、ジョンと口裏を合わせたことなの。自分のことは自分で考えたけれど。夫が海軍将校で、一九一四年に召集されたのは本当です。私がジョンの秘書だったのも本当よ。でも、私がジョンの愛人になったことは、私たち以外に知る者はいなかった。

ああ、私を責めるならどうぞ。メアリのことがなければ気にしたりしない。誰が何と言おうと、二人で過ごした日々を誇りに思っているわ。たとえ永遠の地獄の業火で焼かれようと、その思い出を一瞬たりとも捨てはしない。あなたにとっては、ジョンはあくまで友人の一人。私にとっては、これまでに出会った一番いとしい人なんです！」

夫人は、この誇りに満ちた告白で気を静めたようだ。ひと息つくと、やや落ち着いて話を続けた。

「大戦初期を最後に、夫と再会することはなかった。そのときから、私たちの人生はバラバラになってしまったの。夫は遠隔地の駐屯地に派遣され、おそらくそこで自分の慰めを見つけたことでしょう。私も心を傾ける相手を見つけたけれど、それはのちに、はじめて体験するような愛に変わったんです。

夫は船の沈没前に休暇帰国することはなかった。事故が起きたときも、溺死したわけではありません。もしそうだったら、状況はまるで違っていたかも。夫は海から救助され、捕虜としてドイツに送還されたんです。

ジョンと私は、メアリができたことを知って、ジョンの了解を得て夫に手紙を書きました。ジョンはなんとかして、私を自由の身にしたいと思っていたの。私と結婚して、相続したロンドンの家で一緒に暮らしたことでしょう。でも、夫はその手紙にも、ほかの手紙にも一切返事をくれなかった。休戦協定後に釈放されると、夫は行方不明になり、ジョンはあらゆる手を尽くしたけれど、消息はつかめませんでした。

ともあれ、ジョンは私に一緒にロンドンに来てほしいと求めました。でも、私には応じられなかった。夫が思いがけなく姿を現してスキャンダルになるのではと恐れたんです。何が起きようと、私のほうは気にしなかった。でも、ジョンがそんな事態を嫌がるのはわかっていたし、そう思ってビクビクしながらでは、私たちの幸せも台無しです。

そう、私たちは定期的に会うことにしました。年に二度、静かな海辺の宿にメアリを連れていき、彼も同じ土地のホテルに滞在するようにしたの。メアリには、長じてから、私たちは戦時中に知り合った昔なじみだと話しました。娘には『ジョンおじさん』だった。娘も私と同じように、ジョンに会える時期の来るのが楽しみになったようです。

そしたら、去年の初め、まったくの偶然ですが、夫が南米で亡くなり、自分が自由の身になったと知りました。もちろん、まずはジョンに知らせたいという衝動に駆られました。でも、結局知らせなかった。これほどの歳月を経たあとでは、彼に申し訳ないと思って」

博士はじっと聞いていたが、夫人が冷静な言葉の裏で激しい思いを抑えているのを見抜いていた。だが、最後の言葉は意味を測りかねた。「申し訳ないとは、アーチャーさん？　意味がよくわからないが」

「いえ、おわかりのはずよ。ジョンという人をご存じなら。夫が死んだと話せば、私と結婚すると言い張ったはず。でも、私に彼を幸せにできたのか？　ずっと前から結婚生活を送っていたら、きっとできたわ。でも、彼はボーマリス・プレイスでの独り身の生活にすっかりなじんでいて、そこに妻と娘を迎え入れれば神経に障ったはずよ。プリーストリー博士、私は彼をとても愛していたし、彼の重荷になることはできなかったんです」

博士は同意の意味で頷いた。確かにそのとおりだ。毎年数週間だけ続いた秘密の逢引きが、十三番地の家の名状しがたい束縛から解放される息抜きにもなっただろう。アーチャー夫人と有能で活発な娘が、忘れられた時代の遺物のような陰鬱な環境に置かれた様子を想像してみた。いや、それはとても無理だ。「十三番地の家は取り壊し作業中です」博士は脈絡もなしに言った。

「そう?」と彼女は応じた。「それを聞いて嬉しいわ。あの家はずっと嫌いでした。もちろん、行ったことはないけれど、ジョンに悪い影響を及ぼしていると思ってたの。彼みたいな人が、住む家に影響されるなんて、ばかげたことのようですが、それが事実だと思います。年を経るごとに、ますますその家に縛られ、引きこもるようになりました。意味がおわかりでしょうか。私への態度は少しも変わらなかった。でも、ロンドンから離れるのが辛くなっていくのも私は気づいていました。女は、そんなことは言われずともわかるものです」

夫人はひと息つくと、突然話題を変えた。「お時間を潰してしまいましたね、プリーストリー博士。でも、やっと、ありのままのジョンのことを話せて、どれほど気が晴れたことか。何もかも話せてよかった。要は、メアリのことですが。気づかれるのを恐れていたとは、ばかげたことです。でも、あの手紙のことは、今もすごく心配で。今からそのことをお話しします」

アーチャー夫人はバッグを取り上げ、そこから手紙を取り出すと、博士に手渡した。「ご自身で読んでいただき、ご意見をお聞かせください」と手短に言った。

宛先はタイプ打ちで、封筒にはロンドンの消印。中には紙が一枚だけで、それもタイプ打ち。差出人の住所や日付はない。手紙の内容は確かに驚くべきものだ。

奥様
昔からのご主人の船員仲間として、ご主人が一九一四年九月以降、英本国にいなかったことはよく知っています。したがって、メアリ・ジョーン・アーチャーというお嬢様の父親が誰かは疑問の余地がある。お嬢様は莫大な財産の相続人となられたのだから、これは由々しき問題です。とはいえ、この問題についてご相談させていただくまでは、私もこれ以上踏み込むつもりはありません。ご相談の機会を拒まれるようなら、故ジョン・クラヴァートン卿のご遺族に訴えることになるでしょう。

敬具

チャールズ・スペイダー

アーチャー夫人は、博士が手紙を読む様子をじっと見つめていた。「さあ、どう思われます?」博士が読み終えると、夫人は大声で尋ねた。

「脅迫状のようですね」と博士は答えた。「署名ではなく、タイプ打ちで『チャールズ・スペイダー』とあるが、この手紙を受け取る前にその名前を聞いたことは?」

夫人はかぶりを振り、「ないわ」と答えた。「でも、夫の船員仲間というのは本当かも。手紙のとおり、夫が本国に戻らなかったのは事実です」

「お嬢さんの出生は、思うに、メアリ・ジョーン・アーチャーという名で登録されていますね?」と博士は訊いた。

「ええ。父親の名はウォルター・アーチャーと記載しました。ほかにどうしろと言うの、プリーストリー博士? ジョンが父親だなんて、登記官には言えなかった。皆を巻き込むひどいスキャンダルになったでしょう」

「まあ、そう心配なさることはない。確かに虚偽の登録をしたわけだが、その罰はさほど重くもあるまい。このチャールズ・スペイダーに、お好きなようにと言っても、何の問題もないでしょう」

「でも、この男がリトルコートさんたちやダーンフォードさんのところに行ったら？　あの方たちが事実を知ったら、何をなさるでしょう？」

おそらく精一杯の嫌がらせをするだろうな、と博士は思ったが、そうは言わなかった。「虚偽登録がお嬢さんの相続に影響するとは、どのみち考えられない」と答えた。「お嬢さんがクラヴァートンの遺言書に言及されている人物であることに疑いの余地はない。あなたの娘、メアリ・ジョーン・アーチャーとはっきり言及されている。その女性が誰を指すかは、それで確定でしょう」

「まあ、そうお聞きして助かりました！」とアーチャー夫人は声を上げた。「とても心配だったの。もし――」だが、ドアが開いて夫人の言葉は途切れた。シートン医師とメアリ本人が入ってきたのだ。

「あの青年は、当面できるだけの手当てはしたよ」医師はどしんと椅子に座りながら言った。「だが、ここを出たらすぐ、救急車の手配をして病院に運ばせる。明日あらためて診察するよ」

「大丈夫よね、シートン先生？」メアリ・アーチャーは訴えるように声を上げた。

「ああ、特段のことがなければ」シートン医師はいかにもぶっきらぼうに答えた。「だが、君は命の恩人だよ、お嬢さん。そう申し上げて慰めになればだが！　君の応急措置がなければ、この家に着くまでに失血死していただろう。だが、どうも妙な事故のようだ。どうしてこんなことに？」

「突然のことだったので、私もよくわからないの」とメアリは答えた。「ビルは私を迎えにこの家に来たんです。いつものように、バラビーに初めてできた映画館に一緒に行って、ここに戻ってから夕食を摂る予定でした。そうでしょ、お母さん？」

「あなたたちの立てた予定よ」とアーチャー夫人は言った。

「私たちの立てた予定！　よく言うわ！　予定を立てたのはお母さんよ。だから夕べ、ビルには、仕事を早じまいして迎えに来てって言ったのよ。

ともあれ、一緒に出発して、アシュトン森を抜ける道を走って行ったわ。いつもその道を通るけど、幹線道路よりずっといい道なの。ちょうど暗くなって、森の中に入ったら、ビルがいきなり叫び声を上げて、ハンドルから手を離した。私は身を乗り出してハンドルを握ったけど、さもないと、あやうく溝に落ちるところだったわ。以前、ビルから扱い方を教えてもらったので、停め方は知ってたの。幸い停められたけど、ビルがその前に転がり落ちてしまっていたからよ」

「そのとき、何か聞いたとか、見たものは？」

メアリはかぶりを振った。「何も見なかったし、あの古いバイクの走行中じゃ、よく聞こえないわ。マフラーが壊れていて、ひどい騒音を出すの。いまに捕まるわよって、ビルにはいつも言ってたのに。ビルに何があったのかと駆け寄ったら、右膝のすぐ上を怪我していて、ドクドクと血が流れてた。それで、スパナと彼のハンカチで精一杯きつく縛ったの。立てそうになかったけど、どうにかサイドカーに乗せて、ここまで戻ってきた。それだけよ。何かがバイクにぶつかって、彼の脚に当たったのかと」

「いや、それは勘違いだ、お嬢さん」シートン医師はそっけなく言った。「ボーイフレンドの怪我は何だと思う？　銃で撃たれたんだ。銃創を見て私がわからないとでも？　四年も続いた戦争を経験すれば、すぐわかるさ。そう、弾丸だよ。そいつが動脈を傷つけて骨も折り、まだ体内に残っている。

明日、摘出しなくては」

アーチャー夫人は顔から血の気がすっかり引き、「弾丸！」と叫んだ。「つまり、誰かに狙撃されたと？」

「普通、弾丸が人体に突入するのは、そうやってさ」シートン医師はぶっきらぼうに答えた。

「でも、なんて恐ろしい！　メアリを殺そうとしたのでは！」

「ともあれ、ビル・オールドランドはあやうく仕留められるところだった。この件は警察に話さなくては。近頃、物騒な連中がうろついてると聞いてはいたが。だが、まずは救急車の手配をしないと」

シートン医師はのしのしと出て行き、メアリがあとを追いかけ、「ビルに付き添ってやりたいの」と言った。

だが、博士は制止し、「お待ちなさい、ミス・アーチャー」と言った。「ちょっと聞きたいことがある。オールドランド氏とは、よくアシュトン森を通って行くのですか？」

「バラビーに行くときはいつもよ。よく行くんです。こっちには映画館がないし、そこが最寄りの映画館なの」

「確かオールドランド氏はバラビーで仕事をしているとか。通勤にはオートバイを使っているのかね？」

「時おりで、そう多くはないわ。列車のほうが便利と思ってるみたい。ひと駅だもの」

「今夜、映画に行くと決めたのはいつ？」

「昨夜よ。ビルが夕食後にうちに寄って、そこで決めたの。母がそうしたらと言って」

「最近知り合いになった人がいたか、ご存じですか？」

「わかりません。いたとしても、そんな話は聞いてないわ。彼のところに行かなくちゃ。シートン先生が、救急車が来るまで付き添ってやってくれと言ってたの」

プリーストリー博士は、アーチャー夫人の不安を極力やわらげると、しばらくして家を出た。内心では、どうも妙な事故だというシートン医師の意見と同じだった。それどころか、その奇妙さゆえに、博士が解決すべき問題に新たな一面が加わった。

第十三章

〈ブラック・ブル〉に戻って、プリーストリー博士が最初に頼んだのは、寝室の暖炉に火をくべてもらうことだった。広々とした部屋には、ゆったりしたベッドとどっしりしたマホガニー製の家具があり、博士は夕食をすますと、すぐに部屋に引き取った。ここ数時間で体験したことを考えにまとめるには、一人になる必要があると感じたのだ。

クラヴァートンの遺言書の謎はついに解き明かされた！　アーチャー夫人の告白を聞いたあとでは、旧友の生前より今のほうがよくわかる。彼も身を焦がすような情熱の虜であり、その思い出にひたすらすがっていたのだ。十三番地の図書室に引きこもり、孤独に過ごしていたのも納得できる。愛する女性、その人が儲けてくれた娘と一緒に暮らせなかったため、世間から遠ざかり、失った幸福のことをくよくよ考えて過ごすのを好んだのだ。

静かな海辺の町を訪れた、三人一緒のしばしの時を別にすれば、彼らは周囲の人々と同じ他人同士。歳月を経るにつれ、情熱の炎は深い愛情の温かい灯し火に落ち着いたに違いない。アーチャー夫人だけが与えてくれる喜びを抱きながら、親子の名乗りもできない娘がすくすく成長していくさまを見守っていたのだ。唯一の気がかりは、自分が死んだあと、どうやって娘を出生の後ろ暗さを打ち消せる境遇にしてやれるかということ。

もはや状況は明らかだ。何があろうと娘の大切な将来を守れるように取り計らったのだ。だが、親子の酷似は消せない。メアリは容貌の端々までが、クラヴァートンの娘だと宣言している。彼女は、似ていると気づいたとしても、娘らしい邪気のなさで気にも留めなかったのだろう。だが、いずれ真実は明らかになる。博士がまさにその夜気づいたように。そのとたん、彼女は不倫の子という恥辱の烙印を押されるのだ。

博士には、それがいかにクラヴァートンの心を苛《さいな》んだか想像できた。容赦のない彼の目には、妹が不名誉な結婚のせいで社会から見捨てられたように、夫人と娘も見捨てられるのが見えたことだろう。娘が社会の除け者となり、所持金を狙う悪い虫の餌食となるさまが目に浮かんだに違いない。

クラヴァートンは、〝世間体〟という神の崇拝者だった。子に対して父が犯した罪を容赦なく裁く厳格な神だ。いかめしい陰鬱さの漂う十三番地の家は、祈りを捧げる神殿だったのだ。自分の娘が世間に顔向けできるにはどうしたらいいか思いあぐね、何時間も眠れぬ時を過ごしたに違いない。

こうして、いかにも彼らしい考えに思い至ったのだ。アイヴァー・ダーンフォードは、クラヴァートン家の一員であり、したがって、一族の厳格な基準に照らしても、世間体を保てる男だ。この卓越した属性は、結婚によって共有できる。もちろん、一定の要件のもとで。二人は必要な生活水準を維持しなければならない。クララ・クラヴァートンは、結婚しても、いかがわしい巡回伝道者に世間体という聖衣をまとわせることはできなかった。むしろ彼らは、あやしげな信仰のために、真の神への礼拝を放棄したのだ。だが、自分の娘メアリには、そんな愚行を犯させてはならない。

この論理は完全に筋が通っている。娘がアイヴァー・ダーンフォードと結婚すれば、すべてうまくいく。クラヴァートンは、どうすればその望むべき結果を得られるか考えたのだ。甥のような野心的な男なら、相応の金を目の前にぶら下げてやれば、抗いがたい誘因となる。かくして、誘い水の金が提示されたのだ。

　どうやらこの金は受け入れられた。ダーンフォードがヘレン・リトルコートを用心深く避けるようになったのも、伯父の遺言書の内容を知ってからだ。博士は、ライズリントンの話に推理の手がかりがあると気づいた。当然、リトルコート夫人が裏で画策している。婚約不履行の件は脅しで使っただけ。手遅れにならぬうちにダーンフォードを自分たち親子の側につなぎとめておかなくてはならぬ、と。今のところ、彼はアーチャー親子と誼《よしみ》を通じてはいない。

　次に、アーチャー夫人に届いた例の驚くべき手紙がある。博士は、ただの脅迫の試みと軽く考えていた。おそらくそうとも言えるが、もっと重大な意味があるのでは。自称チャールズ・スペイダーなる、アーチャー夫人の夫の元船員仲間が本当に実在するのか、どうもあやしい。そんな人物が、おおやけになって間もないクラヴァートンの遺言書の内容をどうやって知ったのか？

　この件も、博士は、リトルコート夫人が裏でこっそり動いているのではと疑っていた。兄とアーチャー夫人の真の関係に彼女も気づき、戦時中のアーチャー夫人の夫の動向について調べたのかも。そうした情報は辛抱強く調べればわかるし、博士も、リトルコート夫人には底知れぬ辛抱強さがあると見抜いていた。日々、あの薄暗い客間に座り、オールドランドが言うように、何か起こるのをじっと待っていたではないか。

　オールドランド！　父親のことがふと心をかすめると、博士は息子のほうに思いをめぐらせた。クラヴァートンの未認知の娘とオールドランドの絶縁した息子。彼らが親同士の交友を何も知らずに出会ったのも奇遇だ。息子のほうが彼女に深く思いを寄せているらしいのも面白い。メアリはまだ子どもにすぎない。ただの年若の男女の友情を過大視するのもばかげている。だが、ともあれ、メアリなら、クラヴァートン家らしい頑固さで、いずれ自分の愛を優先して父親の遺志を拒むかもしれない。

いや、リトルコート夫人の問題に戻ろう。あの手紙を仕組んだのが夫人なら、目的は何か？　むろん、スキャンダルを暴くと脅してアーチャー夫人を震え上がらせること。中傷を浴びせ、ダーンフォードがメアリに近づくのを尻込みするように仕向けているのかも。さらには、アーチャー夫人から手当をせしめるために、自分の持つ情報を脅しの手段として握っているのかもしれない。確かなことが一つ。彼女には情け容赦がない。アーチャー親子を恰好の標的と見ていることだろう。本来なら自分と娘のものであるはずの財産を彼らが相続したのだから。

とはいえ、手紙よりずっと重大な問題がある。午後、ビル・オールドランドをみまった〝事故〟だ。メアリの説明が正しいのなら、彼はアシュトン森に隠れていた何者かに撃たれたのだ。傷は右脚の外側、膝のすぐ上だった。

銃撃は事故か？　まずありそうにない。もしそうなら、撃った人間は起きたことを見て、きっとすぐ姿を現しただろう。同じ理屈は、シートン医師の言うあやしげな連中にもあてはまる。確かに最近、人気《ひとけ》のない道路で車両がホールドアップに遭遇する事件が起きている。だが、オートバイが銃撃されて金品を強奪された事件はない。

となると、どうやらオールドランド青年を意図的に殺そうとしたようだ。もう少し上を狙って撃っていたら、胴体を貫通していた。だが、彼を殺したいと思う動機は何か？　博士は、この謎の解決はもっと別の方向に求めなくてはと感じた。

傷の位置のことを考えるうちに、真相らしき可能性に気づいた。オートバイ走者を殺そうと思ったら、もっと上のほうを狙うはず。狙撃者はおそらく道路近くの森の端に潜んでいた。オートバイ走者は、薄暗がりでは、きっと近距離からでも難しい標的だ。だが、動く標的を狙って的を外したのなら、前後からではなく、横から狙った可能性が高い。弾丸は狙った位置の前か後ろに当たりそうなもので、上や下に当たるとは思えない。

プリーストリー博士は、オートバイ走者とサイドカーの同乗者の相対位置を思い描いてみた。同乗者の頭と胴体は走者の膝とほぼ同じ高さの位置だ、と博士は結論づけた。銃撃の標的はメアリだったのでは？

博士は再びリトルコート夫人のことを考えた。夫人のほかに彼女の死を望む者などいないのでは？夫人の目的は明らかだ。メアリさえ厄介払いできれば、ダーンフォードはもはや自分の娘をないがしろにはすまい。然るべき駆け引きを駆使すれば、二人の結婚は滞りなく実現する。

リトルコート夫人は確かに並はずれた女性だ。だが、人気《ひとけ》のない道路脇で銃器を手にして待ち構える夫人の姿は想像もつかない。夫人が事件の黒幕なら、ほぼ確実に実行犯を雇ったはずだ。それなら、その実行犯を見つければ、クラヴァートンの死まで遡って、事件の全貌を明らかにする有望なチャンスが生まれる。博士は、友人の復讐を果たす宿望がますます強く激しくなっていくのを感じた。

だが、博士の精神はいつもの冷静な論理性が支配していた。地元警察が狙撃犯を見つけるとはまず期待できない。警察は界隈のあやしげな連中を捕まえて尋問するだろう。だが、リトルコート夫人が雇った実行犯はほぼ確実に、警察が考えるようなあやしげな輩ではあるまい。その男は、見かけは品行方正な社会の一員だろう、と博士は考えた。

男という言葉を無意識に使ったところで、博士の推論ははたと止まった。狙撃者が女という可能性は考えていなかった。だが、女でもおかしくない。身近に使い勝手のよい手先がいれば、リトルコート夫人が外部の人間を雇う理由はない。夫人の娘には、目の前で伯父が死ぬのを放置したほど信じがたい大胆さがある。自分の財産相続と愛の邪魔になる娘を殺すのに、良心の呵責など抱くだろうか？　そんな考えは空想的すぎて、博士は素直に受け入れかねた。念頭に置くべき一つの可能性にすぎない。だが、狙撃者が誰であれ、その正体はマートンベリーでは突き止められない。博士は朝一番の列車でロンドンに戻ると決めた。着いたら、みずからの足で調査に取りかかろう。望む成果は、忍耐によってのみ達成できると確信していた。

博士はアーチャー夫人を再訪せずにマートンベリーを発った。夫人とさほど昵懇になろうとまでは思っていなかったのだ。ロンドンに戻ると、オールドランド医師に電話し、夜、家に来てほしいと頼んだ。

オールドランドは快く承諾し、博士が夕食をすませた直後にウェストボーン・テラスにやってくると、「電話をくれてありがとう」と言った。「クリスマス以来だね。何か大事なことでも？」

「マートンベリーから戻ってきたところでね」博士はオールドランドのほうを見ながら答えた。

「マートンベリー？　そりゃいったいどこだ？　どこかでその地名を見た気がするが、どこなのか思い出せないな」

「アーチャー夫人が住んでいるところだ」博士はゆっくりと言った。「バラビーからほんの数マイルだよ」

オールドランドは博士のほうを素早く見た。博士の声に不穏な響きがあったのだ。「バラビーで何が？」彼は唐突に尋ねた。「ビルが何かトラブルでも？」

差し迫った口調から、何が知りたいのか、博士にもわかった。おそらく一人暮らしの寂しさのせいで、オールドランド夫人の死以来、息子が気がかりだったのでは。たぶん、どちらも気位が高くて、自分から動こうとはしないのだろう。だが、少なくともオールドランドにとって、親子の和解は、失った幸福をある程度取り戻すことになるはずだ。

「息子さんのトラブルは、自分で起こしたものじゃない」と博士は答えた。「いま入院している。脚に弾丸が残っていてね。アーチャー夫人の娘が彼の命を救ったのは間違いない」

「謎かけみたいなことを言うじゃないか、プリーストリー！」とオールドランドは声を上げた。「息子がどうしたと？ それに、アーチャー夫人の娘とどんな関係が？ その娘は、クラヴァートンの財産を相続した娘だろう？」

これに答えて、プリーストリー博士は、〈ウィロウズ荘〉で目撃したことを説明し、「明らかに何者かが二人を待ち伏せし、狙撃したのだ」と話を結んだ。「今頃は、地元警察が狙撃者を捜索しているだろう。どうやら、あの青年はアーチャー親子から、家族の一員のように大事にされているね」

だが、オールドランドは聞いておらず、「骨折して、動脈が傷ついただと？」と心配そうに言った。「そのシートンという男がしっかりした医師ならいいが。そうでなければ、息子は終生脚が不自由になるかもしれない。いや、プリーストリー、すぐにでも駆けつけて確かめたい。ミルヴァーリー君に一、二日ほど診療を代行してもらうよ。確か今はロンドンにいるはずだ」

「すぐにマートンベリーに行ったほうがいい」と博士は応じた。

「そう思うか？ じゃあ、取り急ぎ出発するよ。失礼させてもらっていいかな？ すぐにミルヴァーリーに電話して、今夜打ち合わせに来てもらう」

博士も、オールドランドの出立に異議はなかった。それどころか、彼が出ていくと、博士は悦に入りながら静かに笑い声を立てた。何事も思惑どおりに進んでいたのだ。

三日後の夜、オールドランドがウェスポーン・テラスを再訪した。博士は温かく出迎え、「息子さんに会ったね?」と尋ねた。「順調に回復しているといいが」

「上々だよ!」オールドランドは熱を込めて言った。「最高だな、シートンというやつは。弾丸を摘出して、一流の外科医のように骨を接いでくれた。息子は二、三週間もすればよくなる。ところで、君もあの娘には会ったね?」

「ミス・アーチャーのことかね?」と博士は聞き返した。

「もちろんさ。ほかに誰のことだと? 彼女と母親に病院で会ったよ。ビルの見舞いに来てくれてね。自己紹介したら、お宅に招かれた。実に親切な人たちで、娘のほうは本当に素敵なお嬢さんだ。妙なことだが、なにやらクラヴァートンを連想させる。よく似ているし、話し方も時おり彼そっくりだね」

「まあ、似ているところもあるかな」と博士は言った。突き止めた秘密を漏らすつもりはない。オールドランドも、息子に気を取られていなければ、おそらく自分で真実に気づいただろう。「例の異常な事件のことは詳しく聞いたね?」

「ああ、どういうことかまるでわからない。警察は撃ったやつを特定できないし、あの土地でそんな事件が起きたのもはじめてだとさ。事故という判断に傾いているようだ。あの森で密猟か何かをしていたやつだろう、と」

博士はそう聞いて眉を吊り上げ、「摘出された弾丸は見たかね?」と訊いた。

「ああ、現地の巡査部長が見せてくれた。ドイツ製のオートマチックから発射された弾丸のようだな」

「密猟者が使うにはそぐわない武器だ。その説明は受け入れ難いな。あらゆる証拠が意図的な狙撃だと示しているように思えるが」

「確かに」オールドランドは疑わしげに応じた。「だが、そもそも誰がやった？　ビルには敵などいないぞ」

「最も危険な敵は、知っている相手とは限らない。銃撃は息子さんではなく、ミス・アーチャーを狙ったものだろう」

　オールドランドは静かに口笛を吹き、「ほう、そいつは思いもよらなかったな！」と声を上げた。

「だが、それで解明が進むわけじゃない。君はきっと、リトルコート親子のことを考えているんだろう。だが、君の話からすると、メアリ・アーチャーが死んでも、彼らには何の得もない。彼らが彼女に好意を持っているとは思わないが、それだけのことだ。彼女に万一のことがあれば、遺産は慈善団体に行くのだろう？」

「ああ。だが、あの親子には別の目的があるのかも。とはいえ、その点にかかずらう必要はない。意図的な狙撃だとしたら、犯人はミス・アーチャーと息子さんがその時刻にあの道を通ることを知っていたわけだ。知っていた者を確認できれば手がかりになるだろう」

「ビルにもまさにそう言ったさ！　あの夜、メアリ・アーチャーと映画館に行くのを知っていたのは誰か聞いたよ。その日の朝、職場で話したから、誰もが知り得たと言っていた。友人から夜付き合わないかと言われて、都合が悪いわけを話したらしい」

「その友人とは、いつも付き合ってる仲間かね？」と博士は訊いた。

「そうじゃないらしい。コベットという名の青年だ。ビルの話だと、ロンドンっ子でね。機械か何かの設計をしていて、ビルの会社に製造の依頼をするために来ていたそうだ。会社にいたのは二、三日だけだが、ビルと親しくなったらしい。息子の話だと、コベットはきちんとした男だが、設計のほうは、とにかくひどいものだったらしい。ビルによると、ほかの人間に映画館に行くことを話した憶えはないが、コベットが人に話したかも、と」

「マートンベリーにいるうちに、コベット本人に聞いてみようとは思わなかったのかね？」

「そう思ったが、ついてなくてね。ビルの仕事の上司に事故の件を報告しにバラビーまで行った。その機会にコベットと話そうと思ったが、時すでに遅しで、発ったあとだった。大事な発明なるものが物の役に立たないと告げられ、退散したのさ。ロンドンに戻ったらしい」

「そのコベットのことは、もっと情報が必要だな」博士は考え込むように言った。

「おいおい、まさかそいつが今回のけしからん事件に関係があると思ってるのか？」とオールドランドは声を上げた。「それはあり得ない。どう見ても荒唐無稽だ。界隈を何も知らないよそ者だし、ビルにも二日ほど前に会ったばかりで、メアリには一度も会っていないやつだぞ！　なんでまた、そいつが二人を狙い撃ちする？」

「時には隠れた動機を持つ者もいる」博士はすぐさま答えた。「その設計か発明なるものがどんなものか知っているかね？」

「あえて尋ねはしなかった。だが、ビルの会社の主な仕事は化学工場の設備の製造だ。だから、その種のものだと思う。ビルなら知ってるだろう。君がそれほど気になるなら、手紙で聞いてみるが」

「たいしたことでもない」博士はぞんざいに言った。「息子さんに大事がなくてよかった。君もホッとしたことだろう」

「そうとも！」オールドランドは熱を込めて言うと、間髪を入れずに、息子の怪我について専門的な説明をしはじめ、「元気になるよ」と話を結んだ。「少しだけ硬直が残るかもしれないが、心配するほどじゃない。シートンから聞いたが、あのお嬢さんがいてくれて運がよかった。すぐに手を尽くして、ああやって家まで連れ帰ってくれるとはたいした肝っ玉だよ。あの歳で、あんな場合に対応の仕方を心得ている娘はそうはいない」

博士はまったく同感というしるしに頷いた。だが、オールドランドが帰ると、それまで以上に当惑の色を濃くした。そのコベットという男は事件とはまったく無関係かもしれない。だが、疑うべき理由も確かにある。バラビーにやってくると、すぐにビル・オールドランドに取り入ったようだ。どうやら、アーチャー夫人を別にすれば、映画を観に行く予定を知っていたのは彼だけ。事件のあと、すぐに姿を消している。

博士の推論に即せば、彼が狙撃犯なら、リトルコート親子の依頼を受けてやったに違いない。だが、土地の事情に不明なら、ビルとメアリが選ぶ道筋をどうやって知ったのか？　もっとも、口で言うほど土地に不明だったとも限らない。二人の若者の動きをしばらく偵察して、計画を実行する際にようやく表舞台に出てきたとも考えられる。

携えてきた設計なるものも、ただの口実だったのかも。ものの役に立たないと明らかになっている。バラビーに現れた真の理由は、オールドランド青年の知己を得、彼の動きを事前に把握するためでは。この問題を考えれば考えるほど、コベットはますます疑わしい。

だが、彼が事件の実行犯なら、コベットという名はまず確実に偽名だ。真の正体は？　彼がチャールズ・スペイダーで、アーチャー夫人にあやしげな手紙を書いた主では？　二人が同一人なら、アーチャー夫人とその娘の情報を探り出し、さらにはその友人たちの動きを監視していた者がいたわけだ。まさにリトルコート親子に依頼された実行犯では？

曖昧すぎてほとんど役に立たないが、一つだけ手がかりがある。オールドランド青年が勤める会社は化学設備を製造している。ということは、コベットの設計はおそらくその仕事と何か関わりがある。だが、その設計が結果的に役立たずとわかったにせよ、少なくとも見た目は見込みがあったはず。さもなくば、会社は一目見ただけで拒否しただろう。

つまり、化学設備の具体的な知識を持つ者がこしらえた設計だったのだ。アイヴァー・ダーンフォードが以前、化学工場に勤めていたのはただの偶然か？

どうもしっくりこないのは、その事件にダーンフォードの名前を持ち込むからだ。ダーンフォードがリトルコート親子と結託しているとは考えにくい。リトルコート夫人は、彼と自分の娘が婚約していたとライズリントンに話した。だが、リトルコート夫人の主張に全幅の信頼を置く気にはなれない。仮にそれが事実でも、今では両者のあいだに戦端が開かれているようだ。それに、彼らの利害は真っ向から対立する。リトルコート親子の目的は明らかに、ダーンフォードをヘレンと結婚させ、彼が受け取る年四百ポンドをせしめること。だが、ダーンフォードの思惑は、メアリ・アーチャーが二十五歳になる前に彼女と結婚することだ。まだ時間はたっぷりある。

とはいえ、ダーンフォードのことをもっと知る必要があるのでは。これまでのところ、彼のことを深く考えなかった。クラヴァートンの死に関与していないのは明らかだから。ダーンフォードは、伯父が亡くなる前の二日間、十三番地の家にはおらず、オールドランドの言う、死に先立って現れるはずの症状も、ダーンフォードがいたときは発現していなかった。

だが、いずれにせよ、ダーンフォードは、伯父が死ねば得られる利益を我がものにしようと、自分なりに何か画策していたかもしれない。仕事を辞め、表向きは研究の仕事に従事するためにリーズに引っ越している。リーズはマートンベリーとバラビーからさほど遠くない。アーチャー親子を監視するにはもってこいの拠点だろう。それに、伯父がアーチャー夫人と知り合ったのも、戦時中にリーズに住んでいたときだ。

そう考えると、ダーンフォードが独自にちょっとした密偵活動を行っていても不思議ではない。結婚すれば大きな利益をもたらす娘のことを知ろうとするのも当然だ。アーチャー夫人のことも調べ、伯父の秘書だったことを突き止めたかも。その発見が別の発見につながり、もしかするとメアリ・アーチャーの出生の秘密すら突き止めたのか。メアリを監視していれば、オールドランド青年と親密なこともわかっただろう。

さて、ダーンフォードの将来展望は結婚問題をどうするかにかかっている。だが、メアリ・アーチャーは事情が違う。彼女の将来はどのみち保証されている。つまり、ダーンフォードに比べれば、彼女には彼と結婚する誘因はない。クラヴァートンの意図は明白だ。娘には、世間体を守る結婚のチャンスを与えてやりたい。だが、これを受け入れるよう強いることもない。自分の幸せが別にあると思うなら、好きにすればいい、と。

ダーンフォードならそのことに気づくだろう。自分の魅力に絶対の自信は持っていまい。何か圧力を加えることができれば、自分のチャンスも著しく拡大するだろう。その目的のためにどんな手段が使えるか?

まず、アーチャー夫人と伯父の関係を知ったこと。おそらくは聞き込みをして、夫人の夫が開戦以降は帰国していないと知ったのだ。とすれば、その夫はメアリの父親ではあり得ない。娘の顔を見れば、真の父親が誰かはほぼ見当がつく。オールドランドでさえ、ほかのことに気を取られていても、彼女がクラヴァートンに酷似していると気づいた。〝チャールズ・スペイダー〟の手紙にあったように、暴露するぞと脅せば、アーチャー夫人に影響力を行使する強力な手段にはなるだろう。

だが、オールドランド青年が妨げとなりかねない。メアリが母親の反対を押し切って、彼と結婚すると言い張れば実に厄介だ。この邪魔者の青年は、手遅れにならぬうちに片づけなくては。おそらくこうして、アシュトン森での事件が起きたのだ。その目的は、オールドランドを殺すことではなく、警告の意味で不具にしようとしただけかもしれない。うまくいかなければ、もっと思い切った手段をあとから取ればいい。

博士が絶えず肝に銘じているように、以上のことはすべて、ただの推測だ。クラヴァートンの直接の死因となった介護放棄《ネグレクト》(と言えば無難な言い方だが)を暴くという肝心の問題とも関係はなさそうだ。だが、銃撃がダーンフォートの仕業だと明らかにできれば、彼が再び同様のことを試みるのは阻止できるだろう。

その夜、プリーストリー博士は就寝する前に完全な戦略プランを練り上げた。

第十四章

秘書のハロルド・メリフィールドは、プリーストリー博士のきわめて有能な助手だ。雇い主のいつもの研究に伴う骨の折れる準備作業をこなせるだけでなく、博士の調査法に習熟してもいた。情報を掘り起こす仕事を任すこともできたし、その情報なしでは博士もなかなか前進できないほどだ。

こうして翌朝、博士はいつもの仕事にはとりかからず、ハロルド・メリフィールドに、クラヴァートン事件の主要関係者のあらましを説明した。「言ってみれば、私の持つ情報はほぼ完全だ。アイヴァー・ダーンフォードは別だが。彼のことは、以前、化学工場に勤務、現在、噂ではリーズに在住という点を除けば、ほとんど何もわかっていない。

さらに詳しい情報が必要なのだ。特に彼の最近の動きのね。それこそが君に手に入れてほしい情報だ。ライズリントン氏に手紙をしたためた。ダーンフォードの現住所と、以前働いていた会社の名前と住所を照会する趣旨のね。その情報を入手できれば、君も行動しやすいだろう。だが、私の指示で情報を集めていると気取られないように。一週間後には必要な情報を手に入れて戻ってくるものと期待しているよ」

ハロルドが、いつもの作業からひと息つけると喜び勇んで出かけると、博士は、緻密な研究論文を仕上げるために腰を落ち着けた。翌週はずっと何の邪魔も入らず、クラヴァートン事件のことも頭からすっかり閉め出した。だが、期限の日が来て、ハロルドが書斎に入ってくると、博士は嬉しそうに出迎え、強い関心をあらわにした。「おお、戻ってきたか！」と博士は声を上げた。「調査はうまく行ったかね？」

「上々です」ハロルドはポケットから手帳を取り出しながら答えた。「ダーンフォードの動きを追跡するのはさほど難しくありませんでした。勤務していた会社の名は、サンダーランドのトムリン・アンド・ハースト社。外国から帰国したばかりの、ダーンフォードの遠縁という触れ込みで訪問し、彼に会えるかと聞いたんです。三ヶ月前に退職したと言われ、すごく驚いてみせました。正確には、十月二十七日土曜です」

「クラヴァートンが亡くなった二週間後だ」と博士は言った。「自己都合で辞めたのか聞いたかね？」

「いえ。でも、あとでわかりましたが。そのときは、現住所を知っているか聞いただけです。会社としては知らないが、彼の友人で、研究部門で一緒に仕事をしていたディクソンという男なら知っているのでは、というのがオフィスでの情報です。

その日の夜、ディクソンをつかまえました。寡黙で遠慮がちな男ですが、外に連れ出して、とびきりのごちそうを奢ってやり、カクテルとワインを一杯やったら、少し打ち解けて、ダーンフォードのことも進んで話してくれました。

彼の話では、ダーンフォードがトムリン・アンド・ハースト社で働きはじめたのは、昨年の初め頃。正確な日時は知りませんでした。ダーンフォードから聞いたところでは、その前はロンドンの病院で短期間働いていたそうです。いとこの話もしていて、とても美しい娘で、同じ時期にその病院で見習い看護師として働いていたとか。

ダーンフォードは、ロンドンに住む、かなりの資産家の伯父がいるという話もしていました。その伯父が亡くなれば、ダーンフォードが遺産を相続する、とディクソンは受け取った。それどころか、ダーンフォードの態度から、遺産を相続するまで自己満足のために仕事をしているだけという印象を受けた、と。

さる七月か八月頃、ダーンフォードは、伯父が病気だからロンドンへ見舞いに行くとディクソンに話しました。ところが、戻ってくると、結局、伯父の病状はさほど深刻でもなかったとか。とはいえ、とても心配そうで、落ち着かない様子だった。よく一、二日ほど休みを取り、ロンドンの伯父の見舞いに行っていた、と。

そのあとのことは、ディクソンは日付も正確に憶えていました。十月六日土曜、重役から昇給決定を告げられたので日付をしっかり憶えていたとか。八日月曜、ダーンフォードの話では、伯父の病状が思わしくないので、すぐ戻れという電報を受け取った。その日の午後に出発し、十三日土曜の朝に職場に戻ったそうです」

博士は日付をメモに取ると、「私がクラヴァートンを訪ね、ダーンフォードと会ったのは十二日の金曜だ」と言った。「そこまではディクソンの陳述も裏づけられる。だが、その電報のことは理解できない。オールドランド医師の話では、クラヴァートンはその週、病状は悪化するどころか、回復しつつあった」

「ダーンフォードもそう気づいたようです。ともあれ、戻ってくると、また人騒がせな誤報だった、みたいなことをディクソンに言いました。ただ、落ち着きがなくそわそわしていた。要は、伯父さんがまだ死んでいなかったからでは、とディクソンは思いました。ダーンフォードは早く金を手にしたくて仕方ないんじゃないか、とも。そしたら、次の火曜、ダーンフォードが、伯父さんが亡くなったと知らせる弁護士からの手紙を見せてくれたといいます」

「それ以前にダーンフォードが電報を受け取っていたのが妙だな。考えてもみたまえ」と博士は言った。「誰かはともかく、最初の電報を打った者は、クラヴァートンが死ねば、普通ならきっと電報を打ってくる」

「そう言われると、確かに妙ですね」とハロルドは頷いた。「ともあれ、ダーンフォードは、葬儀に参列しなくては、とディクソンに言い、すぐに出発した。間の悪いことに、そう聞いてディクソンは面白くなかったとか。というのも、ここ十日ほど、ダーンフォードは緊急を要する実験に取り組んでいたからです。普通の塩から金属ナトリウムを電解生成する新たな手法に関する実験だそうです。重役たちはその実験を完了させてほしかったので、ディクソンは自分の仕事に加えて、その実験を引継がなくてはいけなかった。彼が日付をよく憶えていたのは、そんなこともあったからです。

　ダーンフォードは週末に仕事に復帰しましたが、ディクソンによると、ひどく機嫌が悪かった。遺産相続のことはひと言も言わず、すぐに辞表を提出しました。ディクソンによれば、翌週はほとんど人と話さなかったとか。お話ししたように、二十七日に職場を去り、それが彼の見納めだった。その後どうしているかは全然知らない、と。ただ、彼がいた下宿の住所を教えてくれて、下宿の女主人なら何か知っているかも、という話でした」

「そこまでは、すでにわかっているダーンフォードの動きと一致している」と博士は言った。「女主人とは話をしたのかね？」

「ええ。でも、たいしたことは知りませんでした。ダーンフォードは、引き払うときに行き先の住所を残さなかった。ただ、伯父が死んで、多少お金を手に入れたと話したとか。運のいいことね、ダーンフォードさんは浪費癖があるから、と彼女は打ち明けてくれて、彼があちこちに借金していることも匂わせました」

博士は頷いた。ダーンフォードは明らかにクラヴァートンの最初の遺言書の内容を正確に知っていて、伯父がそれを変更するとは思ってもみなかったのだ。ひどく不機嫌な様子でサンダーランドに戻ってきたとしても、驚くにはあたるまい！

「翌日、リーズに行きました」とハロルドは話を続けた。「次の行動はもう決めてあったのです。ライズリントン氏から教えてもらった住所に行くと、そこは小さなプライベートホテルで、中に入って部屋を押さえました。その夜、初めてダーンフォードの顔を見ましたよ。

お近づきにまではなりませんでした。厄介な質問を浴びせられたくなかったので。彼のほうも、同じホテルの宿泊客と関わりたくない様子だった。でも、私のほうは管理人のおばさんと知己を得ました。実に親切で話し好きのおばさんです。

リーズには出張で数日滞在と思わせ、架空の身の上話をあれこれ話したら、お返しにダーンフォードのことを話してくれました。立派な客だけど、少々戸惑う面もある。あまり打ち解けない男のようだ。ちょっと無口だが、上等の紳士だ、と。ほかの客よりは少しましな客と考えていたようですね。

彼がリーズで何をしているかは彼女も知らなかった。何か極秘の仕事に携わっているんじゃないかと、暗にほのめかしてましたが。ダーンフォードはたいてい終日出かけ、何日も戻ってこないこともある。そのあいだロンドンにいたんだ、と彼女に話していたとか。直近では、今月の十日から十五日です」

「待ちたまえ！」博士はその日付をメモに取りながら声を上げた。「私がマートンベリーに行ったのは十三日、戻ったのは十四日だ。つまり、十日から十五日は、ダーンフォードはバラビーにいたのだ。興味深い点だが、むろん、それだけでは無意味だな。ダーンフォードはそのおばさんにロンドンでの住所を教えていたかね？」

「いえ。友人のところに泊まる予定で、手紙が来たら取っておいてほしいと言っただけ。実のところ、手紙が来るのはごく稀だったと。どれもロンドンの郵便局の消印があったそうです」

「間違いなくライズリントンからの手紙だな」博士は独り言のようにつぶやいた。「だが、ほかの者、たとえば、リトルコート親子からの手紙はなかったのかな？　いや、話が逸れた。話を続けてくれたまえ」

「あとはたいした話はありません。ダーンフォードが終日どこにいるのか確かめようとしたのですが、無理でした。監視されているのではと気取られるリスクは冒せなかったので。ただ、昨日の朝、ホテルからつけたのですが、彼は駅に行って切符を買い、列車に乗りました。同じホテルの宿泊客と気づかれかねないので、どこ行きの切符を買ったのか聞き取れるほどには近づけませんでしたが、ノース・ライディング方面に行く列車でした」

「見られないように気をつけたのは正解だ」博士は満足げに言った。「うむ、よくやってくれた。ファイルはもう作ってある。『クラヴァートン』という表示の付いたファイルだ。メモの写しを作ったら、そこに綴っておいてくれたまえ」

ハロルドがその作業に入ると、プリーストリー博士は、この最新情報の検討に取りかかった。伯父が死を迎えるまでは、ダーンフォードの行動もごく普通だ。自分が相続人と思っていたようだし、伯父の病気を気遣うほうが賢明だと考えていた。だから、しょっちゅうロンドンに足を運んでいたのだ。

そこまでは理解できる。だが、十月八日に受け取った電報は奇妙だ。誰が、どんな理由で送ったのか？　その頃、クラヴァートンの病状は快方に向かっていた。ライズリントンに新しい遺言書の作成準備を指示し、実際、翌九日にはそれに署名している。

電報を送ったのは、リトルコート夫人かその娘では？　ライズリントンが頻々と家を訪ねてくるので、クラヴァートンが何か法的な手続きを進めていることは親子も勘づいていたはず。だが、ダーンフォードにその事実を知らせようと思うか？　ありそうにない。古い遺言書を書き換えれば、親子に有利になるに決まっているからだ。

ダーンフォードは、金曜にサンダーランドに戻り、伯父の死亡時はそこに滞在していた。ロンドンにいるあいだ、きっとライズリントンの動きに気づいていたし、不安を感じていただろう。ところが、伯父の健康状態は大丈夫だと告げられた。彼は人騒がせな虚報のことを話していた。だから、クラヴァートンの死がそう早く訪れるとは予期していなかったはずだ。リトルコート親子も伯父の死を彼に知らせなかったようだし。

だが、伯父の死後、ダーンフォードの行動は謎めいてくる。職を辞し、転居先も告げずにサンダーランドを去った。行き先はリーズだったが、ライズリントンには、独立して研究業をはじめるためだと告げている。だが、おそらくマートンベリーに近くて都合がいい場所だからリーズを選んだのだろう。伯父が戦時中にリーズで仕事をしていたこともおそらくは知っていたのだ。

彼がスペイダーの手紙やビル・オールドランドへの狙撃と関わりがある証拠はないが、控えめに見てもその公算は十分にあると博士は感じていた。だが、まだ行動を起こすべき時ではない。まず、ほかの重要な問題を明らかにせねば。博士はこうして、思い切った行動に出る腹を固めた。

ライズリントン氏からリトルコート親子の住所を聞いていたので、翌日、昼食を摂ると、パットニーに向けて出発した。なんとか場所を突き止めた。そのフラットは、用途替えした家屋の地階にあった。外観はボロボロで手入れもされていない様子。呼び鈴を鳴らすと、しばらくして、ヘレン・リトルコートがドアを開けた。

一瞬、博士を驚き顔で見つめた。例の降霊会の夜以来、彼女に会っていなかったが、ほとんど様子は変わっていない。相変わらず目には怒りっぽい表情が宿り、敵意に満ちた、挑むような雰囲気がある。歓迎しようとも、中に招じ入れようともしない。「あら、プリーストリー博士ね?」彼女はさりげなく問いかけるような口調で言った。

「こんにちは、ミス・リトルコート」博士は鷹揚に答えた。「お母さんとお話ししたいのだが?」

「母は出かけています。晩まで戻りません。私でよろしければ」

「それはどうも、ミス・リトルコート。だが、玄関前でお話しすべきことではない」

そう促され、どうやら渋々、薄汚く家具も整っていない部屋に博士を案内した。博士は、この地階のフラットのむさ苦しさと、十三番地の家の堂々とした佇まいがあまりに対照的なのをまざまざと感じた。ヘレン・リトルコートは、博士をじっと見つめ、内心の思いを読み取ったに違いない。「ジョン・クラヴァートン卿の妹と姪がこんなあばら家に住むはめになるとは思いもしなかったでしょ?」

彼女は苦々しげに訊いた。

博士は、その問いにまともに答えるのを避け、「ライズリントン氏の話では、間もなくここも引き払うとか」と言った。

「ええ、せめて豚小屋程度の場所を手に入れましたので」と彼女は応じた。「母にはどんなご用件？」

「三ヶ月ほど前にご招待いただいた降霊会には大変感銘を受けました。もう一度あの実験をしていただけないものかと」

大胆な一撃だったが、功を奏した。ヘレン・リトルコートは博士をじっと見つめ、「オールドランド先生がそんなことを吹き込んだの？」と訊いた。

「はっきり申し上げますが、オールドランド医師には何の相談もしていない」と博士は答えた。

「以前、あの方に聞いた質問には答えを出していただけたの？」

これは博士が予期していた問いだった。だが、彼女の態度には何の揺らぎもなく、ばかにしたような好奇心すら感じられた。まるで、その問題にはもはや関心がないかのように。彼女を見るうちに、博士の心中で少しずつ膨らんでいた疑惑が不意に強くなった。

「ええ、ミス・リトルコート」博士は重々しく答えた。「その答えは、もう一度実験をという私の依頼とも関係がある」

「謎めかしておられるわね」彼女は不快気に短く笑い声を上げて言った。「まあ、母は異議を唱えないでしょう。つまり、ちゃんと料金を払っていただけるのなら。母はプロの霊媒です。そうたびたび、ただで出し物はしないわ。通常の料金は五ギニーですが、値引きしてくれるでしょう。あなたは財産受託者ですもの」

その皮肉は博士も聞き逃さなかった。博士に料金を課そうとはよもや思っていまい。だが、そう言いながら、好奇心から、二度目の降霊会という奇妙なアイデアを実行する気になったのだ。自分が伯父の死に関与したと暴かれるはずがないと高を括っているようだ。

「料金は満額お支払いしよう」と博士は答えた。「よろしければ、降霊会は私の家で開きたいのだが」

「あら、何の問題もないわ。母はいつもよそ様のお宅で降霊会を開いているの。こんな場所では客を十分呼べないでしょ。なんでしたら、この場で予約を入れますわ」

「ご異議がなければ、日時はあらためて提案させていただきたい。ただ、いま教えていただきたいことがあるのだが」

彼女は再び博士をじっと見た。「ジョン伯父さんのこと？　またほじくり返して何の意味があるの？　もうすべて終わったことじゃない？　伯父の世話などしなければよかった！　あんないやらしい家に行って、看護などしなければよかったのよ！　私を説き伏せたのは母よ。母の考えでは――」

彼女は不意に口を閉ざしたが、博士はそれでも彼女の失望の大きさを悟った。リトルコート夫人は、それで兄と和解でき、姪を受け入れてくれて、ダーンフォードとともに遺産を分与してくれると思っていたのだ。ところが、いずれも実現しなかった。

だが、博士は気づかぬふりをし、「お聞きしたいのは、伯父さんのご病気と少し関係のあることです」と話を続けた。「いとこのダーンフォード氏が家を訪ねてきたことだ」

ダーンフォードの名前に言及すると、彼女の目に怒りが宿り、「彼のことで何が知りたいの？」とだしぬけに尋ねた。

「伯父さんが亡くなる前の火曜、彼が十三番地の家を訪ねた理由を知りたいのだが」と博士は応じた。

だが、彼女はその質問に動じず、「全然知らないわ」と答えた。「私がいるあいだ、何度も来たけど、泊まったことはありません。一、二時間ほどいるだけ。そう言えば、ジョン伯父さんが最初に発作に襲われたときも、来てすぐ帰ったわ。でも、あの火曜に来たわけは知らない。ジョン伯父さんがライズリントンさんと相談していたことを嗅ぎつけたのかも。私が呼んだわけじゃないわ。それがあなたの考えておられることなら」

リトルコート親子からの情報がなければ、ライズリントンが十三番地の家を繰り返し訪ねていたことなど知ることはできまい、と博士は思った。だが、その問題は深入りすまい。「伯父さんが二番目の遺言書を作成しなかったら、あなたのいとこが唯一の相続人になっていたでしょうな!」博士はいかにもさりげなく言った。

ヘレン・リトルコートは陰気な笑い声を上げ、「セント・エセルバーガ病院ではじめて会ったとき、彼も同じことを言ったわ」と応じた。「ライズリントンさんの説明を聞いて、そのとおりだと思った。遺言書が読み上げられたときは、彼もさぞショックだったはず。もちろん、母と私は、ジョン伯父さんが新たな遺言書を作ろうとしているのは気づいてた。でも、アイヴァーは何も知らなかったと思う。ライズリントンさんとは顔をあわせることがなかったし、私たちもライズリントンさんがよく来ていることは話さなかったの。それに、ジョン伯父さんも、そういうことは他人に漏らす人ではなかったし」

これは面白い。では、伯父が遺言書の変更を考えているとは、ダーンフォードもまるで知らなかった可能性があるのだ。だが、それなら、ちょうどそのとき、彼がロンドンに来たのはなぜか?「伯父さんの亡くなる前の火曜に、新たな遺言書に署名がなされたことは当然ご存じでしたね?」と博士はそれとなく質問した。

彼女はかぶりを振り、「そんなこと、全然知らなかった」と答えた。「さっきも言ったけど、ジョン伯父さんがそんなことを考えてるのは推測してたわ。でも、私にそんなことは一言《ひとこと》も言わなかった。

新たな遺言書が、たとえ文書化されていたとしても、署名がなされたかどうかなんてわかるわけないわ」

彼女の露骨で、なにやらばかにした言い方には、本当のことを言っていると信じざるを得ないものがあった。だとすると、彼女が伯父を死なせるにまかせた動機は根拠薄弱になる。いとこを唯一の相続人にさせて、彼女に何の得があるのか？　二人のあいだに何か密約でもあったのなら別だが。たとえば、彼女と結婚するという密約。だが、仮にそうだとしても、相手がその密約を守ってくれると彼女は信じるだろうか？

プリーストリー博士は、彼女の立場に立って、状況を冷静に見つめようとした。伯父は新たな遺言書を作成しようとしていた。そうなれば、自分と母親が得をすると当然予想しただろう。彼女もその時点では、アーチャー親子のことは何も知らなかったのだから。それなら、せめて遺言書が署名されたと確実にわかるまで、伯父を生かしておくのが得策なのでは？

博士は行き詰まりを感じた。まるで自分と彼らがヴェールで隔てられたように、彼らの行動も不明瞭で動機のない行動に見える。この娘に何か認めさせようとしても無理だな。だが、その試みをまだ諦めるつもりはない。「伯父さんが最初に深刻な発作を起こしたとき、あなたのいとこはロンドンにいたわけだね？」と尋ねた。

「そうよ」と彼女は答えた。「前日に十三番地の家にやってきて、けっこう長い時間いたわ。ジョン伯父さんと部屋でしばらく話をして、出てくると、私に話しかけてきた。そわそわした様子で、ジョン伯父さんが急死する心配はないかと聞いてきたわ。私からは確か、オールドランド先生のご意見はそうじゃないと言いました。

翌朝早く、またやってきたわ。ちょうどジョン伯父さんの朝食を用意しているところに。というか、伯父に持っていけるように、もう食堂に用意してあったの。母はいつものようにベッドですでに朝食をすませていた。アイヴァーは何か気にかかることがあるみたいで、ジョン伯父さんにすぐ会いたいと伝えてくれ、と頼んできた。ちょっと間が悪いと言ったのに、どうしてもと言って。それで、上に行って話したら、ジョン伯父さんは、当然だけど、アイヴァーが会いたいというなら、またあとで来てくれと言ったわ。戻ってアイヴァーにそう伝えると、ひどく動転してた。でも、おとなしく帰ったわ。また戻ってきたとき、ジョン伯父さんはひどく具合が悪くて、オールドランド先生が来ていた。それで結局、その日は伯父さんに会えずじまいだったの」

だが、博士はその話に興味をなくしたらしく、ぼんやりと頷いただけで、「教えていただき感謝しますよ、ミス・リトルコート」と言った。「私からの依頼は、お母さんに伝えていただけるね？　来週のいずれかの夜ではどうだろう？」

「そうね、大丈夫だと思うわ」と彼女は答えた。「母に手紙でお伝えいただければ、返事をすると思います。私も同行させていただくことになりますけど、ご了承ください。降霊会には、母は必ず私に同席を求めますので」

「もちろんですよ、ミス・リトルコート！」博士は厳粛に答えた。家を出ると、帰宅の途に就いた。ヘレン・リトルコートの証言を信じていいなら、一つ発見をしたと確信して。

証言を信じていいならばだが！　そこが肝心な点だ。彼女は実際、何を知っている？　母親とはどこまで結託しているのか？　この妙な秘密は、可能性があるだけで証明されたわけではないが、親子はともに知っているのか？

博士は書斎に座り、あの奇妙な娘との会話を振り返りながら、そう自問した。彼女の言葉を額面通りに受け止めるなら、クラヴァートンの発作の原因となった砒素を仕込んだ者は明らかだ。ほかに誰もいない食堂で、伯父の朝食に砒素を振りかけたのはダーンフォードだ。

リトルコート夫人は、不気味な幽霊の如く家の中を滑るように経めぐり、彼を目撃して、何をやっていたのか勘づいたのでは？　だとすれば、明らかに成り行きにまかせたのだ。夫人は自分に会うのを拒み続けた兄に愛情を持っていなかった。クラヴァートンが砒素で死ねば、ダーンフォードをいくらでも恐喝できる。その時点では、彼がクラヴァートンの全財産を相続するはずだった。ばらすぞと脅せば、娘との結婚を迫るなり、手当をたっぷり支給させることもできただろう。

だが、その試みは失敗に終わり、リトルコート夫人も口外しなかった。ダーンフォードが二度目を試みると期待したのかも。それこそが、彼女がずっと待ち続けていた謎めいた出来事だったのでは。あの薄暗い客間に日々座り、果てしない手作業に没頭しながら、彼女の胸を去来したものが何だったのかは誰にもわからない。

結局その後、クラヴァートンは自然死してしまった。夫人は兄が死ぬにまかせるよう娘を唆したのか？　そんな手を使えばほぼ無難だ。死の一、二時間前まで何の予兆もなかったときっぱり否定すれば、どんな追及にも十分耐えられる。

では、ダーンフォードは？　伯父が亡くなる前の週にロンドンを訪れた目的はいまだにわからない。リトルコート夫人が、娘の預かり知らぬうちに彼を呼びつけたのか？　彼による最初の未遂事件を夫人が嗅ぎつけた結果、彼ら二人のあいだですでに密約ができていたとか？　それとも、ダーンフォードのほうが、なにか自分なりの目的から、電報を受け取ったという嘘の口実でやってきたのか？

博士は、これらの相矛盾した問いの迷路の中に迷い込んでしまった気がした。ヘレン・リトルコートのいる前では、彼女の誠実さを信じた。だが、明らかに承知の上で伯父を死ぬにまかせた娘が、どこまで信の置ける証人といえる？　その事実に疑問の余地はない。クラヴァートンの死因は胃の穿孔だ。そんな穿孔を生じさせる毒物の痕跡はなかった。穿孔は、彼が患っていた胃潰瘍によるものとも考えられる。だが、はっきりした予兆もなく、突然生じるものではないし、研修を受けたナースが見逃すはずはない。ヘレン・リトルコートはそうした予兆の報告をしなかった。つまり、彼女は道義的に伯父の死について有罪なのだ。

プリーストリー博士は、もどかしげにデスクから席を立ち、ハロルド・メリフィールドが書き取ったメモを綴ったファイルを取りに行った。もしや、そこに自分が求めるかすかな手がかりがあるかも。この錯綜した迷宮の出口に導いてくれる糸のような手がかりが。

言葉を一つひとつ目で追いながらメモを読み通すと、真相が啓示された。博士は、突然の打撃を受けた男のように椅子の背にドサッともたれた。たまたま目に入った一つの言葉が、友人の死がどのように仕組まれたかを示していたのだ。

第十五章

それから数日、プリーストリー博士は息つく暇もなかった。アラード・ファヴァーシャム卿を訪ね、長時間に及ぶ議論を延々と続けたが、議論が終わっても、アラード卿は浮かない様子だった。

「確かに驚くほど巧妙だ」と卿は半信半疑で言った。「君の言うとおりかもな。間違っているとは言わないが、どうやって証明するつもりか見当もつかん。分析は役に立たないぞ」

「よくわかっている」と博士は応じた。「証明は難しいが、なんとかやってのける手を見つけたと思う。それより、頼んだことはやってもらえるね？」

「ああ、もちろん。二、三日中にお宅に送り届けるよ。それと、君の言う実験なるものも、喜んでご招待をお受けする。もっとも、私はスピリチュアリズムなど信じないがね。降霊会開催の時間が決まったら知らせてくれたまえ」

次に博士が会ったのは、オールドランド医師。医師を夕食に招待し、二人は食後に書斎に移った。オールドランドは、ビルが順調に回復していて、とても元気になったと吉報を伝えた。唯一残念なのは、犯人がまだ捕まらないこと。「今のところ、その悪党の尻尾はつかめない」と無念そうに言った。

博士は用心深く黙っていた。ダーンフォードが狙撃したのではと疑っていることは教えないほうが賢明だ。オールドランドなら、自分で片をつけると言い張るだろうし、そうなっては手に負えない。

「リトルコート夫人に招待された降霊会のことは憶えているね?」と博士は言った。「その実験をもう一度やってもらうことにした。私の提示した条件に従ってね。実は、リトルコート夫人と娘さんにも、その夜、この家に来てほしいと頼んだ。君にもぜひ同席してもらいたい」

オールドランドはポカンとして博士を見つめ、「なんだって! 降霊会を開くために、あの女をここに招いたのか?」と声を上げた。「おいおい、以前、あんなものはみなインチキだと君も言ってたじゃないか! いつの間にか宗旨替えして、彼女のオカルト的な力を信じるようになったとでも?」

博士は苦笑し、「まさか」と答えた。「だが、私のやろうとしている実験には、リトルコート夫人の手助けが必要だ。それに、君にも興味深いと思うよ。もう一度言うが、君にもぜひ証人になってもらいたい」

「まあ、お望みとあらば伺うよ」とオールドランドは言った。「私の個人的なことは彼女もこれ以上しゃべらないと君が保証してくれるならね。それと、ついでに言えば、また彼女の手を握れとは言わないでくれ。今も考えただけでゾッとする」

「今度は、私自身が主導権を握るつもりだ。それに、請け合ってもいいが、リトルコート夫人には君にかかずらう余裕はないだろう」

オールドランドは、ややためらいつつも降霊会に出席すると約束し、博士は四方山話《よもやまばなし》に水を向けた。

次の日の夜、博士は再び夕食に客を招いた。今度はハンスリット警視で、ウェストボーン・テラスでの贅沢なディナーに舌鼓を打った。だが、警視も、何の意図もなく招待されたわけではあるまいと踏んでいた。書斎に席を移すと、真意を探る好奇心がおのずと口から出て、「ジョン・クラヴァートン卿のご逝去の件では、何も進展はないですよね?」と尋ねた。「ロンドン警視庁《スコットランドヤード》では何も聞いておりませんが」

「検死官は検死解剖の結果に納得していた」と博士は答えた。「だが、真相は見かけどおりではないという疑念を捨てたつもりはない。私の疑惑がたどり着いた結論を伝えたいと思ってね」

ハンスリットはにっこりと頷いた。自分が招かれたわけがようやくわかった。博士が組み立てた仮説と今後取る手立てを雄弁に説明するのを辛抱強く聞いた。

「さて、教授」警視はようやく言った。「率直に申し上げますよ。ほかの人の話なら、まったくのたわごとだと言うところです。だが、あなたのことはよく存じていますし、何か根拠があるのでしょう。その降霊会だか何かに同席してくれとおっしゃるのなら、もちろん同席しましょう。但し、みな片づいたら、お持ちの情報はすべて私にくださるという条件でね。その結果どう行動するかは、私に任せてもらいますよ」

博士は文句なしにその条件に同意し、警視は間もなくいとまごいした。

だが、一番の難題はライズリントン氏だった。博士は面談の約束をして訪ね、財産信託の件を少し話したあと、訪問の真の目的を打ち明け、「リトルコート夫人が私の家で降霊会を開くことに賛同してくれてね。来週初めの夜だ」と言った。「あなたとダーンフォード氏にも同席していただきたい。ただ、ダーンフォード氏が降霊会のためにわざわざロンドンに来てくれるとも思えない。そこで、受託者がクラヴァートンの遺言書に基づく受益者たちとの協議を望んでいるので、私の家で協議の場を持ちたいと手紙で伝えてほしいのだ」

ライズリントン氏は、驚き顔で共同受託者を見つめ、「だが、そりゃ実に奇妙な提案だ！」と声を上げた。「ダーンフォードを降霊会に同席させたい理由をお聞きしないと、ちょっと承服いたしかねますな」

「彼に同席してもらえば、クラヴァートンの死の真相解明に役立つと考えているのだ」と博士は静かに答えた。

弁護士はグラスをつかみ、もどかしげに宙で揺すると、「でも、それはもうとっくに片づいたことでしょう！」と強い口調で言った。「ご存じのとおり、あのとき博士が抱かれた疑いはまったく根拠がないと証明されたのに。そんなことで依頼人を煩わせるのは承服しかねますな。依頼人への義務として許容できない」

「ジョン・クラヴァートン卿もまた、君の依頼人だった」博士は断固として言うと、切り札とも言うべき手を使った。「前もって言っておくべきだったが、警察とも了解済みだ。降霊会を開けないのなら、警察はみずからの判断ですぐさま行動に移るが」

ライズリントン氏は椅子から飛び上がらんばかりだった。「警察！　行動に移る！　誰に対して？」

「それはまさに警察が判断することだ」博士は落ち着いて答えた。「ライズリントンさん、はっきり申し上げるが、この計画にご同意いただければ、依頼人が要する手間もかなり省けるはずだ」

さんざん文句を言ったあと、弁護士も結局、ダーンフォードをウェストボーン・テラスで近々行われる受託者の協議の場に呼ぶと約束した。博士は、計画がほぼ完了したと考えながら弁護士の事務所を出た。

あとは、招待客の都合に合わせて降霊会の日程を決めるだけ。翌週初めの夜と決め、日時を知らせる手紙をリトルコート夫人宛てに書いた。

ついにその日の夜が来ると、プリーストリー博士は、おそらくは人生ではじめて、いつもの習慣を変えた。博士とハロルド・メリフィールドはいつもより一時間早く居間で食事を摂った。降霊会は九時にはじまる予定であり、博士は八時半まで書斎で客を迎える準備をしていた。ハロルドは博士の指示に従い、玄関ホールで待機していた。

最初にやってきたのはリトルコート夫人と娘。ハロルドは二人を女中に任せ、彼らが使えるように用意した二階の更衣室に案内させた。次に、かなりの間を置いて、アラード・ファヴァーシャム卿が到着。ハロルドは彼を書斎に案内した。さらに、少ししてから、オールドランド医師が来て、同じく書斎に案内された。その数分後、ハンスリット警視がやってきた。ハロルドが驚いたことに、警視は制服を着ていたが、本人が慌てて説明するには、出動式から抜け出してきたところだという。

犯罪捜査課の警視が出動式に加わるとは、ハロルドには思いもよらなかった。彼は、次の来客が来ても、まだ戸惑っていた。客はライズリントン氏。そわそわとなにやら仰々しい様子。ハロルドは彼も書斎に案内して、また待機した。予定されている客はあと一人だけ。それが誰かは説明を受けていなかった。

九時を数分回り、ようやくダーンフォードが到着。ハロルドはディナー・ジャケットを着ていて、リーズのプライベートホテルにいた目立たない宿泊客にはほとんど似ていなかったが、ダーンフォードが自分の正体に気づかぬよう気をつけた。ほかの方たちがお待ちだと小声で告げると、急いで書斎に案内し、自分はドアのそばの暗がりに陣取った。

ダーンフォードは、部屋に入ると、驚き顔で人々に目を向けた。プリーストリー博士とライズリントン氏のほうに無造作に頷くと、ほかの三人をまじまじと見つめた。オールドランドはもぐもぐと短い挨拶の言葉を口にしたが、アラード卿と警視は、部屋の隅に一緒に立っていて、彼が来たのも気づいていない様子。

博士は時計をちらりと見ると、「これで全員揃ったようだね」と言った。「別室に協議の場を用意してある。ここよりはやりやすいだろう。準備ができているか見てきてくれるかね、ハロルド?」

ハロルドは出ていき、すぐに戻ると、「準備はできています」と報告した。

「では、始めよう」と博士は応じた。「ご案内してくれるかね、ハロルド?」

男たちは縦一列で書斎から出ると、アラード卿を先頭に、ハロルドに続いて玄関ホールを横切った。卿のあとに、ライズリントン氏とオールドランド医師がしゃべりながら続き、その数歩あとにダーンフォードが続く。ハンスリットが、いかにも無頓着なそぶりでダーンフォードのあとに続き、プリーストリー博士がしんがり。ハロルドが彼らを中に入れるために食堂のドアを開けてやった。

食堂はまるで見慣れないありさまだった。ほぼすべての家具が取り払われ、重いマホガニー製のテーブルが部屋の中央に置いてあり、そのまわりに椅子が並べてある。暖炉は火が燃えていたが、その前にずっしりした衝立が置かれ、炎の明るさは部屋にほとんど映えない。照明はテーブルの端に置かれた読書用ランプだけ。

だが、部屋そのものよりもっと目を引いたのは、部屋の一番隅にいる人たち。テーブルの端にある椅子には、リトルコート夫人が座っていた。以前と同じく、厚手の棺覆いのような衣をまとい、前かがみになった頭以外は何も見えない。彼女の真向かい、少し離れたところに誰も座っていない椅子があり、そのそばには、夫人の娘が白いドレスをまとい、場を支配するように立っている。彼女のまっさらな衣服は、黒い霧のような髪と妙に対照的だ。

ダーンフォードはぎくりとし、彼らと目が合うと、思わずあとずさり、「おい!」と声を上げた。

「こりゃいったい何だ？」

その声には警戒した様子はなかったが、明らかに驚いた様子で、叔母といとこがいるのに気づいて不快げだった。彼は後ろを振り返り、プリーストリー博士に向き合った。そのときも、自分とドアのあいだにハンスリットが立ちはだかっているのに気づいていないようだった。

「リトルコート夫人は、我々が質問することを快く了承してくれた」と博士は答えた。「質問を聞けば、その趣旨も理解できるだろう」

ダーンフォードは肩をすくめ、「クララ叔母さんが我々に能力を披露してくれるわけか」とばかにしたように言った。「そんなものを信じるのはアホだけだろう。この手の茶番に呼ばれたと知ってたら、わざわざ来なかったのに」

彼はヘレンに見向きもせず、わざとらしく彼女に背を向けた。彼女の目が怒りできらめいたが、身じろぎもしなかった。彫像のように動かず、目の前の男の存在など忘れたかのようだ。

ハロルドは、客たちを席に案内した。霊媒に一番近いテーブルの席にはアラード卿を座らせ、その隣はオールドランド医師で、その左隣はライズリントン氏。アラード卿の向かい側には警視が案内され、ダーンフォードはその右隣。最後に、ハロルド自身がダーンフォードの右側の椅子に座った。

プリーストリー博士は、テーブルの一番端に読書用ランプを置き、そのスイッチを霊媒の向かい側にある誰も座っていない椅子のそばに置いた。客たちが全員座ると、博士自身がその椅子に座った。

読書用ランプは厚手の光を通さないシェード付きで、部屋の上部は暗闇のまま。明るい光が磨かれたテーブルの上を円形に照らし、男たちのワイシャツの胸とヘレン・リトルコートの白いドレスにも照り返している。固唾をのむ人々の顔、霊媒の黒服の姿も含め、ほかは何も見えず、ビロードのような部屋の暗闇に飲み込まれていた。一呼吸おいて、博士が手を伸ばすと、円形の光が突然消えた。完全な暗闇が部屋を包んだ。暖炉の上の天井の一画がかすかに明るい色合いを帯びているだけ。男たちの一人が神経質そうに咳払いをしたが、その音も部屋の静寂の中にかき消えた。

博士は暗闇の中で腕を伸ばした。厚手の布地の背後で動くものを感じたが、すぐさま霊媒の手が博士の手を探り当て、鉤爪のように指を曲げて固くつかんだ。博士は、自分の指が冷たく生気のない指につかまれたのを感じた。すると、博士は小声で命令するように言った。「ジョン・クラヴァートン！」それは霊を呼び出す言葉だった。

ばかにしたように軽く鼻を鳴らす音がダーンフォードのほうから聞こえた。向かい側に座るオールドランド医師は苦笑した。ダーンフォードはおそらくこの手のやつを前に見ているのだろう、と医師は思った。ここにいる者の中で、彼ならとうに叔母のトランス状態の実態を見抜いているはずだ。プリーストリー博士のような地位の人物がこんなペテンにたぶらかされるとは、彼には間が抜けて見えるに違いない。

オールドランド医師自身は、友人の演出にすっかり面食らっていた。博士は、前に降霊会をやったときも頭から懐疑的な態度だった。同じことをやって、ファヴァーシャムやライズリントン、それに優秀な警察の警視を欺けるなどと思っているのか？　まさか。だが、博士に何かはっきりした目的があるのは間違いあるまい。

博士の呼び出しのあと、長い沈黙が続いた。固唾をのむ沈黙。すると突然、ナイフで切り裂くように沈黙が破られた。クラヴァートンの声がくっきりと響き渡った。「やあ、プリーストリー！　また君か？　私に何の用だ？」

その明瞭な声に、オールドランドは両隣に座る者たちが椅子の中でビクッとしたのを感じ取った。彼らには、リトルコート夫人の能力に接する最初の経験だったのだ。

博士の答えは、鋭く堂々としていた。「君の助けが要るのだ、クラヴァートン。君に忘れるなと言われたことは、しっかり心に留めている。例の白い粉を見つけたよ。だが、それを振りかけたのが誰の手なのか、探っているところだ。長くほっそりした指の、小さな手。女の手だ。そうだろう？」

声はすぐさま力を込めて答えた。「いや！　違う！　違うぞ！　何を勘違いしている、プリーストリー？　女の手じゃない。君はまったく間違っている」

オールドランドは理解した。これはプリーストリー博士とリトルコート夫人との知略の競い合いなのだ。夫人ははや最初の一撃にひるんだようだ。声が少しばかりクラヴァートンらしくなくなったからだ。女らしい声が忍び込んできたが、それは追いつめられた女の口調。医師は、博士の次の言葉に耳をすませたが、部屋の誰かの呼吸が激しくなったのを感じた。

「いや、それは違う、クラヴァートン！」博士は、響き渡るような声で言った。「そのことを知っているのはもう君だけじゃない。その手は女の手だ。そして、白い粉は砒素だ」

ヘレン・リトルコートが立っている部屋の向こう端から、妙に震えるような溜息が聞こえた。だが、それもリトルコート夫人の声にかき消された。もはや兄の声にわずかに似ているだけ。「いや、違う、男の手だ。誓ってもいい。私以上に知っている者がいるか？　自分で見たというのに」

クラヴァートンの声色には、部屋の誰もう欺かれなかったが、博士は彼に質問する形を取り続けた。「君は私を困らせている、クラヴァートン。君はその手を見たと言うが、誰の手なのかは言おうとしない。それは女の手だと言わせてもらうし、その考えに従って行動するつもりだ」

「誰の手かは言えない！」声は泣き声になった。「なぜこうも私を苦しめる？　あれは男の手だった！　男の――」

　声はすすり泣きに変わって消えていき、一瞬途切れた。博士は、自分の手をつかむ相手の手が木の葉のように震えるのを感じた。自分の言葉がリトルコート夫人を苦しめているのを知ったが、あえて心を鬼にした。彼女の忍耐も続きそうにない。

「本当のことを話してくれないとは残念だね、クラヴァートン」博士は穏やかに言った。「男の手だったという君の主張を受け入れるとしよう。君に死をもたらしたのは、その手かね？」

　しばらくは何の答えもなかった。穏やかなその問いに、リトルコート夫人はまったく意表を突かれたようだ。だが、博士は手の感触から、これ以上こだわるのをやめたことで、夫人が急に落ち着いてきたのを感じ取った。

　ようやく声が話しはじめると、夫人が自制心を取り戻したのは明らかだった。再びクラヴァートンらしい話し方になり、声もためらいがちだったが、しっかりしていた。「どういう意味だ、プリーストリー？　わけがわからないが」

「だが、私の質問ははっきりしている」と博士は言い張った。「君の食べ物に砒素を振りかけた手が、数週間後に君に死をもたらした同じ手だね？」

　長い中断のあと、やはりためらいがちな答え。「私にはわからない」

「だが、砒素を振りかける手を見たように、二度目もその手を見たはずだ。その手を我々に見せてはくれないか？」

　声が答える前に、驚くべきことが起きた。真っ暗な部屋の中で、手袋をはめた人間の手が突如として現れた。手は青白い炎のようにパッと光を発したかと思うと、テーブルの端の上にその手をかざしていた。手が開いた。かすかに水がはねる音がし、何か小さな物が水の中に落ちた。手は現れたときと同じように突如として消えた。

オールドランドは、こんなことが起きるとは予想もせず、小さな叫び声を上げた。だが、医師が説明を見出すいとまもなく、プリーストリー博士の声が部屋を支配するように再び響き渡った。「手を見たね、クラヴァートン。その手がどうやって君に死をもたらしたかを見るだろう。さあ見たまえ！」

博士が口を閉ざすと、ポンッというかすかな破裂音がし、シュー ッという音が続いた。すると、手が現れたテーブルの場所から、黄色く揺らめく炎が生じたようだ。オールドランドの目が突然の光に慣れてくると、その炎が水を張った水鉢から生じたものであり、その水面の上を炎がゆらゆらと不規則に泳ぐのがわかった。

突然の叫び声が静寂を破った。オールドランドは、ダーンフォードの声と気づいた。「おお！ なんだこれは？」炎がゆらめき、最後にシューーッと音を立てて消えた。椅子のひっくり返る大きな音が部屋の張りつめた静寂を破った。

突然、光が暗闇を引き裂いた。博士が読書用ランプのスイッチを入れたのだ。博士がシェードを傾けると、ドア側の部屋の隅がはっきり照らし出された。ドアの前に立ちはだかっているのはハンスリット警視で、向かって、アイヴァー・ダーンフォードが顔面蒼白で震えながら立っていた。檻に囚われた獣のように目に怒りをたぎらせながら。

テーブルの周りに座っていた人々が立ち上がったが、博士は身振りで彼らを押しとどめると、「明かりをつけてくれるかね、ハロルド?」と静かに言った。

ハロルドがスイッチに手を伸ばすと、部屋がぱっと明るくなった。リトルコート夫人は身動きしなかったが、彼女の体を包む黒い衣服は激しく震えていた。娘はテーブルに歩み寄り、その端をつかみながら立っていた。彼女の目が魅入られたようにダーンフォードを見つめていた。「どういうこと?」娘はかすれた囁き声で尋ねた。その言葉は、人知れぬ森の中を吹き抜ける風のように部屋の中をこだました。

「お母さんが教えてくれるよ」と博士が答えた。同座する人々は皆身を乗り出し、博士の言葉にじっと聞き耳を立てた。博士はリトルコート夫人のほうを向き、夫人の肩に手を置いた。夫人は触れられたとたん、身震いした。まるで博士がどんな質問をするのかを予感し、もはや逃げられないと悟ったかのように。

「本当のことを言わなくては、リトルコートさん」博士は心なしかいたわるように言った。「あなたが見た、お兄さんの食べ物に砒素を振りかけた手は、アイヴァー・ダーンフォードの手だね?」

夫人はゆっくりと頭を上げ、疲れ果て、負けを悟ったその目が博士の目を見つめ返した。簡潔な一語を発したその声は、彼女の本来の声だった。「そうよ!」

夫人が言うやいなや、部屋の反対側で格闘がはじまった。ダーンフォードは窓に向かって突進したが、ハンスリットは彼より早かった。警視は彼の腕を力強くはがいじめにすると、「アイヴァー・ダーンフォード、伯父ジョン・クラヴァートン卿の殺害容疑で逮捕する」と厳粛に言い渡した。

奇妙な震える泣き声を発しながら、ヘレン・リトルコートがテーブルから手を離した。一瞬、激しくふらついた。プリーストリー博士が手を伸ばして支える前に、彼女はドサッと床に倒れた。

第十六章

そのあと、プリーストリー博士は書斎で、残った客たちをもてなしていた。部屋の中央にある丸テーブルにはデカンターとサイフォンが置かれ、その周りにはアラード卿、ライズリントン氏、ハロルド・メリフィールドが座っていた。

博士はデスクの前に座り、時おり何か期待するようにドアのほうに目を向けた。ライズリントン氏から状況説明を求められた博士がこれを拒むと、とうとう沈黙が部屋を支配した。降霊会の劇的な結末を見てからというもの、弁護士は当惑して取り乱し、説明を求めたかと思うと、今度は依頼人であるリトルコート夫人に仕掛けた計略を非難しはじめた。

だが、博士はついに弁護士を黙らせ、「今夜の出来事は私が全責任を負うよ、ライズリントンさん」と言った。「お尋ねになりたい質問には、すべて答えさせてもらう。だが、オールドランド医師とハンスリット警視が戻るのを待っていただきたい。そう遅くはなるまい」

ハンスリットはダーンフォードを警察署に連行し、オールドランド医師は、ヘレン・リトルコートの意識を回復させると、彼女と母親をフラットまで送ると言い張ったのだ。こうして、ライズリントン氏は威厳を傷つけられた表情を浮かべて待つしかなかった。

先に戻ってきたのはオールドランドだった。博士の問いかけるような視線に応えて、安心させるように頷き、「娘はちょっとショックを受けただけだ」と言った。「一日か二日もすれば立ち直る。母親が世話をしているよ。夫人が何を考えているかはわからないが。知ってのとおり、意志疎通がしにくくてね」

話し終えるやいなや、ハンスリットが戻ってきた。テーブルにまっすぐ来ると、飲み物を自分で注ぎ、飲み干した。「ふう、終わりましたよ」と満足げに言った。「連行して、すぐさま告発しました。供述したいとすぐに申し出たので、警告は告げましたが、どうしてもと言い張りましてね。私の立ち会いのもとで供述書を取りましたが、何もかも自供しましたよ。あなたのおっしゃったとおりでした、教授」

ライズリントン氏はもう我慢できなくなり、「説明を求めたい！」と苛立たしげに声を上げた。「私の立場は完全に無視されている。こんな荒唐無稽な告発はまったく理解しかねる。ダーンフォードが伯父を殺すなど不可能だ。だいたい、彼はクラヴァートンが死んだとき、ロンドンにもいなかったのに」

「むろん、あなたには説明を求める権利があるとも、ライズリントンさん」プリーストリー博士が穏やかに割って入った。「非礼があったとすれば、心からお詫び申し上げる。だが、すぐにご説明するが、極秘に事を進める必要があってね。オールドランド医師にも打ち明けてはいなかったのだ」

「そのとおりだ」オールドランドが口をはさんだ。「何が起きたのか、いまだにわからない」

「これで全員揃ったから、説明をはじめよう」と博士は応じた。「一番簡単な説明の仕方は、さっきご覧いただいた場面の演出に至るまで、順を追って経緯を説明することだろう。

私はそもそも、クラヴァートンの死因に完全には納得していなかった。亡くなる二日前、オールドランド医師がこの部屋で事情を説明してくれた。以前、クラヴァートンの病状が危険な状態になった。その症状は砒素を盛られた結果という疑いが濃かった、というのだ。

クラヴァートンが予期せず亡くなったとき、私は当然、もう一度砒素が盛られ、今度は死をもたらしたと考えた。きっと証明できると思っていたので、ハンスリット警視にも事前に通告しておいたほどだ。アラード・ファヴァーシャム卿が行った検死解剖の結果は信じ難かった。砒素はもちろん、いかなる毒物もクラヴァートンの組織から検出されなかったことに、私はなかなか納得できなかった。そうだね」

アラード卿は頷き、「そのとおりだ」と言った。「プリーストリーは、みずからの立ち会いのもとで必要な実験をもう一度やるまで納得しなかったよ」

「結局は、厳然たる事実の前に屈せざるを得なかった。クラヴァートンに毒が盛られていない以上、死因の胃の穿孔は自然発生と考えるよりほかなかった。オールドランド医師から、そうした穿孔は彼が患っていた胃潰瘍の結果生じた可能性もあると聞いた。だが、その場合、一定の予兆が事前に現れ、死のおそれがあると然るべく察知できるはずだ。

ナースとして看護にあたっていたミス・リトルコートも、そんな症状の報告はしていなかった。あとで彼女に質問しても、そんな予兆はなかったと否定し、伯父は激しい痛みを突然訴えたかと思うと、一時間以内に亡くなったという証言を決して変えなかった。この証言は信じ難かったので、私はある見解を抱き、オールドランド医師もこれを支持した。つまり、ミス・リトルコートが予兆に気づきながら、わざと手遅れになるまで医師を呼ばなかったとにらんだのだ。

要するに、ミス・リトルコートは故意に伯父を殺したのではないとしても、その死に直接の責任を負っていると確信した。それなら、以前の砒素による毒殺未遂の実行犯も彼女だと考えておかしくない。だが、どちらの犯行も証明できそうになく、私も行動を起こせなかった。そんなとき、実に面白い出来事があってね。その件は、私以上に深く関わったオールドランド医師が説明してくれるだろう」

オールドランドは、博士とともに招かれた降霊会のことを説明した。医師の説明が終わると、博士が再び説明をはじめた。

「リトルコート夫人の啓示なるものには、私もずいぶん当惑させられたよ。白い粉を振りかけた手が自分の娘の手だとしたら、その出来事のことは絶対秘密にしたはずだ。夫人の目的は、自分自身は表に出ないようにして、その実行犯を脅すことにある、と思えた。私も、その未遂事件の犯人はダーンフォードだという結論を出さざるを得なかった。

その後、彼が事件発生時にはロンドンにいて、伯父のために用意された食事にも簡単に近づけたとわかり、ダーンフォードへの疑いはますます強まった。その時点で彼が伯父の死を望んだ動機が何かはおわかりでしょうな、ライズリントンさん」

「クラヴァートンが最初の発作時に亡くなっていれば、確かにダーンフォードが唯一の相続人だったでしょう」と弁護士は認めた。

「ありがとう、ライズリントンさん。さて、この点ははっきり強調しておきたいが、私の疑いはともかく、ダーンフォードの有罪は証明できなかった。リトルコート夫人がいかさまのトランス状態でくれたヒントはあった。もちろん、夫人を問いただしても、そんな状態で話したことなど、何も知らないと否定するだろう。私の疑いをどうやって証明するか、その手立てを思いついたのはごく最近のことだ」

博士はひと息つき、オールドランドに目配せすると、「詳細に踏み込むつもりはないが」と話を続けた。「ここから遠いある土地で事件が起き、その事件に関する調査から、ダーンフォードが実行犯だと判断したと言えば十分だろう。

できることなら、ダーンフォードのよこしまな行動を阻止したいと私は考えた。彼が犯人という証拠はなかったし、証拠を得る直接的な手立てもなかった。だが、リトルコート夫人をうまく活用できるのではと思いついた。夫人にもう一度降霊会を開くよう説き伏せ、ダーンフォードも同席させれば、動転させて犯行を認めさせることができるのでは、と。せめて、伯父に砒素を盛ったことぐらいはね。

その時点では、どう実行に移すか、はっきりした計画はなかった。ダーンフォードが伯父の死に関与していたと疑ってもいなかった。彼がそのときロンドンにいなかったのは確認ずみだったからだ。だが、ダーンフォードに関する情報を再検討して、ある可能性に思い至った。その可能性はすぐさま確信に変わった。検死解剖で明らかになった事実、さらには、ダーンフォードがそのときロンドンにいなかった事実があっても、彼が伯父を殺害する方法があると気づいたのだ。

さて、そのときまでまったく失念していた、ある出来事のことを話さなくてはなるまい。私は、亡くなる前の金曜にクラヴァートンを訪ね、しばし語り合った。彼はそのとき、少しイライラした様子で、些細なことに異常なほどこだわっていた。

オールドランド医師は、治療の一環として、パパインのカプセルを一日四回、食後に飲むよう処方していた。このカプセルは、テイラー・アンド・ハント社という、よく知られた薬店から仕入れたものので、ひと箱二十四粒入りで七ポンド六ペンスだ。クラヴァートンはこれが高すぎると言って、その薬に金を使うことに不満げだった。

訪ねた際に彼が話してくれたことを説明しよう。カプセルを一粒なくしたと言って、彼はひどく腹を立てていた。彼は事情をこう話した。新しい箱は月曜のお茶の時間に開封した。水曜の朝、クラヴァートンは箱に残っていたカプセルを数えた。十七粒あるはずが、実際は十六粒しかなかった、と。クラヴァートンは、何者か、おそらくは図書室を掃除する役目だったフォークナーが、箱をひっくり返し、中身を全部は拾いきれなかったと考えた。あとで知ったが、腹に据えかねて、フォークナーに図書室への出入りを禁じ、失くしたカプセルを探すように指示したという。

私が金曜に訪ねたとき、箱にあったカプセルの数は、一日四粒飲んだと計算すると、元どおりに戻っていた。失くしたカプセルがそれまでに見つかり、箱に戻したと思ったようだ。クラヴァートンは見つかって満足していた。そんな些細なことに腹を立てたのも、きっと健康状態のせいだったのだろう。言ってみれば、その件は、クラヴァートンの気分を表していただけで、私もすっかり失念してしまった。

だが、ダーンフォードが当時携わっていた実験のことに思い至ったとき、なくなったカプセルの意味に気づいたのだ。アラード・ファヴァーシャム卿を訪ね、私が立てた仮説について意見を聞いた。それが可能だと同意してくれて、私の求めに応じて、クラヴァートンが飲んだのとまったく同じ外観のカプセルを六粒用意してくれた。だが、パパインではなく、まったく異なる物質を詰めたカプセルだ」

博士はデスクの引き出しを開け、そこから小さな箱を二つ取り出した。「一つめの箱は、テイラー・アンド・ハント社から購入したパパインのカプセルが入っている。二つめの箱に入っているのは、アラード・ファヴァーシャム卿に用意してもらったカプセル。見比べても、外観はまったく同じだろう。どちらも、ゼラチンの被覆部分はまったく同じ。両方混ぜれば、見た目だけでもう一度選り分けるのは無理だろう」

博士は二つの箱を来客たちに回覧してから、アラード卿に返した。「ファヴァーシャム、我々が今夜目撃した実験を、見世物風に演出せずに、もう一度やってもらえるかね」

真鍮製の湯沸かしが暖炉に置いてあったが、ファヴァーシャムはこれを取り上げ、博士のデスクに置いてある水鉢にお湯を注ぐと、そこに、自分が用意したカプセルを一粒落とした。カプセルは水面に浮かんだが、しばらくは何も起きなかった。ゼラチンの被覆が溶けると、突然、ポンッ！という音を立てた。黄色い炎がカプセルから立ちのぼり、水面をさまようように泳ぎはじめた。数秒後、その物質は完全に姿を消し、炎も消えた。

オールドランドは実験を見ながら突然叫んだ。「そうか！　わかったぞ。むろん、ナトリウムだ！」

アラード卿は頷き、「ごく普通の金属ナトリウムだ」と応じた。「わかってみれば、実に単純だろ？」

「伯父が亡くなったとき、ダーンフォードが実験していたのは、金属ナトリウムだった」と博士は言い、問いかけるようにハンスリットのほうを見た。

警視は頷くと、「そのとおりです、教授」と言った。「ダーンフォードの自供によれば、黄色い炎を見たとたん、トリックを見破られたと知り、万事休すと悟ったようです。自分の犯行を正確に話しましたよ。

ジョン卿死亡前の月曜にロンドンに来た際、彼は一定量のナトリウムと様々なサイズの空《から》のカプセルを携えてきた。伯父がカプセルを飲んでいるのは知っていた。テーブルに置いてあるのを見たのです。火曜の夜、箱から一粒取り出した。ホテルに泊まり、続く二日間、ナトリウムと空《から》のカプセルで実験を重ね、伯父が飲んでいるのとまったく同じ外観のカプセルを作った。本物のカプセルのほうは捨て、金曜の朝、伯父のテーブルにあった箱に、自分の作ったカプセルを入れた、と」

「うむ、見事にしてやられた」アラード卿は悔しさをにじませながら言った。「どういうことか、私から説明させてもらおう。まず、ナトリウムをお湯に入れると、どう反応するかは観察してもらったね。胃の内容物に取り込まれても、まさに同じように反応するだろう。発火したように見える――見えると言うのは、実際に発火するのは、水から分解された水素であり、ナトリウムではないからだ。もうおわかりと思うが、そうやって胃壁にすぐさま穿孔を生じさせるわけだ。

次に、ナトリウムはいったん溶解すると、痕跡を残さないだろう。胃液の塩素と化合して、塩化ナトリウム、つまり、普通の塩になってしまう。分析の過程で検出されて当たり前の物質だ。クラヴァートンのケースでも、かなりの量のナトリウム化合物を検出したが、オールドランド医師が処方したアルカリ性の水薬によるものと判断した。

カプセルが何のために使われるかは言うまでもなかろう。カプセルはまるごと嚥下され、ゼラチンの被覆は胃に達するまで溶けない。だから、中の薬を味わわなくてすむ。この場合も、ナトリウムはカプセルに入っているから、口や喉で腐食作用を起こさない」

「まさにそれが真相だ」少し間を置いて、プリーストリー博士が言った。「ナトリウムのカプセルは、箱の中のほかのカプセルと外観はまったく同じ。ダーンフォードが十三番地の家を立ち去った金曜の昼食後、箱には全部で八粒のカプセルが残っていた。したがって、クラヴァートンが、その日のお茶の時間にナトリウムのカプセルを選ぶ見込みは八分の一、夕食時に選ぶ見込みは七分の一、と事態は進む。カプセルを飲むたびに見込みは大きくなるが、ダーンフォードが十三番地の家を去ってから伯父が死ぬまでに、少なくとも二十四時間かかる見込みのほうが大きい。単純な数学上の計算だ。実際、ナトリウムのカプセルは日曜の朝食時にようやく選ばれた。すぐさま致命的な結果をもたらした。むろん、穿孔の予兆がなかったのもそれで説明がつき、ミス・リトルコートは完全に容疑者から外れる」

「教授、興味深いことに、ダーンフォードは、葬儀終了後に遺言書が読み上げられるまで、伯父が遺言書を変更したことはまったく知らなかったと自供しています」とハンスリットは言った。

「そうだろうと思った」と博士は言った。「だが、認識しておいてほしいが、ダーンフォードが伯父を殺した方法は、私自身確信してはいたものの、証明できるとは思えなかった。用いた手法が巧妙すぎて、検出が不可能だったのだ。だが、ダーンフォードを動揺させて自白に追い込めるのではと思った。

降霊会は、すでにやると決めていたが、うまくこの目的に使えると思った。オールドランド医師が説明してくれた最初の降霊会の際に、リトルコート夫人が手と白い粉のことを話したのをうまく利用したのだ。

私の戦略は、夫人の手口を逆手に取ることだった。例の手は女の手だと言い張り、白い粉は砒素だと知っていると教え、クラヴァートンの毒殺を試みたのは夫人か娘だと私が疑っているように思わせた。自分の身を守るため、やがては犯人の正体を口にせざるを得まいと私にはわかっていた。ハンスリット警視には、制服を着て同席してもらったので、夫人はますます恐れおののいた。

夫人がどんな状況でダーンフォードが砒素を振りかけるのを見たかはわからない。だが、オールドランド医師と私は、夫人の芸当について得がたい経験をしていた。夫人は、その気になれば、音もなく移動でき、十三番地の家の暗がりの中で姿を消す能力もあるようだった。ダーンフォードはそのとき、自分のほかに誰もいないと思っていたが、リトルコート夫人は彼を観察していたのだ。

だが、私の質問には二つの目的があった。私の言葉を聞いて、自分の行為が誰かに知られていたとはじめて悟ったに違いない。だが、私が女の手だと言い張ったことで、自分は疑われていないと信じたはずだ。

自分は大丈夫と安心させたところで、私はいきなり戦術を変えた。スピリチュアリズムによる啓示を装ったのも、むろんそこまでだ。だが、その場を支配する暗闇と緊張感だけで十分効果的だった。ちょっとした奇術をやる機が熟したと思えた。

私が座っていた椅子の下には、前もって小道具を隠してあった。水鉢、お湯の入った魔法瓶、アラード・ファヴァーシャム卿の作ったナトリウムのカプセルが一粒、それに、蛍光塗料を塗った古手袋だ。手袋は黒い布で覆っておいたのだ。

私がクラヴァートンの死に触れると、リトルコート夫人は答えに窮した。明らかに、夫人はカプセルのすり替えのことは知らなかったのだ。私は夫人の手を離し、魔法瓶から水鉢にお湯を注ぎ、水鉢をテーブルに置いた。それから、用意してあった手袋を、黒い布で覆ったまま右手にはめ、カプセルをつまんだ。右手を水鉢の上にかざすと、左手で布を取り去り、カプセルをお湯の中に落としたのだ。

確かにあまりに芝居がかっている。だが、思いがけない手の動きで、思ったとおりの効果が得られた。ダーンフォードは、大丈夫だとすっかり安心していたのに、いきなり自分の仕掛けが暴かれるのを目撃した。そして、彼が恐怖から立ち直るいとまもなく、私はリトルコート夫人から、最初の試みの実行犯は彼だという告白を引き出したのだ」

プリーストリー博士の説明が終わると、長い沈黙があとに続いた。ライズリントン氏がその沈黙を破り、「謝らなくてはなりませんね、プリーストリー博士」と言った。「しかし、実演してもらわなければ、そんなことが可能とは信じられなかったでしょう。一つだけ言わせてもらえば、自分が犯罪に手を染めるとしたら、あなたの目に留まらぬよう気をつけたいところですな」

プリーストリー博士にとっては、これでクラヴァートン事件は終結した。その夜、就寝前に、メモを綴ったファイルを封印して片づけると、翌朝には、新たなエネルギーに溢れて科学関係の痛烈な批判論文に取りかかっていた。

ダーンフォードは、しばらくして、犯した犯罪に対する刑を受けた。リトルコート夫人は今でも自分の天職に携わっていて、かなりの成功を収めているようだ。リトルコート親子の新しいフラットに一番足繁くやってくる客は、医師のミルヴァーリー青年だった。依頼人たちを温かく見守り続けるライズリントン氏は、はやロマンスの兆しをそこに感じ取っている。

オールドランド医師は、休日はマートンベリーでビルと過ごしている。ビルは怪我の後遺症も完治し、メアリ・アーチャーと以前にもまして親しく付き合っている。いやそれどころか、アーチャー夫人が博士に打ち明けたところでは、メアリがもう少し大人になったら、二人は結婚するつもりなのだ。

プリーストリー博士は、ビル・オールドランド青年ならまったく申し分がないし、娘の世間体を守ってやりたいというクラヴァートンの切なる願いも、これで望みどおり実現すると信じていた。

訳者あとがき

一　ジョン・ロード初期の代表作

『クラヴァートンの謎』（英題：*The Claverton Mystery*、米題：*The Claverton Affair*。一九三三年）は、ランスロット・プリーストリー博士が登場するジョン・ロードの長編である。

ジョン・ロードは、英国推理小説の黄金期の作家の中でも、我が国において最も不幸な紹介の再出発をしてしまった作家の一人と言っていい。一九九〇年代に入ってから、『見えない凶器』（国書刊行会）を皮切りに幾つかの作品が新たに紹介されたが、これらの作品の中には、残念ながら、今日の視点からすれば時代遅れの印象が強い地味な作品もあり、そのネガティヴな評価を引きずり、アントニイ・バークリーやヘンリー・ウェイドのように、その後、未訳の傑作が次々と紹介されるという流れにはならなかった。

ロードは、アガサ・クリスティが、エッセイ *Detective Writers in England*（一九四五）の中で、「私自身が最も称賛し、同業者の中でも最高と思う作家たち」として挙げた十二人の作家の一人であり（ほかは、コナン・ドイル、マージェリー・アリンガム、ドロシー・L・セイヤーズ、H・C・ベイリー、ジョン・ディクスン・カー、ナイオ・マーシュ、F・W・クロフツ、アントニイ・バークリー、マイケル・イネス、グラディス・ミッチェル、R・オースティン・フリーマン）、ミステリの女王も一目置く謎解きの巨匠だった。

『クラヴァートンの謎』は、その評価が決して過大なものではないことを裏付けるロードの傑作の一つであり、数多いロードの作品の中でも、しばしばベストの一つに挙げられる。例えば、ジャック・バーザン&ウェンデル・ハーティグ・テイラー編 *A Catalogue of Crime*（初版一九七一年、改訂増補版一九八九年）では、『ラリーレースの惨劇』、*Hendon's First Case*、『ハーレー街の死』（一九四六）とともにロードの代表作の一つに挙げられ、ビル・プロンジーニ&マーシャ・マラー編 *1001 Midnights*（一九八六）でも、『ハーレー街の死』とともに取り上げられている。比較的最近では、ローズマリー・ハーバート編 *The Oxford Companion to Crime and Mystery Writing*（一九九九）でロードの項目を執筆しているT・J・ビンヨンが、*The Davidson Case*（一九二九）、『ハーレー街の死』と並んでベストに挙げている。

一九八五年には、コリンズ社の *The Disappearing Detectives* シリーズの一冊として復刊されたが、選者のH・R・F・キーティングは序文で、バーザンとテイラーがロードの作品に退屈な作品が多いことを認めつつも、『クラヴァートンの謎』はその顕著な例外の一つであり、「必読作」として評価していることに触れている。このように海外で高い評価を得ている理由は、キーティングが述べているように、プロットの卓越性だけでなく、ストーリーテリングやリーダビリティにおいても優れているからだろう。

既刊『代診医の死』の「訳者あとがき」でも述べたが、ロードの作品は、一九四〇年代以降になると、作品構成が一種の定型パターンに陥る傾向が強くなり、特に、中間部に延々と尋問や議論の場面が続くため、ストーリー展開が滞って退屈さを感じさせる作品が増えてくる。後期の作品になると、ウェストボーン・テラスでの土曜の例会がマンネリ化するだけでなく、出席者のハンスリット元警視もオールドランド元医師も現場から離れた隠居の立場になり、プリーストリー博士もしばしば老いと衰えを口にして、なにやら〈老人の集い〉めいた観を呈するようになる。

しかし、脂の乗っていた初期の作品には、プロットに覇気があるだけでなく、ストーリー展開や人物描写も丁寧に練り上げた作品が多く、ロードの傑作の大半はこの時期に集中している。『クラヴァートンの謎』は、この頃の作品らしく、ハウダニットを得意としたロードの面目躍如たるプロットを兼ね備えているだけでなく、霊媒のリトルコート夫人とその娘ヘレン、クラヴァートンのかつての秘書だったアーチャー夫人など、登場人物の個性もよく描き分けられ、それぞれが見せ場を与えられて、ストーリーにメリハリをもたらしている（のちの作品では執拗に繰り返される土曜の例会も、本書では一度も開かれない）。

さらに、*1001 Midnights* でも特筆されているように、内面の思考過程をめったに見せないプリーストリー博士が、本作では珍しく心理の動きが事細かに描写され、鬼神のごとき叡知を秘めた名探偵としてではなく、動揺や迷い、驚きなどをあらわにするヒューマンな存在として描かれている。本書でも言及されているが、博士は通常なら、犯罪の解明にしか興味がなく、犯罪者の裁きにはまったく無関心だが、今回の事件では、旧友の復讐を果たす決意を固め、関係者たちの将来すら気遣う。また、中期以降の作品のような、土曜の例会で語るだけの安楽椅子探偵ではなく、積極的に外に出かけ、関係者にも直接聞き込みをするなど、自ら活発に行動する姿が描かれ、こうした設定がストーリー展開に起伏を与えている。

また、本作は、レギュラー・メンバーの一人、オールドランド医師の初登場作でもある。のちの作品の多くでは、土曜の例会の出席者の一人に役割がほぼ限定され、ただ喋るだけの存在となり、人物描写も平板化してしまうが、本作では、被害者の主治医として重要な役割を演じているだけでなく、医師の過去や息子のビルの存在など、個人史的な経緯や人間的な個性も詳細に描き込まれ、ストーリー展開に深く関わっている。

病理学者のアラード・ファヴァーシャム卿も、*The Davidson Case* など、幾つかの作品に登場する（次作 *The Venner Crime*〔一九三三〕が最後の登場作）。現役のハンスリット警視も大団円で立ち回りを演じるなど、それぞれのレギュラー・メンバーが生き生きとしていて、活躍ぶりが楽しめるのも本書の見どころの一つと言えるだろう（なお、ジミー・ワグホーン警部は、*Hendon's First Case*〔一九三五〕が初登場作であり、本書では姿を見せない）。

※ここからは、本書のプロットに触れていますので、本編読了後にお読みください。

二　毒殺ミステリの古典

ロードはハウダニットを得意とした作家として知られ、毒殺のプロットも多くの作品で様々なヴァリエーションを用いている。邦訳のある『ハーレー街の死』（一九四六）のほか、*Peril at Cranbury Hall*（一九三〇）、*The Corpse in the Car*（一九三五）、*Hendon's First Case*（一九三五）、*Vegetable*

Duck（一九四四）、*Twice Dead*（一九六〇）などはその代表的な例だ。ロードの作品が出典とは知られていなくても、よく言及される有名なトリックや、現実に起きた事件を半世紀以上も前に先取りした特殊な毒物を扱った作品もあり、毒殺こそはロードが真骨頂を発揮したプロットと言っても過言ではない。

そうした作品群の中で、『クラヴァートンの謎』は、「検出されない毒」というテーマに挑んだ古典の一つとしてひときわ異彩を放っている。前掲 *The Oxford Companion to Crime and Mystery Writing* で「特殊な毒物」の項目を執筆しているB・J・バーンも、「自然死に装う毒物の投与」の例として本書のプロットを詳しく紹介していて、本書が今日なお、毒殺ミステリの古典としてのステイタスを維持していることが分かる。

毒殺を扱った推理小説は数多《あまた》あるが、毒の効果や痕跡でプロットのオリジナリティを打ち出すのは非常に難しい。砒素、青酸カリ、トリカブト、ストリキニーネなどの有名な毒は、多くの推理小説の中で繰り返し使われ、もはや目新しさはない。その一方で、一般読者の知識や理解を超える特殊な毒物を用いれば、読者としては容易に得心できず、アンフェアのそしりを免れないからだ。ヴァン・ダインが「推理小説の二十則」で設けた、「作者の想像の中にしか存在しない、珍奇で未知の薬物を使用してはならない」というルールや、ロナルド・ノックスの「十戒」における「これまで発見されたことのない毒物や、最後に長々とした科学的説明を要する装置を用いてはならない」という戒めは、毒物を用いたプロットに伴いがちなこうした陥穽に警鐘を鳴らしたものと見ることができるだろう。

ヴァン・ダインの『カシノ殺人事件』（一九三四）も、「痕跡を残さない毒殺」というテーマに挑んだ作品だが（ナトリウムを胃に送り込む可能性に言及する箇所もあり、本作を意識したのは明らかだろう）、由良三郎氏が『ミステリーを科学したら』（文藝春秋社）で難点を指摘していて、実効性のある手法とは言えない。『クラヴァートンの謎』がロードの作品の中でも高い評価を得ている理由には、ストーリーとしての面白さだけでなく、この困難な制約を伴うテーマに挑戦して、フェアプレイの原則を守りながら独創的な解決を提示した稀有な事例という点にもあるだろう。

ロードには、特殊な毒物を用いたものだけでなく、一定の化学反応によって毒物を生み出すプロットの作品も多いのだが、そうした作品は専門知識を必要とする意味で、一般読者の理解を得難い面もあるだろう。だが、本書のプロットは、中学や高校でも学ぶわかりやすい知識を応用している点で抜きん出ている。金属ナトリウムを水に溶かす実験は、化学の授業でも行われることがあるので、本書のクライマックスで実演される実験を見たことのある読者の方も多いだろう。塩酸と水酸化ナトリウムを中和させると、水と塩化ナトリウムに変化することも常識に近い知識と言っていい。

作者もそう考えたのか、プリーストリー博士の謎解きの中で、化学式等の詳細な説明を特に行っていないのだが、念のため、ここで補足説明をしておこう。

金属ナトリウムは、パテのように柔らかく、包丁でもサクサク切れ、切った断片を水に入れると、激しく反応して燃えるように見える（その実験の様子は、Youtube や子ども向けの科学の本などでも見ることができる）。

その化学反応は、$2Na + 2H_2O \rightarrow 2NaOH + H_2$ という化学式で表される。発生した H_2（水素ガス）は、反応で生じた熱で発火する。そして、水のほうは、水酸化ナトリウム（NaOH）の水溶液となる。さらに、胃液の胃酸は塩酸（HCl）だが、塩酸は水酸化ナトリウムと反応すると、$HCl + NaOH \rightarrow H_2O + NaCl$ という化学式のとおり、中和して水と塩化ナトリウム（塩《しお》）に変化する。

ナトリウムは水や空気に触れるだけでも激しい反応を起こすため、金属ナトリウムは通常、石油の中に入れて保存しておく。したがって、そのまま口に入れたりすれば、唾液に反応して口腔内や喉を火傷し、大騒ぎするはめになるはずだが、本作では、ゼラチンのカプセルに仕込むことで、その課題をクリアしているようだ。

ナトリウムの入手も含めて、実行には極めて大きな危険と困難を伴い、素人にはほぼ実行不可能と思われるが、犯人のダーンフォードは実験化学者という設定であることから、立場上、金属ナトリウムの入手も容易で、そうしたカプセルを作成する技術もあったという前提なのだろう。さらに言えば、そのトリックに気づきさえすれば、トリックを実行できる犯人も必然的に絞り込めるということでもある。

トリックを説明すれば、以上のとおりだが、本書が多くの評者から代表作の一つと評価されているのは、決してトリックの独創性だけが理由でないことは、本書を読まれた方であれば、きっと納得していただけるだろう。奇妙な遺言書を残した変わり者のジョン・クラヴァートン卿をはじめ、個性的な登場人物たちがストーリーを彩り、さらに、クラヴァートンとアーチャー親子の間に隠された秘密、ビル・オールドランドの狙撃事件、クライマックスにおける劇的な降霊会の演出（ブルース・F・マーフィー著 *The Encyclopedia of Murder and Mystery*〔一九九九〕でも、本書のオカルトの要素が特筆されている）など、まさに初期作品ならではの起伏のある展開を楽しむことができるからだ。

ロードが得意としたハウダニットのプロットを核にしてストーリーや人物描写を練り上げた本書は、これからロードを読もうという読者に真っ先にお勧めしたい入門書的な長編と言えるだろう。

ジョン・ロード再評価の機運を高める傑作

sugata（ＷＥＢサイト「探偵小説三昧」管理人）

本稿では「クラヴァートンの謎」のトリックに言及した箇所があります。本書読了後にお読みください。

本作の刊行を待ち望んでいた海外クラシックミステリのファンも多いのではないだろうか。一昨年に〈論創海外ミステリ〉から刊行された『代診医の死』が、実に素晴らしい傑作であったことはまだ記憶に新しいが、さらには立て続けにマイルズ・バートン名義の『素性を明かさぬ死』も刊行され、これまた悪くない一作で、著者の株が一気に上がったことは間違いない。我が国でもこの二作から紹介されていれば、その後の翻訳事情もまたずいぶん変わっただろうにと思わずにはいられない。

『クラヴァートンの謎』（原題：*The Claverton Mystery*）はジョン・ロードが一九三三年に発表した長編本格ミステリである。数学者ランスロット・プリーストリー博士を探偵役にしたシリーズの一作。

四十代後半以上の方なら同感していただけるかと思うが、インターネットが発達していなかった昭和の時代、海外ミステリに関する情報は本当に少なかった。

英米から原書を取り寄せるようなディープかつ語学堪能なマニアならいざ知らず、一般のミステリファンは『ミステリマガジン』や『EQ』（光文社が一九七八年〜一九九九年に発行したミステリ総合誌）といった雑誌を読むぐらいである。しかもいかんせんそれほどの需要もなかったのだろう、都会の大書店でもないかぎり入手は難しく、地方ではその存在すら知らない人も多かった。

そんな状況で、唯一、頼りになったのがミステリの入門書やガイドブックの類である。これが当時はけっこういろいろな出版社から刊行されており、これを参考にミステリを読み進めていった人も多かったのではないだろうか。ざっと思い出すだけでも『世界の推理小説・総解説』中島河太郎・権田萬治（自由国民社）、『推理小説入門』九鬼紫郎（金園社）、『探偵小説百科』九鬼紫郎（金園社）、『世界の名探偵50人』藤原宰太郎（KKベストセラーズ）、『推理小説の整理学』各務三郎（かんき出版）などが挙げられる（余談だが、普段はミステリと縁のなさそうな版元ばかりというのが面白い）。

紹介されている作品はまさに定番中の定番ばかりだったが、それでも当時田舎に住んでいた少年（筆者）には、これらの入門書が実に参考になり、ヴァン・ダインを皮切りにエラリー・クイーン、F・W・クロフツ、アガサ・クリスティ、コーネル・ウールリッチ、ダシール・ハメット等々、クラシックの代表作を読破することができた。また、内外のミステリ史、ジャンルの違い、トリックなど、ミステリに関する一般教養もこれらの本で身につけていった。なかには藤原宰太郎の入門書などのようにネタバレ満載のものまであって、呆然としたこともあったけれど。

こんな感じで振り返ったのも、もちろん本書の話と無関係ではない。これらの入門書は代表作ばかり紹介されているので、その後、ほとんどの本は読むことができたのだが、なかにはどうしても読めない作家や作品があった。

単純に邦訳が少ないとか、絶版で入手が困難だったせいだが、そういった作家の一人に本書の著者ジョン・ロードがいた。

当時の紹介でも、英国のミステリ黄金時代を代表する本格ミステリの書き手だとか、プロットやトリックにも工夫を凝らしているとか、しかも著作は八十作あまりもあるとか、おまけに英国ミステリ作家の親睦団体〈ディテクション・クラブ〉を設立した中心的メンバーでもあるとか、まあとにかく華々しいかぎりである。そのような素晴らしい作家の作品がなぜ日本で読めないのか、当時は本当に不思議であった。

ちなみに英米文学の評論家・植草甚一氏は東京創元社〈現代推理小説全集〉第6巻『吸殻とパナマ帽』（一九五八年刊）の解説で、ジョン・ロードの翻訳が進まなかった理由を挙げていて興味深い。それによると、当時、日本における海外作品の紹介者たちはポケット版に頼っていることが多かったが、当時ポケット版といえばアメリカの出版社によるものが中心で、そのポケット版でジョン・ロードが出ていなかったことが大きいという。また、本国イギリスの出版社にしても、そもそも日本との取引が少なかったことも影響したらしい。これはE・C・R・ロラックなど、他の英国作家も同様だったという。

ともあれ時代は変わった。本書を買うような読者の方々なら先刻ご承知だとは思うが、クラシックミステリの復権というムーヴメントが起こり、多くの幻の作家、作品が紹介される時代になったことは誠に慶賀の至りである。ロードの作品もぼちぼちと刊行されはじめ、品切れだった作品も復刊されるようになる。

ただし、そこで新たな問題が起こる。


「ジョン・ロードって、面白くないよね？」


なんということか。

確かにジョン・ロードの作品は非常にわかりやすい弱点がある。英国のミステリ作家であり評論家でもあるジュリアン・シモンズが「退屈派」というレッテルを貼ったことはよく知られているが、これらは主にストーリーの単調さや地味さ、人物描写の平坦さを指し、早い話が小説として面白くないといったわけだ。

人によってはトリックの古さ、あるいは素人が推理できないような専門的知識を必要とするトリックを使うことを欠点として指摘する人もいるだろうが、物理的トリックに関しては経年劣化はある程度やむを得ないところがあるだろう。専門的知識が必要なトリックもケース・バイ・ケース。要は使い方次第である。そもそもすべての作品に共通した課題というわけでもないので（まあ多いのは確かだが）、トリック方面についての指摘は脇に置いておくとして、やはり一番の問題はストーリーなのだ。

本書の訳者であり海外ミステリの研究家でもある渕上痩平氏によると、特に後期の作品ほどその傾向が強いようで、【事件発生～警察の捜査～推理と議論～新たな手がかり～さらに繰り返される推理と議論】という展開がそれほど起伏もなく続くパターンは、既訳の作品でも目立つところだ。

ただ、本当にロードの作品は退屈なのか？　筆者も実はロードを読み始めた頃はそういう印象を持っていたのだが、この数年に刊行された『代診医の死』や『ラリーレースの惨劇』、『ハーレー街の死』、あるいはマイルズ・バートン名義の『素性を明かさぬ死』、古いものでは評価の低い『電話の声』や『吸殻とパナマ帽』をひととおり読んでみて、その認識はずいぶん変わってきた。

そもそもロードの作品を退屈とする人は、何をもって退屈というのだろう。「退屈」とは対象への関心を失った状態であり、逆に関心を持った状態は「熱中」と表現することができる。では何故に熱中できないかといえば、ミステリに期待する興味や刺激の欠如があるから、と考えることができるだろう。

では、ミステリに期待する興味や刺激とは何か、ということになる。

ここが難しい。昨今のミステリともなれば、その価値観は非常に多様化しており、人が求める刺激もまた多様化する。とはいえミステリはミステリ。かつて江戸川乱歩が定義した「探偵小説とは、主として犯罪に関する難解な秘密が、論理的に、徐々に解かれて行く経路の面白さを主眼とする文学である」（『幻影城』より）というのは、現代のミステリに照らすとやや狭く感じはするが、エッセンスはそこに集約されるといってもいいだろう。

そしてジョン・ロードの作品は、そういうミステリとして要のポイントを押さえた、まさに王道のミステリなのである。余計な虚飾を排して、冒頭の謎をあまりこねくり回すことなく、その謎が解かれる過程を楽しむことにこそ興味が置かれる。ロードの工夫や努力もそこに向けられている。ただ、その結果として物語の余裕とか潤いとでもいうものをかなり犠牲にしている感はあり、それが退屈派と呼ばれた原因にもなっているのだろう。

だから、そういう欠点が多少なりとも目立たない作品、あるいはそういう欠点を踏まえつつもよりインパクトのある要素を備えた作品は決してつまらなくはない。むしろ本格ミステリ本来の愉しみをゆったりと味わえる作品になっているのである。

さて、そこで『クラヴァートンの謎』である。

本作は『代診医の死』も翻訳した渕上痩平氏が『代診医の死』、『ハーレー街の死』と並び、ジョン・ロードのベストスリーに推すほどの作品ということだったので、余計に期待が高まったが、確かにそれに値する傑作といえるだろう。

プリーストリー博士は体調がすぐれないという旧友クラヴァートンの屋敷を訪れるが、そこにはクラヴァートンの世話をする姪、その母親でクラヴァートンの妹、そしてときおりクラヴァートンを見舞う甥の三人がいた。歓迎ムードからは程遠いなか、クラヴァートンとようやく話ができたものの彼もまた様子がおかしい。当惑したまま主治医のオールドランド医師とともに暇を告げたプリーストリー博士だったが、家に立ち寄ったオールドランド医師から思いもよらない話を聞かされる羽目になる。なんとクラヴァートンは六週間ほど前に砒素を飲まされたというのだ。

状況からして怪しいのは当然、三人の親族。あらためて翌週にクラヴァートンを訪ねたプリーストリー博士だったが時すでに遅し。クラヴァートンは容態が急変し、死亡してしまったのだ。だが検死の結果、砒素はおろか何の毒物も検出することはできなかった。死因は胃潰瘍の突然の悪化による胃の穿孔だというのだ。

やがてクラヴァートンの遺言が発表されるが、それは遺族の思いも寄らない内容であった……。

先に挙げたロードの弱点がほぼ払拭されており、「退屈派」などとは決して呼ばせない読み応えのある作品である。

メインとなる謎は、どうやってクラヴァートンを殺害することができたのか。ひと言でいえばハウダニットものの毒殺ミステリなのだが、そこに遺産相続に関連する疑惑、砒素による殺人未遂、さらには後半で起こる銃撃事件を絡めて、少ない人数ながらなかなか真犯人を絞らせない工夫が見事である。プロットにはもともと定評あるロードの本領が発揮されているところだ。

また、そういった事件を複数用意したことで、他の作品で顕著だったストーリーの平坦さが完全に解消され、とにかく物語が快適に進んでいく。とりわけ第十二章の展開は盛りだくさんで、そこからラストの降霊会のシーンまでは一気。推理や議論も他の作品ほどくどくはなく、いつになくサービス満点である。後期に目立つパターン化された展開とはまったく無縁なのだ。

もうひとつ他の作品との大きな違いをあげると、登場人物の描写にも注目したい。そもそもプリーストリー博士のシリーズとはいえ、博士の登場シーンが土曜の例会や、終盤の謎解きシーンだけだったりということも少なくはない。事実上の主人公は捜査を担当する刑事が務めていたりするため、プリーストリー博士に対する読者の熱量もそれなりにしかならない（脇役扱いでも癖のあるキャラクターであれば話は別だが）。ところが本作ではプリーストリー博士が出ずっぱりである。友の仇を討つべく殺害方法を見破りたいのだが、なかなかその答えが見つからず、考え、悩み、動き回る。そういう喜怒哀楽を見せるプリーストリー博士の姿は実に新鮮で、それだけでも本作は読む価値がある。

プリーストリー博士だけではない。のちに土曜例会のメンバーとなるオールドランド医師ががっつりと事件の当事者となっているのも興味深い。単にクラヴァートンの主治医というポジションかと思っていると、序盤での怪しげな行動、そして語られざる過去のエピソードなど、これまた目が離せない。どんな内容かは本書でご確認いただくとして、ここではワトスン以上の役割だと書いておこう。


もちろん百点満点というわけではない。思わせぶりすぎる描写やネタバラシが早いかなと思う箇所もあったりするし、メイントリックにも専門性が入ってしまい、普通の人が見抜くのは正直難しいと思う。

ただ、伏線はきちんと貼るし、可能性について何度も推理して掘り下げるのはロードならでは。そのため（実際にはロジックの詰め切れていないところもあるのだけれど）、真っ当な本格を読んだという満足感のほうがはるかに大きく、十分にお釣りのくるところではないだろうか。

ジョン・ロードの未訳作品は、まだ百作以上残っているわけだが、全部とは言わないけれど、さらなる傑作の紹介が進むことを祈るばかりである。

〔著者〕

ジョン・ロード

1884年生まれ。本名セシル・ジョン・チャールズ・ストリート。別名義にマイルズ・バートン、セシル・ウェイ。元陸軍少佐だが、詳しい略歴は不明。1924年、“A.S.F.”(1924) でミステリ作家としてデビュー。25年に発表した“The Paddington Mystery”以降、ミステリ作品を多数発表し、ディテクション・クラブの主要メンバーとしても活躍した。1964年死去。

〔訳者〕

渕上痩平（ふちがみ・そうへい）

英米文学翻訳家。海外ミステリ研究家。訳書にジョン・ロード『代診医の死』（論創社）、R・オースティン・フリーマン『キャッツ・アイ』（筑摩書房）など。

クラヴァートンの謎《なぞ》

——論創海外ミステリ 228

2019年2月20日　初版第1刷印刷
2019年2月28日　初版第1刷発行

著　者　ジョン・ロード

訳　者　渕上痩平

装　丁　奥定泰之

発行人　森下紀夫

発行所　論 創 社

〒101-0051 東京都千代田区神田神保町2-23 北井ビル
TEL:03-3264-5254　FAX:03-3264-5254　振替口座 00160-1-155266
WEB:http://www.ronso.co.jp

印刷・製本　中央精版印刷

組版　フレックスアート

ISBN978-4-8460-1790-3
落丁・乱丁本はお取り替えいたします